OS
SWIFTS

BETH LINCOLN
OS SWIFTS

TRADUÇÃO
Sandra Martha Dolinsky

ILUSTRAÇÕES
Claire Powell

Faro Editorial

COPYRIGHT © FARO EDITORIAL, 2023
COPYRIGHT © BETH LINCOLN, 2023
FIRST PUBLISHED AS THE SWIFTS IN 2023 BY PUFFIN, AN IMPRINT OF PENGUIN BOOKS LTD
WHICH IS PART OF THE PENGUIN RANDOM HOUSE GROUP OF COMPANIES.
ARTWORK © CLAIRE POWELL
PUBLISHED BY ARRANGEMENT WITH PUFFIN BOOKS, A DIVISION OF PENGUIN BOOKS LTD.

Todos os direitos reservados.
Nenhuma parte deste livro pode ser reproduzida sob quaisquer meios existentes sem autorização por escrito do editor.

Diretor editorial **PEDRO ALMEIDA**
Coordenação editorial **CARLA SACRATO**
Preparação **DANIELA TOLEDO**
Revisão **ANA PAULA SANTOS e RAQUEL SILVEIRA**
Adaptação de capa, projeto gráfico e diagramação **VANESSA S. MARINE**

Dados Internacionais de Catalogação na Publicação (CIP)
Jéssica de Oliveira Molinari CRB-8/9852

Lincoln, Beth
  Swifts / Beth Lincoln ; tradução de Sandra Martha Dolinsky ; ilustrações de Claire Powell. – São Paulo : Faro Editorial, 2023.
  256 p. : il.

ISBN 978-65-5957-408-7
Título original: The Swifts

1. Literatura infantojuvenil inglesa I. Título II. Dolinsky, Sandra Martha III. Powell, Claire

23-2776   CDD 028.5

Índices para catálogo sistemático:
1. Literatura infantojuvenil inglesa

1ª edição brasileira: 2023
Direitos de edição em língua portuguesa, para o Brasil, adquiridos por FARO EDITORIAL
Avenida Andrômeda, 885 - Sala 310
Alphaville — Barueri — SP — Brasil
CEP: 06473-000
www.faroeditorial.com.br

À MINHA FAMÍLIA, DE SANGUE E DE VÍNCULO

1
HERANÇA INESPERADA

Era uma manhã ensolarada e bonita no início de maio, e os Swifts estavam no meio de um funeral.

A Casa estava bem-arrumada. As folhas caídas nos gramados foram varridas, o labirinto de arbustos tinha sido aparado e as estátuas foram lavadas e esfregadas atrás das orelhas. A família havia passado a manhã ensaiando suas homenagens fúnebres diante de um espelho e agora caminhavam em lenta procissão pelo cemitério.

Segundo a arquitia Schadenfreude, um funeral deve parecer um casamento de cabeça para baixo. Os Swifts fizeram o possível para honrar seus desejos. O caminho para o túmulo de tia Schadenfreude era repleto de flores, e fitas pretas foram colocadas nas árvores. Mestre-cuca até havia feito um bolo com glacê preto, colocado sobre uma mesa à esquerda da lápide. À direita, um gramofone tocava uma melodia melancólica.

Encrenca Swift estava carregando a frente do caixão. Ela era consideravelmente mais baixa que os outros carregadores. Na parte de trás, sua irmã mais velha, Felicidade, andava toda desengonçada, e seu tio Turbilhão parecia desesperado. E embora Encrenca estivesse fazendo o possível para manter o caixão firme, ele se inclinava para frente em um ângulo preocupante. Fenômeno, à frente da procissão e guiando suas irmãs pelo cemitério como uma controladora de tráfego aéreo, lançou a ela um olhar cauteloso. Encrenca tentou ficar mais alta, porém, sem sucesso.

Eles seguiram entre as sepulturas como se fossem um fio dental preto entre dentes tortos. Encrenca lia os nomes de sua falecida família enquanto passavam:

Calamitoso Swift
1598=1652
Adjetivo
Que é, envolve ou resulta em calamidade

E

Empolado Swift
1733=1790
Substantivo
1. Coberto de empolas, bolhas.
2. Sem naturalidade, afetado.

Ela transferiu para a outra mão o peso do caixão e ele balançou de um jeito alarmante. Felicidade reclamou, e Encrenca o balançou de novo, só para irritá-la. Sua mão deixou uma mancha na madeira cara e muito bem polida. Sua tia não teria gostado disso — tia Schadenfreude achava que deveria se gastar mais com um caixão que com uma casa, visto que se passava mais tempo morto que vivo —, mas sua tia não teria gostado de muitas coisas. Como os arranhões nos sapatos de Encrenca, ou os gravetos em seu cabelo, ou os pensamentos em sua cabeça.

À sua direita, Encrenca leu:

Larápia Swift
1860=1889
Substantivo
Infratora ou criminosa

Encrenca provavelmente teria se dado bem com ela.

Pararam diante do túmulo, e houve uma confusão, enquanto cada Swift baixava o caixão a uma velocidade diferente. Turbilhão tentou baixá-lo devagar, com dignidade, mas Felicidade foi um pouco rápida demais, e Encrenca ainda estava pensando em ser uma larápia e não prestou atenção.

— Encrenca — sibilou Felicidade de novo —, pode por favor...

A coisa que estava dentro do caixão soltou um uivo.

Felicidade gritou e deixou seu lado cair. Com um baque surdo, a cabeceira do caixão atingiu a grama, balançou e tombou dentro da sepultura. Ao cair, a tampa voou. Encrenca deu um pulo para sair do caminho e não ser atingida e caiu direto no bolo de cobertura preta, ficando com as mãos cheias de massa com cheiro de baunilha.

Houve silêncio, exceto pelo chiado do gramofone. Os Swifts espiaram com cuidado dentro da sepultura.

O caixão estava escancarado, revelando o brilho da seda preta que esquentava ao sol. É claro que não havia ninguém dentro dele – exceto John, o Gato, que pestanejou, sonolento, espreguiçou-se exageradamente e saiu trotando em direção à floresta. Encrenca lambeu o bolo das mãos.

— Ora — gritou uma voz atrás deles —, devo dizer que foi um ensaio terrível!

A trupe, culpada, voltou-se para tia Schadenfreude, próxima ao jazigo de Vil. Estava com sua bengala em uma das mãos e os binóculos na outra, e olhava com eles para a bagunça que haviam feito no local de seu descanso final.

— Vai dar tudo certo no fim da tarde, titia! — disse tio Turbilhão.

Ele ergueu Encrenca com a mão, esquivando-se da tentativa dela de espalhar glacê em sua barba, e a colocou em pé, sorrindo.

— Tarde, não! O funeral começará às onze da manhã — resmungou tia Schadenfreude, apertando a grossa gargantilha de ferro em volta do pescoço. — Vocês devem me enterrar por volta da meia-noite, terminar de chorar meia hora depois, voltar para a Casa, e estarão todos muito perturbados para a ceia que comerão à 00h45. Esse é o cronograma. Você não me inspira muita confiança, Turbilhão.

A vida de tia Schadenfreude era altamente organizada, e ela esperava que sua morte fosse igual. Como não estaria presente para supervisionar o próprio funeral, fazia a família ensaiar a cerimônia todos os meses, desde que Encrenca podia se lembrar. E eles nunca conseguiam fazer tudo certo.

— Encrenca, Felicidade, tentem manter o nível do caixão da próxima vez. Parecia que vocês estavam me carregando morro abaixo.

— Mas é difícil, porque o tio Turbilhão é muito mais alto que a gente! — choramingou Felicidade.

— Dada a taxa média de crescimento adolescente, devemos estar um pouco mais altas quando a tia Schadenfreude morrer — comentou Fenômeno, limpando o glacê que havia respingado em seu jaleco. — Isso deve equilibrar as coisas.

— Que otimismo desagradável! — Tia Schadenfreude bufou. — Eu poderia cair morta antes que vocês crescessem mais um centímetro. Felicidade, acho que essa decoração serve. Só mais alguns laços. Quanto à Encrenca...

Encrenca parou de lamber as mãos.

— Imagino que foi você que colocou o John lá dentro.

Encrenca deu de ombros.

— Gatos gostam de caixas.

— Você poderia, por favor, esperar até que eu esteja em meu túmulo antes de profaná-lo?

Encrenca achou essa observação muito injusta, pois pensava que havia melhorado bastante. Mês passado, ela havia feito o caixão entalar na porta da frente e a família toda teve que entrar e sair de casa rastejando durante vários dias.

A expressão amarga de sua tia refletia a dela.

— Bem, acho que você não pode evitar, é seu nome. — Suspirou. — Faremos uma pausa para o almoço. Ainda temos que arrumar isso tudo antes de amanhã.

Com isso, foram de volta para a Casa. Encrenca passava a mão pelas lápides conforme andava e lia os nomes. Rubrica. Catarse. Empenho. Laia.

Você não pode evitar, é seu nome.

Ela deixou passar a irritação que a frase batida de tia Schadenfreude lhe havia provocado. Nada poderia irritá-la naquele dia.

E aquele dia era o dia anterior ao amanhã, e amanhã ela roubaria a fortuna de sua família.

— Olhe por onde anda! — gritou Felicidade quando Encrenca, ao pular uma lápide, foi parar em seu caminho. — Como consegue sempre estar entre os pés da gente?

— Deve ser porque seus pés são enormes. É difícil evitá-los, sério.

— Meus pés não são enormes! Você que é pequena. É como tentar prestar atenção a uma formiga.

Encrenca começou a fazer clic, clic e investiu contra a irmã com as mãos em forma de pinças. Felicidade recuou.

— Nossa, como você é esquisita — resmungou e usou as pernas muito mais longas para se afastar de Encrenca.

— Você não deveria provocá-la — disse Fenômeno, ajustando os óculos e dando a Encrenca um olhar sabichão.

Fenômeno era cientista, de modo que todos os seus olhares eram sabichões.

— Não esqueça o que aconteceu com a sua catapulta — completou.

— Nunca — disse Encrenca.

Ela havia tentado explicar que não estava mirando em Felicidade quando tinha atirado, mas nem ela nem Schadenfreude a ouviram. Agora, sua Siegemaster 5000 — arma que era uma mistura de espingarda com arco e flecha se tornou cinzas na fornalha de Mestre-cuca, e Encrenca havia jurado vingança. Para começar, quando encontrasse o tesouro, não daria nada a Felicidade.

Ao se aproximar da Casa, Encrenca notou duas coisas incomuns. A primeira foi que havia um carro em frente: lustroso, rebaixado, verde-garrafa, com um nariz de barracuda. Estava apontado para a porta da frente como se a mantivesse refém. A segunda foi que Mestre-cuca estava indo em direção a eles a toda velocidade. Ela tinha uma mancha de óleo em uma das bochechas — devia estar mexendo em sua motocicleta — e agitava braços e pernas furiosamente. Parou derrapando e provocando uma chuva de cascalho.

— Ela chegou — disse, ofegante.

Encrenca deu um grito de animação e correu em direção à Casa, deixando sua família comer poeira.

Enquanto corria, repassava mentalmente o conteúdo da mochila que mantinha pronta no telhado. Tinha corda, lanterna, gazuas, espátula, papel e lápis, abridor de cartas, binóculos, um pacote de biscoitos e uma garrafa de água para o caso de ficar presa em algum lugar da Casa. Seus parentes provavelmente estariam mais bem preparados. Ficou imaginando se Fenômeno havia se dado ao trabalho de construir o detector de metais que ela lhe havia pedido.

A princípio, na penumbra do corredor, Encrenca só conseguiu ver um par de mãos com luvas brancas. Quando seus olhos se adaptaram, pôde ver o resto da mulher. Era quase tão pálida quanto as luvas, e sua pele era como uma maçã que havia sido deixada na fruteira durante muitos dias, opaca e flácida. Era difícil adivinhar sua idade. Usava um terninho de tweed e tinha cabelos crespos de cor duvidosa, presos para trás sem esmero. Quando se voltou para Encrenca, seus pequenos óculos redondos refletiram a luz.

— Matriarca! — entoou. — Chegou a hora de novo! Nós… ah!

Piscou ao ver Encrenca, que, lembrando-se de suas boas maneiras, ia em sua direção com a palma da mão estendida. A mulher deu uma olhada nas mãos de Encrenca, cobertas de bolo e terra de sepultura, e colocou as suas às costas, como se estivessem lhe oferecendo um rato morto.

Na pausa estranha que se seguiu, o resto da família de Encrenca a alcançou. Tio Turbilhão entrou sob uma pilha de coisas, que devia ser a bagagem daquela mulher: duas malas surradas do tipo que as pessoas chamam de "valises", uma caixa de chapéu e vários longos tubos de couro amarrados juntos. A mente de Encrenca logo começou a divagar sobre o que poderia haver naqueles tubos. Telescópios? Arte roubada? Ela havia lido recentemente sobre um instrumento de madeira muito longo chamado didjeridu que era tocado na Austrália. Talvez a convidada deles fosse australiana…

Quando a mulher voltou a falar, ficou bem claro que não era australiana. Tinha um sotaque proveniente de uma universidade inglesa e uma voz acostumada com bibliotecas.

— Ah, aí está você, matriarca — disse ela com certo alívio, acenando para tia Schadenfreude. — E vejo que Turbilhão também! Chegou a hora de novo! Mais uma vez nos reunimos...

— Herança — interrompeu tia Schadenfreude —, você deveria chegar amanhã.

O aceno de cabeça de Herança aumentou em velocidade e entusiasmo.

— Sim, sim, mas como eu disse em minha carta, temos um assunto de grande importância para discutir...

— Não recebi carta alguma — disse tia Schadenfreude, com o tom de quem achava as desculpas pessoalmente ofensivas.

— Oh. — Herança se interrompeu. — Mas... eu a mandei há uma semana, com o resto dos convites.

A família toda resmungou sua compreensão. Tia Schadenfreude desconfiava de qualquer pessoa uniformizada, fossem policiais, soldados, membros de uma banda marcial, balconistas, estudantes, bombeiros ou cozinheiros. E os carteiros não eram exceção. O único permitido perto da Casa era um carteiro local chamado Suleiman, que andava gripado nas últimas duas semanas.

— Bem, imagino que você já está aqui — concedeu tia Schadenfreude —, há pouco que possamos fazer. Meninas, esta é a tia de vocês, Herança. Herança, estas são as meninas: Felicidade, Fenômeno e Encrenca, em ordem descendente de idade e crescente de inconveniência.

— Prazer em... conhecê-las — disse Herança.

Isso era mentira, como bem sabia Encrenca. A mentira é uma coisa travessa com vida própria, e não importa quanto se tente mantê-la escondida, ela sempre transparece no rosto da pessoa, ou nas mãos, ou na maneira como mexe o corpo, transferindo o peso de uma perna para outra. Encrenca sempre tinha sido boa em localizá-la, e aquela estava ali, logo abaixo do olho esquerdo de sua tia. Embora estivesse esperando a chegada de sua tia Herança há semanas, algo nela fez Encrenca antipatizar com ela no mesmo instante; talvez fossem seus olhos lacrimejantes, ou suas luvas brancas, ou o jeito como olhava para Encrenca, como se a menina fosse algo que encontrou mofado no fundo de um armário.

— E você é importante? — perguntou Encrenca, em dúvida.

Ouviu Turbilhão engolir uma risada.

Tia Herança ficou séria.

— Eu sou arquivista — disse ela. — É o meu trabalho... Não, minha vocação... — Levou as mãos brancas e trêmulas ao peito, e seus olhos ficaram vidrados de emoção. — É o meu dever — prosseguiu —, meu... meu privilégio registrar a vida dos Swifts para a posteridade. Eu mantenho a história de nossa família, relato o nosso legado, guardo os nossos costumes...

Tia Schadenfreude pigarreou.

— A propósito, Herança, se puder fazer o seu trabalho... rápido, lembre-se — alertou, como se pressentisse outro discurso.

— Isso mesmo. Tenho um experimento esperando em meu laboratório, e é muito sensível ao tempo — disse Fenômeno.

— E eu preciso decidir o que vestir amanhã — acrescentou Felicidade.

— E eu preciso do meu almoço — disse tia Schadenfreude.

Tia Herança pareceu escandalizada.

— Schadenfreude, esta é a primeira vez de Fenômeno e Encrenca! Tradição é tudo!

— Ora, a tradição não tem uma omelete de cogumelos esperando por ela na cozinha.

Tia Herança franziu os lábios em desaprovação. Por um momento, pareceu querer repreender tia Schadenfreude, mas percebeu, sabiamente, que talvez não sobrevivesse à experiência.

— Chegou a hora de novo — entoou ela com os dentes cerrados. — Mais uma vez nos reunimos. Eu, Herança Swift, arquivista, tendo consultado meus livros, interpretado os sinais e verificado a disponibilidade de todos, convoco a reunião da família Swift. Voltamos à Casa da nossa Casa para fortalecer nossos laços, para manter a paz entre nós e para buscar nossa fortuna perdida, como fizemos durante décadas e faremos por décadas, enquanto nossos nomes forem pronunciados. Matriarca Schadenfreude, somos bem-vindos?

— Hum? Imagino que sim.

— Então, pronto! — Herança abriu bem os braços. — A reunião oficialmente começou!

Nos velhos tempos de meia-calça e coletes de couro da família Swift, todas as crianças se chamavam Mary ou John. Era uma confusão na hora do jantar quando alguém pedia a um John que passasse as batatas e dez mãos disparavam ao mesmo tempo; por isso, Mary Swift XXXV deu início à tradição de dar nome a seus filhos usando o Dicionário da família. A ideia pegou e os Swifts prosperaram. Muitas vezes as pessoas ignoram uma Mary ou um John, mas quase nunca esquecem uma pessoa chamada Meretrício ou Vacilo.

Encrenca não podia se lembrar do dia em que tinha nascido, mas o imaginava muito bem: o quarto do hospital, as enfermeiras, sua mãe, cansada e sorridente, enquanto seu pai lhe ajeitava os travesseiros. Ela se imaginava também, enrolada como um amendoinzinho, com uma mecha de cabelo desobediente já brotando de sua cabeça. E ficou imaginando o Dicionário — e essa parte foi mais fácil, porque estava olhando para ele —, um livro antigo e monstruoso com capa de couro, cheio de páginas feitas de couro de bezerro, e pergaminho, e papel, com entradas redigidas com fontes modernas nítidas, letras datilografadas e instáveis e outras escritas à mão, com longos Ss que pareciam Fs.

O Dicionário teria sido levado, colocado na cama (Encrenca imaginou as enfermeiras torcendo o nariz de desgosto) e aberto ao acaso pela mãe de Encrenca. Seus olhos estariam fechados. Ela teria passado o dedo pela página e parado na palavra e na definição que se tornaria o nome de sua filha.

Encrenca podia imaginar isso tão bem porque o primeiro dia de cada Swift começava exatamente da mesma maneira. A única exceção, até onde ela sabia, era a matriarca Schadenfreude. Ela havia nascido cinco semanas antes, durante uma viagem da família à Alemanha, e seus pais tiveram que se contentar com o que estava disponível.

Felicidade disparou escada acima antes que tia Herança terminasse de falar, tia Schadenfreude logo começou a falar sobre o cardápio com Mestre-cuca e Turbilhão passou a inspecionar a caneta-tinteiro de seu canivete. Vendo-se completamente ignorada, tia Herança se aproximou da grande vitrine de vidro que abrigava o Dicionário. Estava aberto na folha de rosto.

"Iluminado" tinha duas definições, uma era "luminoso" e a outra, "ornado com iluminuras", e aquela página era ambas. Aquela folha luminosa e ornada com iluminuras tinha uma dedicatória impressa com letras rebuscadas:

O Dicionário
da Casa Swift

Tia Herança deu um passo à frente, até quase encostar o nariz na vitrine. Tirou uma chavinha de uma corrente que usava no pescoço. Com cuidado e reverência, destrancou a porta e, com dedos trêmulos dentro de suas luvas brancas, estendeu a mão para tocar a folha amarelada.

Do andar de cima proveio um som, como de alguém folheando as páginas de um grande livro, e logo um grito crescente, e então Felicidade correu em disparada para o patamar. Atrás dela, perseguindo a fugitiva pela grande escadaria, estavam as mariposas.

Encrenca sorriu.

Poucos dias depois da destruição da Siegemaster 5000, Encrenca tinha pegado a correspondência com Suleiman. Havia um pacotinho quadrado com buracos em cima endereçado a ela, e dentro, dezenas de lagartas, que ela havia encomendado depois de ver um anúncio em uma revista sobre a vida selvagem. Encrenca tinha se esgueirado até o cavernoso guarda-roupa de Felicidade, aberto a caixa e deixado as lagartas, para que se banqueteassem com as roupas da irmã. Elas roeram lã, seda e algodão, ficaram gordas, sonolentas e teceram seus casulos dentro daquele espaço quente, seco e escuro.

E agora, pelo visto, os casulos haviam eclodido.

Encrenca queria ter estado lá no momento em que Felicidade abriu seu guarda-roupa e encontrou as mariposas a encarando. Cada corpo aveludado era do tamanho da palma da mão de Encrenca, com dois enormes olhos amarelos nas asas que serviam para enganar os predadores.

As mariposas voavam em turbilhão furioso, indo em direção ao lustre e espalhando poeira. Com as asas, roçaram o rosto de Encrenca. Ela achou gostoso — como estar no centro de um leve tornado —, mas, a julgar pela maneira como sua tia uivava e batia no próprio cabelo, Herança discordava. Uma das mariposas, atraída pela luz que iluminava o Dicionário, entrou na vitrine de vidro. Quando tia Herança viu, gritou como se alguém estivesse segurando um fósforo diante da Mona Lisa.

Em meio ao barulho e caos, Fenômeno calmamente desligou o interruptor de luz. Confusas, as mariposas se espalharam — algumas adentraram mais a casa, mas a maioria saiu pela porta aberta, ao sol do meio-dia, para aterrorizar os pássaros dali.

Encrenca começou a rir.

Felicidade se voltou com os olhos brilhantes, e úmidos, e completamente furiosos.

— Veja o que você fez! — gritou, segurando um pedaço de seda azul.

Aquilo havia sido um vestido, mas as mariposas fizeram tantos buracos nele que agora poderia ser um maiô para um polvo. Vê-lo só fez Encrenca rir ainda mais.

— Minhas roupas estão arruinadas! — exclamou Felicidade. — Eu mesma fiz metade delas!

— Pois bem feito!

— Encrenca!

A jaqueta de couro de Mestre-cuca rangeu quando ela cruzou os braços. Sua expressão severa fez Encrenca sentir seu estômago embrulhar. Olhou para Turbilhão, seu fiel aliado. Mas a decepção dele foi ainda pior.

— Que foi? Foi a Felicidade que começou!

— Sua selvagem! Você iria gostar se eu destruísse algo que você mesma fez? — choramingou Felicidade.

O estômago de Encrenca teve uma recuperação milagrosa.

— Pois destruiu! Isso foi pela Siegemaster 5000, sua...

— Aquele arco e flecha idiota? Você fez aquilo em uma tarde! Eu levei semanas para fazer algumas daquelas roupas!

— Ela não era idiota! Era...

Crack!

Fez-se silêncio ao som da bengala de tia Schadenfreude batendo no corrimão. A mulher cravou os olhos em Encrenca, que se sentiu como uma das mariposas de Felicidade, presa em uma vitrine.

— Você está bem, Herança?

Tia Herança ainda estava tirando mariposas imaginárias do cabelo. Havia poeira em suas luvas antes brancas.

— Sim... acho que sim.

19

— Encrenca — rosnou Schadenfreude —, peça desculpas à sua tia.

— Desculpe — disse Encrenca prontamente. — Ainda não tenho problemas com você.

— Ótimo. E à sua irmã — disse tia Schadenfreude.

— Não.

Tia Schadenfreude encarou Encrenca. Encrenca encarou a tia. A jovem endireitou os ombros e se preparou para chutar, e gritar, e berrar.

Mas tia Schadenfreude apenas deu de ombros.

— Muito bem — disse ela.

Felicidade ficou de queixo caído.

— O quê? — gritou. — Você vai simplesmente deixá-la se safar?

— Não, ela será punida, claro — disse tia Schadenfreude, lançando um olhar sombrio para Encrenca, que estava fazendo uma dancinha da vitória —, mas duvido que surta muito efeito. Ela é assim. Não pode neutralizar o nome que tem.

— Isso não é desculpa!

— Mas é um motivo. — Tia Herança bateu as palmas para livrar as mãos da poeira. — Afinal, o Dicionário tem um poder enorme. Ela não teria sido chamada de Encrenca se esse nome não se encaixasse.

Encrenca franziu a testa. Ela passava pelo Dicionário todos os dias; era apenas um livro normal — meio grande demais para ser lido no banho, mas ainda assim, só um livro.

— O que quer dizer com isso? — perguntou, cautelosa.

— Deram-me o nome de Herança sabendo que eu seria a guardiã dos registros da família. Seu tio recebeu o nome de Turbilhão, pois seu futuro marítimo foi previsto. E você foi chamada de Encrenca sabendo-se que causaria problemas.

Fenômeno soltou um "Ah" cético.

— Então vocês estão dizendo que o Dicionário é mágico?

— Não — disse Felicidade, soluçando. — Elas estão dizendo que eu tenho que aturar a Encrenca! — E disparou escada acima, chorando com seu pedaço de seda na mão.

Encrenca se recusava a se sentir culpada. Felicidade logo ficaria bem. Afinal, eram só uns vestidos. Ela não deve ter levado tanto tempo assim para fazê-los.

— Pobre Felicidade. Não é culpa dela que seu nome seja mundano. — Tia Herança suspirou. O que ela queria dizer era que o nome de Felicidade, assim como Prudência, Augusto e Rosa, era perfeitamente normal na sociedade não Swift. — Esses membros da família sempre vivem uma vida perfeitamente entediante e mediana. Eu me lembro da matriarca Esperança! Uma mulher adorável, mas que tragicamente se tornou optometrista. O que me lembra... — Seus óculos pequenos e redondos brilharam para tia Schadenfreude. — Sobre aquele assunto que eu queria discutir...

Em outra parte da casa, houve um *bumm* abafado.

— Eu disse que o meu experimento era sensível ao tempo!

Fenômeno suspirou e saiu para ver o que havia explodido.

3 MAPEANDO O INTERIOR

Se a Casa Swift fosse colocada à venda, provavelmente o anúncio seria assim:

VENDE-SE

Casa senhorial do século XVII charmosa e peculiar. Construção original datada de 1602, com acréscimos posteriores. Personalidade forte, bastante caráter! Maravilhosamente situada em um local isolado, longe do alcance da voz da aldeia mais próxima — perfeita para quem quer ficar longe de tudo! Precisa de um pouco de amor.

Traduzindo: a Casa era uma enorme caixa de pão de três andares, uma construção à qual foram colocadas extensões ao longo dos anos, como velhos pedaços de chiclete. Duas alas, leste e oeste, brotaram um século depois que o edifício original foi construído. Os Vitorianos haviam emendado um jardim de inverno nos fundos. Por razões que ninguém entendia, o arquitio Fustão também havia colocado uma torre em uma das extremidades, de modo que, com seu contorno quadrado e sua torre inesperada, a Casa agora parecia uma cabeça de rinoceronte.

Há muito tempo, os Swifts foram ricos e, apesar de seu formato estranho, a Casa sempre tinha tinta fresca e calhas limpas. Mas assim como seus donos, ela havia empobrecido e deixado entrar a ruína. Mofo, e poeira, e miséria predominavam. Ratos, pássaros e morcegos mantinham seus reinos obscuros em cantos esquecidos. O efeito geral não era exatamente feio, mas com certeza só era bonito para quem inclinasse um pouco a cabeça e semicerrasse os olhos.

Encrenca amava a Casa, mas tentava sair dela desde que tinha aprendido a ficar sobre duas pernas mais de um minuto. Isso era esperado, devido a seu nome. Tia Schadenfreude fazia o possível para impedir que sua sobrinha-neta perambulasse pelo terreno a qualquer hora da noite, mas, felizmente para Encrenca, os Swifts não haviam feito mudanças só na parte externa; sucessivas gerações haviam se esgueirado pelo interior da Casa como ratos dentro de um colchão, cavando passagens secretas, arrancando os olhos de quadros para fazer olhos mágicos, acrescentando fundos falsos a armários e até abrindo um ou outro alçapão. Encrenca tinha encontrado três saídas secretas, e tia Schadenfreude só conseguiu bloquear duas.

Como poucos desses acréscimos apareciam no projeto da Casa, seus ocupantes viviam em estado de leve perigo. Por exemplo, calculavam que um quarto dos livros da biblioteca não eram livros, e sim gatilhos para armadilhas secretas, talvez até letais. O arquiprimo Púlpito havia descoberto isso da maneira mais difícil depois que um exemplar de contos de Edgar Allan Poe o jogou dentro de um poço.

As crianças Swift aprenderam a ter cuidado com o que liam.

Naquela tarde, Encrenca foi convocada para a campanha de limpeza da Casa; portanto, acabou ficando presa com caneleiras. Os preparativos de Mestre-cuca para a Reunião exigiam que marchassem pela Casa com espanadores de penas em riste e com um cheiro forte de cera. Fenômeno e Felicidade eram seus outros soldados de infantaria relutantes, e enquanto Mestre-cuca levantava sofás e mesas com uma única mão (ela era notavelmente forte, seus biceps eram como três jarretes juntos), as meninas limpavam embaixo, recolhendo com pás de lixo bolas de pelo e cabelo. Tio Turbilhão também ajudava, levantando Encrenca para resgatar aranhas em cantos altos.

Encrenca não teria se importado com o trabalho, não fosse por tia Herança. Como hóspede, ela foi dispensada da limpeza, mas logo começou a infestar a Casa. Toda vez que Encrenca se voltava, via o halo de cabelos sem cor de Herança curvado sobre alguma tralha ou outra, ensinando aos outros a história de cada coisa. Era como se alguém houvesse acrescentado um novo móvel à Casa e todos ficassem tropeçando nele.

— Que maravilha! — gritou Herança, pegando um objeto do console da lareira. — Tem as iniciais A. S. gravadas, e um lírio negro… o símbolo pessoal de Augúrio Swift! Ela emigrou para a Espanha no século XVI e previu as tempestades que destruíram a Armada Espanhola; só que não falava espanhol, por isso, o velho rei Filipe não lhe deu ouvidos. Esta é uma peça--chave da história da família!

— É um aromatizador — sussurrou Mestre-cuca para tio Turbilhão, que soltou um barulhinho que, em uma pessoa menor, teria sido uma risadinha.

Herança olhou em volta com desconfiança. Pousou o olhar em Encrenca, que estava empoleirada no ombro de Turbilhão, se fazendo de inocente.

— Hum... muito sábio manter essa menina ocupada — comentou Herança para Mestre-cuca, com um sorriso conspiratório.

Mestre-cuca franziu a testa.

— O que quer dizer com isso?

— Não deve ser fácil ficar correndo atrás de alguém chamado Encrenca. — Ela deu um tapinha gentil no ombro de Mestre-cuca. — Com um nome desses, vocês vão ter que ficar de olho nela. Quem sabe no que ela vai se transformar quando crescer?

O sorriso de Herança não era cruel, mas, mesmo assim, Encrenca sentiu uma pontadinha por dentro. Felicidade, que estava polindo um aparador, soltou um risinho de escárnio. Mestre-cuca analisou o espanador que tinha na mão, como se estivesse verificando se poderia ser usado como arma. Tio Turbilhão colocou-se entre ela e tia Herança como um iceberg à deriva entre dois navios de guerra.

— O que acham de eu contar a história do Tesouro enquanto limpamos a Casa? — disse com sua voz grossa. — Tenho certeza de que você vai me corrigir se eu errar, Herança.

As meninas se animaram. Tio Turbilhão era, de longe, o melhor contador de histórias da família. Cada uma delas, em um ou outro momento, tinha fingido estar doente só para que ele se sentasse ao lado da cama e lesse para elas. Ele sempre imitava as vozes dos personagens.

Tia Herança anuiu com um aceno digno de cabeça e gesticulou para que ele prosseguisse.

— É uma velha história — rugiu Turbilhão —, quase tão velha quanto a família Swift, e contada tantas vezes que está tão gasta e usada quanto o Dicionário. Há muito tempo, quando os Swifts eram recém-nomeados e a Casa recém-construída, Cerejeira Swift, o chefe da família, morreu. Ele deixou uma pequena fortuna, dividida igualmente em três: um terço para cada um dos dois filho, Gratidão e Vil, e o último terço para sua única filha, Feitiço...

— Que se mudou para a Dinamarca depois de ficar obcecada por *Hamlet* — interrompeu Herança. — De fato, a história dela é fascinante...

Mestre-cuca a fez se calar.

— Como você disse, Feitiço saiu pelo mundo, deixando a Casa para os irmãos. Gratidão, o filho mais velho, mudou-se para a ala oeste. — Turbilhão levou a mão para o oeste, girando uma risonha Encrenca, como se ela estivesse empoleirada em um lai de verga. — E Vil, o mais novo, mudou-se para o leste. Esses dois irmãos eram como a água e o vinho. Gratidão era um homem decente... Bem, tão decente quanto um homem rico pode ser, e era um filantropo, o que significa, meninas, que ele dava muito dinheiro para orfanatos e coisas assim. Mas Vil... — Turbilhão balançou a cabeça e soltou um murmúrio de desaprovação, como se conhecesse Vil pessoalmente. — Ele amava tanto o ouro que se houvesse encontrado um comprador para os ossos de seu pai, ele próprio teria escavado a sepultura; e tinha grandes planos para sua parte da fortuna. Ele investiu cada centavo de sua parte em negócios: mineração, comércio, indústria, mas ainda não achava suficiente. Vil ficava furioso por ver como seu irmão desperdiçava dinheiro, na opinião dele. "Deixe-me ficar com sua parte", dizia a Gratidão, "e eu nos tornarei ricos como reis." Os irmãos brigavam dia e noite. Então, um dia, Gratidão foi encontrado morto no jardim, com um machado cravado nas costas.

Tio Turbilhão fez uma pausa dramática.

— Vil nunca foi preso e nem julgado. Mas ele matou o irmão, Gratidão, tão certo como o céu é azul, tão certo como a água é molhada, tão certo como o fato de eu estar aqui.

Encrenca sempre sentia arrepios nessa parte. Ainda havia retratos de Vil na Casa. Um grande quadro no corredor mostrava Cerejeira com seus três filhos à sombra de um enorme carvalho, que antes dominava o gramado da frente. Encrenca olhava para o rosto do jovem Vil durante horas, tentando ver nele o assassino.

— Gratidão havia deixado algum dinheiro para sua esposa e filha, mas como não tinha nenhum herdeiro homem, coisa que naquele tempo era muito importante, todo o resto foi para Vil, incluindo a metade de Gratidão na Casa. A riqueza de Vil cresceu ainda mais. Ele virou comerciante, depois cavalheiro, depois lorde. Casou a sobrinha o mais rápido que pôde e mandou o marido dela para o exterior. Construiu aquele monumento para si mesmo no jardim, supostamente no local onde havia assassinado Gratidão.

"Mas o medo de Vil crescia com a sua riqueza. Tinha medo dos outros membros da família, e tinha medo especialmente de que um deles o roubasse, do jeito que ele havia roubado o irmão. Tirou todo o seu dinheiro do banco e comprou ouro, prata, joias, todas as riquezas que conseguiu. Acumulou um grande tesouro e, como um dragão, viveu em cima dele, porque nunca mais deixou a Casa Swift. Vivia isolado, não admitia visitas e se comunicava apenas por carta. Quando, por fim, morreu, levou uma semana para alguém ousar procurar seu corpo."

— A essa altura, ele já devia estar esponjoso — acrescentou Encrenca com deleite mórbido. — Seus olhos deviam ter desmoronado dentro da cabeça, e ele teria começado a inchar, e os ratos...

— Sim, isso mesmo — disse tia Herança, com nojo. — Acho que não precisamos ficar tão alegres com a morte de um parente.

— Quando a pobre Feitiço soube da morte de seus irmãos, sentiu uma dor terrível. Voltou para a Inglaterra, para a Casa que havia herdado. As ações de Vil haviam dividido e espalhado a família, mas Feitiço era inteligente e, para reuni-los de novo, convidou todos os Swifts vivos para irem à Casa e caçarem a fortuna perdida. Essa foi a primeira Reunião, e ela, a primeira matriarca.

— E o tesouro? — perguntou Encrenca.

— A família procurou por todos os cantos naquela Reunião, e em todas as Reuniões subsequentes — recitou Turbilhão, construindo seu floreio final —, mas nenhum traço do tesouro de Vil jamais foi encontrado.

Turbilhão fez uma pausa, até que o silêncio ecoou. Então, bateu palmas e Herança deu um pulo.

— E fim da história.

— Muito bem! — disse Herança, animada. E pelo visto incapaz de se conter, acrescentou: — Se bem que, claro, não substitui a peça que a própria Feitiço escreveu, *O trágico conto de Gratidão e Vil*. Primo Ator vai apresentá-la no sábado. Mas a peça também não é tão emocionante quanto os velhos livros de governança e registros de impostos da família...

Quando Herança começou sua palestra sobre a contabilidade dos séculos passados, Encrenca deslizou do ombro do tio Turbilhão. Ele fingiu não notar. Ela escapuliu por uma passagem que ficava atrás de uma armadura para trabalhar em seu projeto secreto.

Um ano antes, Encrenca havia começado a elaborar seu mapa. Era uma tentativa ousada de registrar cada canto oculto, cada caminho secreto, cada esconderijo que havia na Casa. A maioria das pessoas diria que era impossível, mas Encrenca não era a maioria das pessoas. Ela tinha aquele misto de teimosia e curiosidade que redescobria cidades perdidas ou levava uma pessoa à prisão. Aprender novas rotas de fuga se mostrou útil, sim, mas, na verdade, ela estava sempre procurando a fortuna perdida, o tesouro de Vil Swift, escondido em algum lugar da propriedade por seu próprio tio-avô Vil.

Encrenca tinha planos para aquele tesouro, que mudavam conforme seu humor, mas sempre envolviam aventura. Se um de seus parentes o encontrasse antes, ela tinha certeza de que entraria em combustão espontânea de pura inveja e morreria na hora.

John, o Gato, passou carregando uma mariposa morta do tamanho de um pombo. Encrenca coçou preguiçosamente atrás das orelhas do bichano. Já havia marcado no mapa a maioria das salas e passagens secretas, e agora seu foco estava nos quadros suspeitos. Nas histórias de mistério, o cofre secreto na parede ou o antigo mapa do tesouro costumavam ser encontrados atrás do quadro mais estranho e feio da sala, e como os romances policiais eram uns dos únicos livros da biblioteca que não continham armadilhas (eram considerados educativos), muitos Swifts copiaram essa ideia ao criar seus esconderijos. O resultado foi uma casa cheia de arte ruim.

Na parte de trás do mapa, Encrenca fez uma lista com suas descobertas durante a exploração da Casa:

QUADROS SUSPEITOS NO SEGUNDO ANDAR
QUARTO CORAL:

Algas (aquarela): cofre de parede, fechadura quebrada, vazio
Um palhaço lamenta sua sorte na vida (óleo sobre tela): nada
Sardinhas em lata ao pôr do sol (óleo sobre madeira): tijolo solto, contém diário antigo (chato)
Macaco em um cavalo de balanço (desenho a lápis): olho mágico para o banheiro adjacente

BANHEIRO:

O mar em um dia chuvoso (pastel): nada
Sereia comendo um cachorro-quente (aquarela): olho mágico para o quarto adjacente

CORREDOR DO SEGUNDO ANDAR:

Natureza morta de uma tigela de pistache (pastel): botão vermelho — NÃO APERTE!

Duquesa de cara azeda (óleo sobre tela): cofre de parede, deixado aberto, contém restos mofados de sanduíche
Um estudo com tinta (tinta sobre papel): mensagem aparentemente com tinta vermelha (?), ilegível
Freira cutucando o nariz (óleo sobre tela): poço da lavanderia
(para roupa suja)

Portanto, nada incomum. Ainda.

Encrenca se recostou na parede, tirou meia maçã enferrujada do fundo do bolso e ficou avaliando seu próximo movimento. Ouviu Felicidade no andar de baixo cantando uma música em francês enquanto espanava. No tér-reo, Mestre-cuca dizia a Fenômeno o que comprar, já que ela se preparou para uma ida de última hora ao mercado. Se Encrenca se apressasse, poderia começar a explorar o Quarto Verde-limão antes que alguém percebesse que ela havia sumido.

Jogou as sementes da maçã no poço da lavanderia atrás da *Freira cutu-cando o nariz*. Estava com as mãos meladas, por isso as limpou no papel de parede do nicho que havia atrás dela.

E se espantou.

Em vez de papel de parede, Encrenca sentiu a superfície fria e um pouco irregular de tinta a óleo sobre tela. Olhou mais de perto.

O nicho, como percebeu, não era um nicho, e sim uma enorme tela do chão ao teto pintada para parecer exatamente um corredor vazio. Uma fina rachadura percorria as bordas onde a pintura havia sido colocada na parede. Ela nunca teria notado se não houvesse esfregado as mãos por toda parte.

O coração de Encrenca disparou. Ela enfiou a ponta dos dedos na fina costura ao redor da tela, desejando por um breve momento ter as unhas de Felicidade. Para sua surpresa, o quadro se abriu com facilidade, perfeitamente equilibrado em dobradiças finas. Atrás da pintura havia uma porta.

Encrenca já estava contando moedas em sua cabeça antes mesmo de puxar a pintura, de modo que foi um golpe esmagador perceber que a porta não tinha maçaneta nem fechadura tradicional, só um pequeno orifício redondo à altura dos olhos, de pouco mais que a largura de um palito de dentes. Como todos os exploradores decentes, Encrenca tinha um canivete suíço e, como todos os bons artistas de fuga, também levava consigo vários clipes de papel para usar nas fechaduras menores. Mas depois de cutucar e dobrar durante vários minu-tos, não conseguiu abrir a porta. Quem tinha construído aquela porta a tornou impenetrável para as crianças, o que, em si, já era um grande feito.

Encrenca não conseguiu entrar, mas isso não significava que não havia descoberto nada. Primeiro, bateu com força à porta. A seguir, deitou-se no tapete e, pressionando o nariz na fresta entre a porta e o chão, aspirou com força para sentir o cheiro. Depois, tirou um espelho de sua mochila e o passou por baixo do batente da porta.

Agora ela já sabia várias coisas. A julgar pelo eco quando bateu à porta, o aposento tinha um tamanho decente. O ar de dentro era frio, e seco, e cheirava a livros velhos. O espelho refletiu apenas a escuridão, o que lhe disse que, provavelmente, não havia janelas.

Romances policiais; os livros mais seguros da biblioteca.

Encrenca se recostou e meditou sobre seu próximo movimento. Às vezes, quando alguém se depara com um problema, é muito difícil admitir que não fazer nada pode ser tão bom quanto fazer alguma coisa. Encrenca era do tipo de pessoa que fazia alguma coisa, e ir embora dali lhe parecia uma derrota. Mas decidiu que era melhor não ver sua atitude como ir embora, e sim como reagrupar-se para um segundo ataque.

Encrenca pegou sua caneta. À sua lista de pinturas suspeitas, acrescentou:

Tela até o chão, camuflada (óleo sobre tela): sala secreta????

A seguir, fez um grande ponto de interrogação vermelho no mapa do corredor do segundo andar, no local onde ele dizia que não havia nada além de um trecho em branco da parede.

4. UMA PROPOSTA DE PESQUISA

O jantar naquela noite foi simples. Tia Schadenfreude havia decidido comer em seu quarto e Turbilhão foi para a cama cedo; colidiu com o cervo empalhado, que ficava no salão de taxidermia, e foi levemente ferido por uns chifres que caíram. Suas mãos e braços — onde sua pele preta já estava ricamente pontilhada de cicatrizes de uma vida inteira de acidentes de navegação — apresentavam vários novos cortes. Encrenca, que não tinha nenhuma cicatriz, morria de inveja.

Os demais membros da família estavam largados em volta da mesa da cozinha, exaustos devido à limpeza. Tragicamente, Herança não estava nem um pouco cansada. Estava ali sentada, mastigando sem parar os trechos da história da família e tagarelando sem parar por causa da mesma fatia de pão. Encrenca estava sentada ao seu lado, com o mesmo entusiasmo de um prisioneiro indo para a guilhotina. Mestre-cuca piscou para ela com empatia por cima da cabeça da tia e fingiu nocauteá-la com uma concha.

— Encrenca! As mãos! — exclamou Mestre-cuca. — Lave as mãos primeiro. E animem-se! Meninas, com essa cara comprida vocês me lembram do meu primeiro cavalo.

Mestre-cuca colocou um prato diante de Encrenca e lhe deu um pedaço a mais de pão de alho.

— Chamava-se Rasputin. Era um garanhão ruão grande, miserável como o pecado. Felicidade, você está tão parecida com ele que quase dei um torrão de açúcar para você.

Encrenca conhecia Mestre-cuca a vida inteira e por muito tempo havia pensado que era uma prima distante. Foi um grande choque saber que "Mestre-cuca" não era o nome de batismo dela, e que não era uma Swift, e sim uma coisinha chamada Winifred. No início, Encrenca considerou isso uma grande traição e se recusou a comer qualquer coisa feita pelas mãos de uma traidora. Mas, depois de uma semana vivendo de biscoitos guardados e frutas verdes colhidas no pomar, reorganizou algumas coisas em seu cérebro e percebeu que a moça não era uma traidora, e sim uma grande heroína. Mestre-cuca — Winifred — não havia nascido Swift, mas vivia entre eles, tinha adotado um nome Swift adequado e se tornado uma Swift por escolha.

Mestre-cuca quase nunca falava sobre como era sua vida antes de ir morar na Casa; dizia apenas que havia fugido de casa. De bochechas rosadas e mandíbula dura, ela sempre falava como se tivesse na boca uma bola de gude, a qual tentava desesperadamente não engolir. Havia contado a Encrenca que tinha feito algo chamado "aulas de eletrocussão" quando criança, e por isso parecia tão chique. Encrenca achou terrível eletrocutar alguém só para fazê-lo falar de um jeito diferente, e raciocinou que devia ser por isso que Mestre-cuca havia fugido.

Mestre-cuca era da família, mesmo não sendo da Família, e todos entendiam isso na Casa — todos exceto tia Herança, pelo visto, que não conseguia entender que Mestre-cuca não trabalhava para eles.

— Mestre-cuca, para o café da manhã de amanhã gostaria de dois ovos cozidos, bons e moles — disse Herança.

— É mesmo? — disse Mestre-cuca suavemente. — Preciso mostrar como funciona o fogão, então. Ele é meio temperamental.

Um instante depois, Herança comentou:

— A Reunião deve dar muito trabalho, Mestre-cuca. Tem certeza de que consegue dar conta?

— É muito gentil de sua parte se preocupar, mas somos mais que capazes — disse Mestre-cuca, apontando para as tigelas, bandejas e panelas amontoadas no balcão da cozinha, a primeira linha de defesa contra os apetites da família. — A coragem da pessoa é testada em tempos difíceis; é o que eu sempre digo!

E, por fim, enquanto as meninas tiravam a mesa, Herança esfregou uma mancha no copo e disse:

— É muito estranho que a Casa deste tamanho tenha apenas uma empregada.

O pote que Mestre-cuca tentava abrir rachou em suas mãos.

— Uma empregada? — Olhou ao redor com falsa surpresa. — Não sabia que havíamos contratado alguém.

Encrenca teve a sensação de que em todas as Reuniões ocorriam conversas como essa. Também teve a sensação de que gostaria de pegar emprestada a concha de Mestre-cuca.

Pelo visto, enquanto as meninas comiam a sobremesa, tia Herança enfim se fortaleceu.

— Meninas — disse e cruzou as mãos sobre a mesa —, não posso deixar de sentir que vocês não estão tratando a Reunião com a emoção que merece.

As meninas a olharam, sem expressão.

— Talvez — Herança tentou de novo — sua tia não lhes tenha ensinado a importância que tem para a família.

Encrenca abriu a boca para dizer que claro que sabia que era importante, pois havia uma quantidade enorme de ouro em jogo, mas Felicidade se antecipou.

— Não é que não queiramos ver os nossos parentes — disse ela com tato.

Com seus catorze anos, ela era a única capaz de se lembrar da última Reunião. Havia contado a suas irmãs que era como ser encurralada por uma centena de instrumentos, todos com um toque desafinado.

— É que são muitos. Preferiríamos que viessem em turnos.

— Ou formando uma fila organizada — acrescentou Fenômeno.

Os olhos lacrimejantes de tia Herança exibiam aquele brilho maníaco de novo.

— Nossa família pode ser... caótica, mas vocês conhecem a história. Nossa vinda aqui, nesta Casa, é uma tradição. A tradição, meninas, é uma coisa viva, uma chama transmitida do passado para o futuro! É o nosso dever mantê-la viva. Temos que nos orgulhar da nossa história, da honra de nossos antepassados.

— Por quê? Alguns deles não eram particularmente honrados — apontou Encrenca.

— Sim, é verdade, houve algumas maçãs podres. Mas você deve saber, Encrenca, que os Swifts não são pessoas normais. As regras não se aplicam a nós da mesma maneira.

— Meu Deus, é como se eu nunca houvesse saído do palácio — murmurou Mestre-cuca, bufando.

— Como família, somos abençoados — prosseguiu tia Herança. — Pessoas normais passam a vida inteira tentando se encontrar; mas nós, uma vez que recebemos nosso nome, conhecemos a nós mesmos, nosso papel, desde o nascimento até a morte. Bom ou ruim, nós apenas... somos. O Dicionário nos guia. — Ela olhou fixamente para Encrenca. — Você não acha uma tranquilidade saber exatamente quem é?

Encrenca sentiu seu estômago revirar, mas não saberia dizer por quê. Recordou as palavras de tia Schadenfreude: você não pode evitar, é seu nome.

Mestre-cuca educadamente perguntou a Herança se não gostaria de pegar emprestada uma armadura leve para poder visitar a biblioteca, visto que ficaria fechada durante o fim de semana. A tia das meninas saiu da mesa, alheia ao transtorno que havia causado.

— Quanta bobagem! — Mestre-cuca olhou para as três meninas, que olhavam a toalha de mesa, e começou a remexer em um dos armários. — Tomem. Fui ao correio, já que Suleiman ainda está ausente, e trouxe algo que pode animá-las.

Parte do ar de mistério de Mestre-cuca provinha do fato de que ela era a única pessoa que saía com regularidade da Casa; disparava rua afora em sua motocicleta vermelha barulhenta e voltava com as compras no sidecar. Naquele dia, tirou do armário um grande pacote quadrado e embrulhado em papel pardo. O humor de Encrenca melhorou um pouco.

— Se a Reunião começa amanhã, isso significa que mamãe e papai voltarão para casa? — perguntou, esperançosa.

Mestre-cuca evitou seus olhos.

— Tenho certeza de que dirão na carta.

A abertura da correspondência dos pais das meninas era uma cerimônia, pois só chegava a cada poucos meses e estava sempre recheada de presentes. Encrenca gostava de olhar primeiro os carimbos e selos postais, o registro da viagem que o pacote tinha feito. Fechava os olhos e imaginava como eram esses lugares, o cheiro que tinham, coisas que nunca poderia saber pelas imagens de um atlas. Nos últimos tempos, a maioria dos selos era em português e espanhol, idiomas dos quais Encrenca sabia ler um pouco, e tinha desenhos à tinta de montanhas borrados pela chuva ou pela água do mar. Com cuidado, alisou o papel e leu. Lima. Rio de Janeiro. Paris. Londres. Talvez, quando tivesse nas mãos o tesouro de Vil, ela pudesse seguir os carimbos de volta até seus pais.

Mestre-cuca separou uma garrafa de algo escuro para Turbilhão, um envelope grosso para Schadenfreude e um pacote de sementes para si mesma. Havia um presente para cada uma das meninas também. Para Fenômeno, um novo diário com capa de couro, do tipo que Charles Darwin havia usado. Para Encrenca, uma faca grande, quase como uma espada, que se alargava em direção à ponta. Esse foi imediatamente confiscado por Mestre-cuca.

Felicidade não demonstrou a mesma pressa de suas irmãs. Apenas pegou sua carta e suas revistas de moda francesas amarradas com uma fita e subiu as escadas calada. Nos últimos anos, andava menos entusiasmada com as cartas dos pais. Pareciam deixá-la triste.

Havia também um postal endereçado a cada uma.

O de Encrenca dizia:

PRIMEIRA VEZ AQUI! HÁ GLIFOS MARAVILHOSOS, LOGOGRAMAS ABSOLUTA-MENTE ESPETACULARES, BEM-CLAROS E BEM-CONSERVADOS. SEU PAI FOI MOR-DIDO POR ALGUMA COISA E NÃO PARA DE RECLAMAR. MANDAMOS UM FACÃO PARA VOCÊ USAR NAS URTIGAS.

COM AMOR,

MAMÃE E PAPAI

P.S.: NÃO CORRA COM O FACÃO.

P.P.S.: DESCULPE, NÃO PODEREMOS IR À REUNIÃO. DIGA OLÁ PARA SEUS PRIMOS POR NÓS, E FIQUE LONGE DE ENCRENCA, ENCRENQUEIRA!

O cartão-postal mostrava os degraus de um templo envolto em vegetação. Seus pais estavam no templo real, reconstruindo línguas mortas para a universidade. Encrenca fingiu que o cartão-postal era uma janela e que, se olhasse bem, poderia ver sua mãe ajoelhada perto de uma das esculturas, com um caderno na mão; ou seu pai, remexendo em um kit de primeiros socorros. Não os via fazia mais de um ano. O postal ficaria maravilhoso em sua parede com todos os outros.

A sensação que Encrenca tinha a cada menção de seu nome havia encontrado um cantinho escuro em sua mente, uma parte em que chovia bastante. Foi crescendo e crescendo durante muito tempo, alimentada pelas palavras de tia Herança, até que ela se sentisse como o templo do cartão-postal, desaparecendo no meio da selva.

Mas o discurso de tia Herança lhe deu uma ideia. Do nascimento até a morte, havia dito. Encrenca abriu seu mapa debaixo da mesa, só para checar de novo.

Então, deu um chute no tornozelo de Fenômeno.

— Laboratório — balbuciou diante do olhar indignado de Fenômeno. — Uma hora.

* * *

Tia Schadenfreude havia dado a Fenômeno um quarto no sótão, pensando que os maus cheiros, assim como o calor, aumentariam, e lá, manteria o fedor químico dos experimentos de Fenômeno longe dos andares inferiores. Fenômeno não se incomodava com eles; um acidente com gás cloro quando ela tinha quatro anos tinha destruído seu olfato. Ninguém se aventurava no laboratório, exceto Encrenca, que com frequência era convocada quando Fenômeno estava fazendo seus experimentos mais perigosos, para fazer o trabalho semelhante ao de um canário em uma mina de carvão.

Enquanto tia Herança se acomodava no Quarto Castanho-avermelhado abaixo, Encrenca subiu para o laboratório de sua irmã. Gostava do quarto de Fenômeno. Tinha o teto inclinado, um pouco queimado, com pôsteres da tabela periódica e mulheres sérias de jaleco. Havia uma cama enfiada embaixo da janela, mas Fenômeno passava a maior parte do tempo na grande bancada cheia de marcas, cercada por tubos de ensaio, frascos, garrafas, béqueres, três bicos de Bunsen e um velho microscópio no canto, que parecia um grande inseto de latão agachado.

Encrenca encontrou Fenômeno em pé, com óculos de segurança e um tubo de ensaio vazio na mão, roncando baixinho. Cutucou-a com força na coxa com um termômetro e Fenômeno abriu os olhos. E ligou o bico de Bunsen como se não houvesse adormecido.

— Ah, que bom que você chegou. — Estendeu um béquer para Encrenca.

— Que cheiro é esse?

Encrenca fungou.

— É doce — disse ela, decidida. — Parece um pouco a torta Bakewell.

— Droga. — Fenômeno suspirou. — Fiz cianeto. De novo.

O veneno foi para uma garrafa que tinha um adesivo brilhante de caveira e ossos cruzados, e a garrafa para o armário com as outras preparações, devidamente rotulada e fechada com firmeza.

— Você está mal-humorada — observou Fenômeno, lançando um olhar rápido e penetrante para a irmã. — Está inquieta. Se não tomar cuidado, vai derrubar alguma coisa.

Encrenca deu de ombros.

— É provável. Você ouviu a tia Herança, não posso evitar. Está no meu nome.

Fenômeno bufou.

— É por isso que está chateada? Herança só fala besteira. Todo aquele papo sobre o Dicionário… — Fenômeno brandiu seu termômetro como uma varinha. — Correlação não é o mesmo que causalidade, Encrenca.

— E isso é o quê?

— Isso quer dizer que só porque duas coisas parecem conectadas não significa que estejam de verdade.

Encrenca não estava convencida. Ficou brincando com um tubo de ensaio.

— Humm. E qual é a definição de Fenômeno?

— Ah, essa é fácil. Encontro isso o tempo todo nas pesquisas. Significa "fato ou evento de interesse científico que faz você querer fazer experimentos".

— Então, você tem um nome científico e gosta de ciência. — Encrenca enfiou o dedo no tubo de ensaio e bateu com ele na bancada. — O nome de Turbilhão significa "grande remoinho", e ele foi capitão do mar. Acha que a tia Herança tem razão? Que o Dicionário sabe quem seremos?

Os olhos de Fenômeno brilharam por trás de seus óculos.

— Claro que não. — Ela tirou um lápis dos cabelos e abriu seu caderno novo. — Mas… acho que o tema merece mais pesquisas, visto que levanta muitas questões sobre natureza versus criação. Talvez seja mais uma questão metafísica, mas alguns aspectos dela talvez possam ser medidos.

Fenômeno começou a divagar sobre coisas das quais Encrenca não entendia, e esta tentou de fininho puxar o dedo para fora do tubo de ensaio. Mas estava preso. Começou a chacoalhar a mão freneticamente embaixo do banco.

— Achei que houvesse uma maneira de saber.

— Se você esperar, vai crescer, e então saberemos com certeza — disse Fenômeno.

Houve um barulho de vidro se quebrando quando o tubo de ensaio escorregou do dedo de Encrenca e se espatifou no chão.

— Se bem que talvez fosse melhor resolver isso o quanto antes. Nossa, você poderia ser um estudo de caso!

Fenômeno procurou seu frasco. Para manter seu cérebro em perfeitas condições, ela preparava uma espécie de vitamina para beber no laboratório. Era cor de lama e continha, entre outras coisas, espinafre, couve, óleo de fígado de bacalhau, mirtilo, certos tipos de algas, molho de soja, brócolis e gema de ovo. Ela a chamava de solução Solução. Toda vez que a irmã tomava um gole, Encrenca sentia ânsia de vômito. Fenômeno afirmava que continha todas as vitaminas e proteínas de que precisava para um longo dia de exercício mental. E Encrenca afirmava que cheirava a lixo.

— Herança parece pensar que o próprio Dicionário decide os nossos nomes — disse Fenômeno —, portanto, idealmente, o primeiro passo seria procurar a sua definição exata. Mas o Dicionário está atrás de um vidro, e deve ser frágil. Mesmo se conseguíssemos, tia Herança poderia mesmo nos matar.

— Ela poderia tentar. Mas eu já pensei nisso — disse Encrenca. — Veja.

Ela abriu o mapa sobre a mesa. Havia outro lugar onde as definições dos Swifts estavam escritas; um lugar onde ela estava morrendo de vontade de entrar.

Ela apontou para a parte inferior do mapa, onde dizia PORÃO.

5 ASSUNTOS DE SEPULTURA

As meninas esperaram até meia-noite para colocar seu plano em ação, sabendo que qualquer coisa secreta deveria ser feita ao soar da hora zero, em que a Casa estaria dormindo em segurança. Mas, apesar disso, não corriam muito risco de serem ouvidas. A única pessoa que dormia perto o suficiente do porão para poder ouvir algo era Mestre-cuca, e como ela acreditava que a casa era mal-assombrada — crença que mantinha com a mesma fé inabalável que tinha no alho, na aspirina e no correio —, com certeza atribuiria qualquer barulho a espíritos.

O desafio mesmo seria entrar no porão. Estava sempre trancado e havia apenas uma chave.

As meninas haviam entrado no escritório de tia Schadenfreude poucas vezes, e só quando estavam com problemas. Assim que Encrenca pôs o pé na soleira, estremeceu; os ecos de broncas anteriores ainda reverberavam em seus ouvidos. Os painéis de mogno e o papel de parede vermelho faziam com que parecesse um tribunal, dominado pela grande escrivaninha de onde tia Schadenfreude havia proferido sua sentença em várias ocasiões. Aquele escritório era um dos poucos cômodos que Encrenca não havia mapeado. Turbilhão tinha insinuado que havia uma saída secreta em algum lugar ali dentro, e ela ansiava por investigar o painel... mas tinha que se concentrar.

Tia Schadenfreude estava dormindo na poltrona de veludo vermelho e espaldar reto que usava em vez de cama. Sua gargantilha de ferro brilhava de leve à luz do fogo moribundo. Assim como as chaves que levava no cinto.

Fenômeno ficou à porta. Uma vida inteira despejando produtos químicos em frascos dera-lhe mãos mais firmes, mas Encrenca era muito mais talentosa em questões de furtos: ao longo dos anos, tinha roubado todos os diários de Felicidade e recentemente ousou furtar coisas de tio Turbilhão.

Encrenca estalou os dedos ao lado da orelha de sua tia para verificar se estava em sono profundo; como a tia não se mexeu, ergueu as chaves com uma das mãos e com a outra enrolou com firmeza uma tira de um dos vestidos estragados de Felicidade em volta delas, para abafar o tilintar.

Tia Schadenfreude se mexeu um pouco dormindo. Sua gargantilha de ferro bateu na lateral da cadeira. Encrenca não sabia por que sua tia a usava. Mestre-cuca dizia que, do ponto de vista médico, não precisava, e não devia ser confortável. Talvez tivesse medo de que, se retirasse a gargantilha, sua cabeça caísse.

Torcendo para que seus dedos não tremessem, Encrenca começou a desafivelar o velho cinto de couro na cintura da tia. Estava quente no escritório, pois tia Schadenfreude mantinha a grande lareira acesa mesmo no verão. Suando, Encrenca deslizou em silêncio as chaves para fora do cinto e, mordendo a língua, concentrada, voltou a afivelá-lo.

Tia Schadenfreude nem se mexeu.

Quando estava saindo, Encrenca viu um livro pequeno e bem gasto na mesa de leitura de sua tia. Ignorando o gemidinho de frustração de Fenômeno, pegou-o e o abriu na página marcada.

Era um dicionário surrado, alemão-inglês. Sublinhado na página marcada, lia-se:

<u>Schadenfreude (substantivo)</u>
<u>Prazer sentido com a infelicidade alheia</u>

Para Encrenca, fazia sentido.

— Vamos! — sibilou Fenômeno.

Encrenca colocou o livro de volta na mesa e escapuliu do quarto.

✳ ✳ ✳

Havia outra tradição na família Swift que acompanhava a nomeação. Não era tão alegre; mais ou menos uma semana após o nascimento de uma criança, chegava um pacote grande e pesado à Casa Swift, que deveria ser guardado no porão até que fosse necessário.

Seus nomes eram literalmente gravados em pedra.

Olhando para baixo do degrau mais alto, Encrenca concluiu que devia ser no porão que sua família armazenava toda a escuridão extra. Ela e

Fenômeno olharam uma sala que cobria toda a extensão da Casa, um espaço sem fim onde as sombras viviam, respiravam e eram engolidas por sombras maiores e mais famintas. Sua lanterna era um fio nu de luz que se contorcia em um labirinto de prateleiras de aço, e sobre elas havia lápides organizadas como livros.

Encrenca apontou a lanterna para a lápide mais próxima. Dizia: "Aperfeiçoar Swift". E depois, havia um espaço em branco onde deveriam estar as datas de nascimento e morte, e embaixo a definição: "Verbo: produzir ou adquirir melhoria".

Uma varredura da lanterna na prateleira revelou mais centenas de lápides. Até aquele momento, Encrenca não havia entendido o quanto sua família era grande. Os Swifts estavam espalhados pelo mundo e ela conhecia muito poucos deles — pelo menos enquanto estavam vivos. Geralmente os conhecia quando já não estavam.

— Ainda bem que nunca vamos me encontrar aqui — disse, alegre.

— Claro que vamos — disse Fenômeno. — Veja, estão em ordem alfabética. É como uma biblioteca!

Encrenca semicerrou os olhos. Era verdade: em cada prateleira havia letras elegantes estampadas. Era exatamente como uma biblioteca, só que a pessoa só tinha permissão para pegar um livro, e só depois de já não poder pegar mais nada.

Mesmo com as letras, foi difícil se orientar. Voltaram à direita no D e acabaram no S. Voltaram à esquerda no S e se viram no H. Passaram por P, Q, R e acabaram no A.

— O! — disse Fenômeno.

— Ó o quê?

— Não, é só a letra O. Já passamos.

— Ah. Está vendo eu?

— É "está me vendo".

— Vendo você?

— O quê?

— Achei que você estava vendo você.

— Vocês duas são ridículas — disse uma voz na escuridão.

As meninas se voltaram.

Felicidade estava de braços cruzados, tão entediada quanto era possível estar à meia-noite em um porão cheio de lápides.

— O que está fazendo aqui? — sibilou Encrenca.

Felicidade fez uma careta.

— O que eu estou fazendo aqui?! Estava acordada até tarde, costurando — lançou a Encrenca um olhar especialmente cruel —, quando ouvi alguém andando sem cuidado por aqui. Achei que poderiam ser ladrões.

— Não estávamos andando sem cuidado. E o que você teria feito se fossem ladrões?

— Eu teria perguntado se não preferiam ser sequestradores, e apontado para o seu quarto.

Encrenca havia aprendido uma nova palavra recentemente, que era incandescente. Significava "candente, brilhante como uma vela", mas também "exaltado". Com sua lanterna apontada para o queixo e sua raiva a fazendo brilhar por dentro, Felicidade com certeza estava incandescente.

Fenômeno se interpôs entre as duas.

— Isso é perda de tempo. Você vai ficar ou vai embora, Felicidade?

— Bem, conhecendo vocês duas, vão acabar derrubando uma prateleira e ficando esmagadas sob uma pilha de escombros — disparou Felicidade.

— E daí?

— E daí que, na verdade, eu não iria gostar muito disso, embora vocês merecessem. Vocês são minhas irmãs. Agora, saiam do caminho.

Antes de suas irmãs nascerem, a bebê Felicidade tinha pouco a fazer, exceto engatinhar pelo labirinto de sebes do jardim. Ela acabou ficando bastante adepta dos labirintos, e agora encontrava o caminho por entre as prateleiras com facilidade. Encrenca e Fenômeno seguiram logo atrás dela, e a escuridão cobria a retaguarda.

Depois de um tempo, Felicidade disse:

— Veja, ali está o M! Ajudem aqui.

Com esforço, as três voltaram a lápide de Encrenca para a frente e se amontoaram para ler.

Dizia:

Encrenca Swift

Adjetivo e substantivo
1. Que ou aquele que leva a vida em diversões.
2. Aquele que é sagaz, arguto.
3. Que se vale de astúcia, espertalhão.

Encrenca mordeu o lábio.

— E então? — perguntou Felicidade.

— Sou eu, sem dúvida — disse Encrenca, triste. — Não conheço algumas dessas palavras, mas eu sei o que significa espertalhão, e com certeza sou assim.

— Então, por que você não parece satisfeita? — perguntou Felicidade.

Fenômeno começou a explicar a Felicidade sobre natureza versus criação, e predeterminismo, e um monte de outras coisas complicadas, mas Encrenca não a ouvia. Estava encarando a lápide de granito com seu nome.

Para muitas pessoas, olhar para o próprio nome em uma lápide seria uma experiência triste ou assustadora, mas para Encrenca, que ensaiava o funeral de sua tia havia anos, era apenas como olhar para uma roupa que ainda não lhe servia. Passou o dedo pelo M esculpido. De acordo com aquilo, ela ficaria tramando coisas e causando problemas para sempre. Ainda que gostasse de seu nome (e gostava mesmo), e ainda que combinasse com ela (e combinava mesmo), preferiria ter sido consultada antes de ficar presa a ele pelo resto da vida.

Encrenca estava sentindo muitas coisas complicadas e não estava gostando muito disso.

— Tive uma ideia — disse.

Fenômeno e Felicidade pararam de sussurrar. Uma ideia de Encrenca era uma coisa perigosa.

— Vamos precisar de uma corda, um skate, fósforos e uns produtos químicos da Fenômeno — disse Encrenca. — Felicidade, me ajude a levantar isto…

— De jeito nenhum.

Encrenca suspirou.

— Não seja desmancha-prazeres, Feli-cidade.

— Você não vai… explodir isso, ou fazer seja lá o que esteja pensando em fazer. Vai colocar todas nós em apuros. E, de qualquer maneira, ainda estou brava com você!

— Ora, se não vai ajudar, pode ir — disse Encrenca com altivez.

Começou a puxar a lápide, que rangeu quando foi se inclinando devagar em sua direção.

— Fenômeno, prepare-se para pegá-la comigo.

— Eu… tudo bem — disse Fenômeno, inquieta.

— Você não é forte o suficiente, Encrenca. E Fenômeno com certeza não é forte!

— Tudo bem, eu me viro sozinha — retrucou Encrenca.

Apoiou o pé na prateleira inferior e puxou de novo, grunhindo pelo esforço. A prateleira balançou um pouco.

Felicidade arregalou os olhos e segurou o ombro da irmã.

— Dá pra parar? Você vai acabar se machucando!

Encrenca sacudiu o ombro.

— Ótimo, assim você vai pode dizer "eu avisei". Não seria a...

Com um último movimento, Encrenca conseguiu puxar a pedra para fora da prateleira.

Assim que o peso caiu sobre ela, Encrenca percebeu seu erro. Era pesada demais. A lápide tombou em suas mãos, seu nome foi caindo sobre seu rosto, Felicidade gritou e...

Encrenca saiu do caminho bem a tempo, quando a lápide caiu no chão e se partiu ao meio.

✳ ✳ ✳

Por um momento, as três ficaram imóveis. Encrenca aguçou os ouvidos, tentando captar movimentos dentro da Casa. Assim que começou a relaxar, ouviu um rangido e o baque abafado de duas pernas e uma bengala caminhando por um corredor, muito acima delas.

— Ah, ótimo trabalho, Felicidade.

— Você não pode me culpar por... — Felicidade reprimiu uma palavra grosseira. — Quer saber, deixa pra lá. Faça o que quiser, não vou ser pega aqui.

E correu para a escuridão.

Encrenca e Fenômeno não tiveram escolha; foram correndo atrás dela, ou ficariam perdidas entre as prateleiras. Foram seguindo o rabo de cavalo de Felicidade, que balançava por entre as pilhas de lápides, aproximava-se dos degraus do porão, subia e saía. Ofegante, Encrenca fechou a porta e a trancou. Se conseguisse devolver as chaves de manhã antes que tia Schadenfreude notasse a falta delas, e se Felicidade não contasse nada, a tia jamais saberia.

O escritório de tia Schadenfreude ficava no segundo andar, no final do corredor leste. Ao que parecia, ela estava descendo para o primeiro andar. Encrenca arrastou Fenômeno, subindo a grande escadaria, percorrendo o longo corredor oeste à direita e subindo o segundo lance de escadas para o segundo andar, no momento em que a bengala de tia Schadenfreude começou a descer com um baque ameaçador.

Foi por pouco. Soltaram suspiros irregulares de alívio e se separaram. Fenômeno foi para seu laboratório com pernas instáveis, Encrenca, para seu próprio quarto.

As luzes estavam todas apagadas e era difícil ver o caminho na escuridão, mas isso não importava. Encrenca vivia há tanto tempo na Casa que suas pernas sabiam o caminho sozinhas. Estava se virando muito bem sem usar os olhos, até que, de repente, eles encontraram algo para olhar.

Certa vez, Tio Turbilhão tinha mostrado a Encrenca a foto de um tamboril. É uma criatura que vive nas profundezas da água, nas partes do mar esquecidas pelo sol. Ele passa a vida toda na escuridão e atrai presas tolas balançando uma luz que tem na testa, logo acima de suas mandíbulas.

Por isso, quando Encrenca viu tia Herança, uma figura pálida usando uma camisola antiquada com uma lanterna amarrada na cabeça, flutuando pelo corredor, seu primeiro pensamento foi o tamboril. Seu segundo pensamento foi que seja lá o que estivesse naqueles tubos misteriosos que ela havia trazido não poderia ser muito pesado, porque estava com todos eles amarrados nas costas.

Encrenca observou sua tia passar pela *Duquesa de cara azeda*, o *Natureza morta de uma tigela de pistache*, *Um estudo com tinta* e a *Freira cutucando o nariz* e parar em frente à pintura que parecia um trecho em branco da parede. Ela virou a tela. Encrenca esperou que ela pegasse uma chave para o buraquinho redondo, mas, em vez disso, Herança tirou os óculos. Torceu uma das hastes e ela se soltou da armação com um leve clique. Ela colocou a haste no buraco da fechadura. Encrenca ouviu o som baixo das engrenagens se mexendo lá dentro.

Em segundos, tia Herança entrou e fechou a porta.

Se Encrenca não estivesse presa a um corpo humano frágil que precisava dormir de vez em quando, teria vigiado o quarto secreto a noite toda. Mas acabou cochilando dentro do grande vaso onde estava escondida e acordou antes do amanhecer, com o pescoço dolorido e uma perna formigando, ainda segurando as chaves de tia Schadenfreude. Ouviu vozes lá embaixo, Mestre-cuca e sua tia trabalhavam na cozinha, tio Turbilhão carregava mesas para o corredor.

Ela saiu do vaso, foi mancando o mais rápido possível até o escritório vazio de Schadenfreude e jogou as chaves sobre a escrivaninha. Com sorte, sua tia pensaria que ela mesma as havia deixado lá. Em seguida, Encrenca foi até a cozinha, fingindo bocejar e esfregando os olhos como se houvesse acabado de sair da cama. Recebeu um café da manhã apressado, um vestido de veludo feio e um severo alerta: a manhã da Reunião estava chegando.

Ainda estava escuro quando Encrenca subiu em seu poleiro, no topo do telhado. Uma luz acinzentada se infiltrava no horizonte, como se o céu houvesse vazado. Acomodou-se de pernas cruzadas, com seu caderno e um pacote de biscoitos, e tateou em busca de sua lanterna.

Existem muitas maneiras de passar mensagens a distância sem o uso de um telefone. Iodelei é uma, pombos, outra. Para economizar em pastilhas para a garganta e ração para pássaros, Encrenca decidiu que a combinação de uma lanterna e um conhecimento profundo do código Morse era o meio mais eficaz de se comunicar com o carteiro da região.

Começou a acender e apagar a lanterna. Cada flash curto era um ponto, cada flash longo era um traço. No conjunto, a mensagem ficou assim:

....-.. .-.. --- / ...

E significava:

OI, S

Depois de alguns segundos, a vários quilômetros de distância, no sótão da agência do correio, uma lanterna se acendeu:

-- --- .-. -. .. -. --. / ...

Ou:

BOM DIA, M

Era Suleiman. Ele era uma das únicas pessoas que acordava tão cedo quanto Encrenca, que odiava estar dormindo no melhor momento do dia. Ela imaginava que era como estar morta e, como pretendia nunca morrer, achava que não precisava treinar. Todas as manhãs, ela subia ao telhado, observava o nascer do sol e fazia sinais para Suleiman perguntando-lhe se poderia ou não fazer uma entrega.

ESTÁ SE SENTINDO MELHOR?

SIM, OBRIGADO. MESTRE-CUCA PEGOU OS PACOTES?

SIM

FIQUEI SEM CONSEGUIR TRABALHAR

Encrenca sorriu.

QUAL É O CAFÉ DA MANHÃ HOJE?, perguntou ela.

ARENQUE DEFUMADO, HHMMM, respondeu ele.

QUE NOJO!

Encrenca gostava de conversar com Suleiman, que às vezes contava minuciosamente piadas em Morse, ou lhe falava das travessuras de seu pequeno terrier, ou pedia ajuda com as palavras cruzadas. Mas demorava muito para escrever as coisas em código Morse, de modo que logo já estava claro demais para usar as lanternas.

NÃO VENHA NOS PRÓXIMOS DIAS, disse ela com sinais de luz. **REUNIÃO DE FAMÍLIA**

QUE ECOCIONANTE!!! MANDE UM OLÁ PARA A FAMÍLIA

Ele queria dizer emocionante, pensou Encrenca. Seria mesmo terrível e horrivelmente emocionante.

O céu clareou ainda mais e ganhou um pouco de cor nas bochechas. Em seu poleiro no telhado, deitada com uma garrafa de chocolate quente na mão, Encrenca se sentia como um vigia na fortaleza de um castelo observando a chegada das forças inimigas. Fixou os olhos nos binóculos e, durante a maior parte da manhã, tudo que viu foram carros: carros modernos, carros antiquados, carros caindo aos pedaços, de dois lugares, quatro lugares, compridos com muitos lugares que a faziam pensar em peixes com dentes à mostra. Contornavam o lago — que era como um espelho de prata — e estacionavam lado a lado na entrada de cascalho, bloqueando o caminho para a Casa. Havia muitos deles, e alguns carregavam grandes ferramentas no bagageiro, como se pretendessem praticar mineração antes da hora do chá.

Encrenca olhou de novo para a mochila, que havia preparado para sua caça ao tesouro; recusou-se a se deixar intimidar. Ficou sentada um bom tempo, olhando para a claraboia que dava para seu quarto, ouvindo o zumbido de vozes provindas de baixo, que, assim como os produtos químicos de Fenômeno, deixavam-na tonta e meio enjoada.

Subiu por um cano de drenagem da calha e bateu à janela da irmã.

— Vai descer? — gritou através do vidro.

— O QUÊ?

Fenômeno estava em seu banco, como sempre, só que, dessa vez, com protetores de ouvido grandes e fofos.

— Perguntei se vai descer.

— O PONTO DE EBULIÇÃO DO ENXOFRE É DE 444,6 GRAUS CELSIUS — disse Fenômeno alto demais, o que não foi bem uma resposta.

Encrenca deslizou de volta pelo cano e observou Felicidade, que estava diante de sua penteadeira, se maquiando. Encrenca fez um barulho de ganso bem alto, o que fez sua irmã dar um pulo e pintar uma faixa de batom rosa na lateral do rosto. E Encrenca pulou de novo em seu próprio quarto antes que

Felicidade pudesse jogar um sapato nela. Debaixo de sua cama, o rabo laranja de John, o Gato, estremeceu. Ela sabia como ele se sentia.

— Fique aqui, John, o Gato — disse ela, solenemente. — Se alguém entrar, não tenha piedade.

John piscou devagar para mostrar que entendia e amassou o carpete com as garras.

O tamanho da Casa, com suas alas leste e oeste, jardim de inverno, torre e inúmeros quartos de hóspedes, de repente fez sentido para Encrenca quando parou no alto da grande escadaria e viu o corrimão que descia para o saguão. A Casa havia sido construída para estar sempre cheia. Agora que os convidados haviam chegado, as grossas portas de carvalho estavam abertas, e a Casa respirava fundo as pessoas, fazendo-as correr entre a sala de bilhar, o salão e o outro lado do corredor, onde Mestre-cuca se superava com um magnífico bufê. Todo mundo conversava, ria, bebia champanhe, todos amontoados como sardinhas. No entanto, não parecia apertado. A Casa era confortável, como uma velha almofada que finalmente tinha enchimento o suficiente.

Encrenca ouviu um leve farfalhar à sua esquerda e se assustou ao ver uma pessoa com as pernas no corrimão, desenhando um lagarto no braço. Notou Encrenca uma fração de segundo depois de ela a notar, e ambas ficaram paralisadas.

A pessoa tinha mais ou menos a idade de Encrenca, imaginou ela. Nunca havia visto ninguém com mais ou menos sua idade, além de Fenômeno, e Fenômeno não contava. Estava com uma calça arregaçada e uma blusa de lã estampada de azul e preto que parecia três tamanhos maior. Encrenca não sabia se era uma menina ou um menino, nem se seria uma grosseria perguntar. E, se fosse grosseria perguntar, se seria do tipo certo de grosseria.

— Olá — disse Encrenca, incerta.

— Olá — respondeu a pessoa.

As duas se entreolharam como gatos cautelosos.

— Sou Encrenca. Gostei da sua blusa — disse ela, por fim.

— Eu sou... — Hesitou. — Lote. Sou Lote. E valeu, fui eu que fiz. A estampa deveria parecer as marcas de um sapo-ponta-de-flecha.

— Maneiro! — disse Encrenca, que nunca havia dito "maneiro" na vida. — Já li sobre eles. Estão entre os animais mais venenosos do mundo, não é?

— Sim.

— Meus pais estão no Peru. Queria que me mandassem uns girinos para eu poder criar um exército letal de sapos, mas eles disseram que se os girinos fossem feitos para voar, se transformariam em pássaros. E que, de qualquer maneira, eu não precisava de ajuda extra.

Lote sorriu. Encrenca retribuiu o sorriso.

Isso era fazer amizade? Nunca havia feito isso antes, de modo que ela não tinha ideia de como funcionava. Estendeu a mão, com a vaga ideia de que deveriam se cumprimentar assim. Lote hesitou. Antes que pegasse a mão de Encrenca, alguém subiu as escadas, de cara feia e mastigando alto grãos de café.

— Olá. Estão dando uma espiada no zoológico? — disse a pessoa, fingindo estreitar os olhos e olhar por entre o corrimão, como se estivesse olhando através das barras de uma jaula. Ela tinha cabelos pretos bem lisos e sobrancelhas severas. Devia estar nos estágios iniciais da idade adulta, pois mal apresentava as primeiras leves marcas ao redor dos olhos. — As feras estão animadas hoje.

— Que grosseria! São meus parentes — disse Encrenca.

— Meus também, por isso sou grossa com eles.

Ela jogou três grãos na boca.

Encrenca torceu o nariz diante do forte cheiro de café. A mulher a olhou de soslaio por um momento e, a seguir, como se fosse um gesto de educação, cuspiu os grãos sobre a borda do corrimão: um, dois, três.

— Ops! Acho que acertei alguém! — Colocou o resto dos grãos de volta no saquinho. — A propósito, sou Flora. É melhor vocês colocarem o crachá. Se Herança ver vocês sem ele, vai ter um troço.

— Ah — disse Lote, sem ânimo. — Ela está insistindo nisso?

Flora mostrou seu pequeno crachá dourado às duas crianças.

— Ah, sim. Sem parar. Estão ali, podem pegar — Apontou.

Perto da porta da frente havia uma mesa comprida, com uma pilha de papéis, um grande livro azul, uma fileira de crachás dourados e tia Herança, toda agitada, gritando para as pessoas assinarem. Ela estava no seu habitat natural, o que significava que estava irritando todo mundo.

— É a primeira Reunião de vocês, não é? — perguntou Flora, semicerrando os olhos. As crianças confirmaram. — Então, aceitem meu conselho de veterana nessas coisas. Sejam discretas, não confiem em ninguém e não participem de nenhum jogo cujas regras não conheçam.

Encrenca achou isso meio dramático.

— Mas todo mundo aqui é Swift — disse, franzindo a testa. — São da família.

Flora estreitou ainda mais os olhos.

— Exatamente — disse, sombria. — Rápido, estou fedendo a café? Estou, não estou? Dá para notar pelo seu nariz. — Ela remexeu na bolsa, pegou um vidrinho de perfume e borrifou em si mesma. A seguir, abriu uma latinha e jogou três balas de menta na boca de uma vez. — Assim está melhor. Hortelã, querem? Não? Tudo bem. — Ela se endireitou, estalou os dedos e sacudiu o pó de café do vestido. — Lá vamos nós direto para a brecha, imagino.

Encrenca ficou vendo Flora descer as escadas, com os ombros retos, como se estivesse indo para a batalha.

— Sabe o que é brecha? — perguntou Encrenca a Lote, mas, quando se voltou, seu novo aliado havia desaparecido.

Encrenca tentou encontrar um rosto que reconhecesse na multidão; ou, na falta disso, parte de um rosto, talvez um nariz ou queixo familiar, orelhas simpáticas ou um sorriso que reconhecesse como seu. Algo que unisse todos esses estranhos a si mesma. Demorou um pouco para distinguir a cabeça leonina de tio Turbilhão, com um copo na mão, vagando ao lado da mesa do bufê.

Ele encolheu, pensou. Parece menor que ontem. Usava um terno elegante, mas que parecia não ter visto a luz do dia desde a última Reunião; com um riso fácil, mas suas mãos, que geralmente se moviam com expressividade ligeira e segura quando ele falava, escondiam-se constantemente nos bolsos. Pensar que seu tio podia estar sentindo algo parecido com o que ela sentia — seu tio, cuja voz era como a buzina de um navio em meio à névoa e cujas costas eretas pareciam o mastro de uma embarcação — fez despertar a coragem de Encrenca.

Ela sacudiu a cabeça depressa, fez uns polichinelos para ganhar coragem e seguiu Flora até a tal da brecha.

Se você já foi muito pequeno — coisa que, a menos que tenha começado a vida já como adulto totalmente formado e de estatura média, deve ter sido — e se já vivenciou sua pequenez em um lugar lotado, deve conhecer a sensação desagradável de ser invisível para muitas pessoas com cotovelos bastante afiados. Encrenca estava vivendo esse desconforto pela primeira vez. Era como estar embaixo d'água; as conversas passavam acima de sua cabeça como ondas se quebrando na superfície do mar, enquanto ela era jogada para frente e para trás. As roupas flutuavam ao seu redor, arrastadas por correntes invisíveis. Era difícil respirar. Encrenca saiu em direção à mesa do bufê para buscar um terreno mais alto.

— Seu canalha! Vigarista!

Passou por entre dois parentes bem a tempo de ver uma figura extraordinária, com uma sobrecasaca, jogar uma luva aos pés de outro homem.

— Não ria de mim, *monsieur*! — gritou o homem de sobrecasaca. — Isso é um insulto à minha honra! Pistolas! Pistolas ao anoitecer! — disse, jogando seu longo cabelo encaracolado, como um poodle furioso.

Seu crachá cintilou. Dizia: PAMPLEMOUSSE. Enquanto o homem tentava desembainhar a espada que levava ao quadril, seu oponente terminou o canapé que estava mastigando e se afastou.

— Bandido! Cafajeste! *Fleur du mal*! Vamos resolver isso na queda de braço — gritou Pamplemousse. — Seu vira-lata! *Chien andalou*! Pedra-papel-tesoura até a morte!

Encrenca recolheu a luva e a devolveu a ele. De perto, pôde ver que ele tinha um bigode lustroso e encaracolado e, além da sobrecasaca, usava uma camisa de babados e calças justas. Também estava armado até os dentes.

Levava uma espada longa e fina de um lado do quadril, uma pistola do outro, e parecia um ouriço, coberto de adagas.

— Gostei das suas roupas — disse Encrenca. — Estavam muito na moda umas centenas de anos atrás. Li que as pessoas daquela época raspavam as sobrancelhas e colavam tiras de pele de rato no lugar, e que aquele pó facial continha chumbo e os envenenava.

O homem piscou.

— *Comment t'appelles-tu, petite?*

— Isso é francês? Eu só falo um pouco de espanhol — disse Encrenca.

— Perguntei seu nome. Sou Pamplemousse de Pastiche Martinet — disse ele, curvando-se tanto que seu cabelo roçou o chão. — Combatente, contador de histórias, imigrante.

— Encrenca. Humm... maravilha, caricatura, chalupa.

Começou a entender por que todos precisavam de crachás. Provavelmente economizaria tempo nas apresentações.

— O que aquele homem fez para irritar você? E por que você tem tantas armas?

— *Non*! Não são armas! São "dispositivos retóricos", como vocês dizem. Eu os uso para fazer que as pessoas me ouçam. E aquele homem — disse Pamplemousse com uma expressão sombria — pegou a última miniquiche. Haverá briga!

Furioso, ele foi em direção à multidão, chamando em voz alta para o jogo de gamão. Ninguém lhe deu atenção.

Encrenca decidiu que seria melhor pegar seu crachá. Havia algumas pessoas à mesa: uma mulher bonita com um vestido florido assinava seu nome no livro-mestre com uma letra cursiva meticulosa e caprichada. Um anel de noivado, cuja pedra era do tamanho de um ovo de tordo, tornava difícil que segurasse a caneta. Ao lado dela, Lote olhava fixamente para seu próprio crachá dourado. Mas o nome no crachá não era Lote.

Herança entregou a Encrenca seu crachá e enfiou um folheto em sua mão.

— Aqui está seu horário e, srta. DeMille, aqui está o seu. Você e seu querido noivo ficarão no Quarto Coral; espero — ela olhou para o anel — que esteja à altura de seus padrões. Encrenca, não esqueça de assinar e não perca o seu crachá.

Ela fez uma pausa em seu discurso apressado e franziu a testa, olhando para Lote.

— Não vai colocar o seu, meu amor?

— Já, já, vovó — disse Lote.

O fato de tia Herança ter um neto confundiu Encrenca um pouco. Ela via Herança mais como um cogumelo que como uma pessoa — que simplesmente brotava se as condições fossem adequadas —, mas viu que isso era bobagem. Claro que Herança tinha pais, irmãos e filhos. Todos tinham que ser parentes entre si de alguma maneira.

— O que é isso no seu braço?

Lote logo abaixou a manga, mas tia Herança foi mais rápida e puxou o punho da blusa. Estava preocupada, em vez de zangada.

— Andou se desenhando de novo? Ora, assim você vai se envenenar com tinta. Na verdade, você parece meio doente. Já comeu? Ou comeu algo que lhe fez mal? Seria melhor ficar comigo um pouco, para eu poder ficar de olho em…

— Ah, vejam — disse Encrenca, alegre. — Alguém fez um desenho grosseiro na vitrine do Dicionário!

Tia Herança largou o braço de Lote e, soltando um som como o de um corvo estrangulado, saiu correndo atrás do vândalo imaginário. Assim que ela sumiu de vista, Lote enfiou o crachá no bolso.

— Valeu — disse Lote.

— Por que não quer usar o seu crachá?

Lote olhou com cautela para Encrenca, como se estivesse esperando uma discussão.

— Porque a vovó me chama por meu nome do Dicionário, mas prefiro ser Lote.

— Lote é tipo um apelido?

— Não, é o meu nome. Eu escolhi.

— Ah! — Encrenca não sabia que tinham permissão para fazer isso. — Sabe, eu queria ter perguntado se você é menino ou menina, mas não sabia se era uma pergunta grosseira. É grosseira? Nunca conheci ninguém, por isso não sei como agir.

— Tudo bem. Conhecer gente nova também é difícil para mim. E eu não sou nem menino nem menina.

Encrenca também não sabia que as pessoas tinham permissão para fazer isso.

— Bem, assim sendo, oi, Lote. Somos primos! — Ela sorriu. — Que pena que Herança borrou o seu lagarto. Ficou muito bom. Vou fazer tatuagens quando for mais velha, como Mestre-cuca. Podemos fazer juntos, se quiser; assim, Herança não vai poder estragar a sua.

Lote riu.

— A vovó é legal, sério. É só superprotetora. Ei, sabia que, quando presos, alguns lagartos conseguem soltar o próprio rabo para escapar? Mais tarde cresce de novo. Acho isso incrível.

— Se quiser escapar, vá na direção do topo da Casa. Minha irmã está no laboratório dela com protetores de ouvido. Mas não a assuste, ela pode estar segurando ácido.

— Maneiro — disse Lote com um sorriso irônico e, por fim, estendeu a mão.

Encrenca a apertou com firmeza. E então, correu para o bufê.

* * *

Pela primeira vez na história, Encrenca não estava com fome. Estava com sede, mas havia grãos de café mastigados flutuando no ponche de frutas. Todos estavam bebendo champanhe e, como não havia ninguém por perto para lhe dizer que não podia, ela tomou um gole. Tinha um gosto horrível e deixou um gostinho estranho e azedo em sua boca. Por sorte, Flora estava de um dos lados, ajeitando seu crachá.

— Pode me dar uma bala? — pediu Encrenca.

Flora olhou para ela com curiosidade.

— O quê?

— As balas que você tem, para o hálito de café. Pode me dar uma, por favor?

— Eu não tomo café — disse Flora, meio preocupada. — E você também não deveria! Café tem muita cafeína e você é muito pequena. Pessoas pequenas não devem tomar cafeína. — Ofegou de repente e arrancou a taça de champanhe ainda cheia da mão de Encrenca. — E nem beber na sua idade! Seu fígado é do tamanho de uma bola de tênis ainda!

Uma mulher, que parecia ter um pelicano de pelúcia inteiro no chapéu, acenou freneticamente para Flora, que fez uma careta, pedindo licença.

— Fique aí, não demoro — disse à Encrenca, e se afastou.

Encrenca tentou mesmo esperar por Flora, mas, como em qualquer festa, o lugar onde ficava a comida tinha muito tráfego, e ela logo foi afastada do bufê e engolida pelo mar agitado de pessoas mais uma vez, esquivando-se de pernas e derrubando comida. A certa altura, passou por Felicidade, que sorria forçado para uma mulher mais velha, que lhe oferecia condolências por seu nome mundano (Coitadinha, não é culpa sua. Algumas pessoas simplesmente nascem sem sorte, suponho...), e em uma tentativa de alcançá-la, Encrenca sem querer colidiu com outra pessoa.

Certas pessoas no mundo têm como passatempo ser desagradáveis, e o praticam todos os dias, da mesma maneira que outras pessoas praticam trompete ou abertura de fechaduras. Encrenca colidiu com uma dessas pessoas e soube de imediato. Seu crachá dizia ATROZ, e seu corpo parecia o pilar inferior da escada, curvado e brilhante, como se houvesse sido polido a exaustão. Ninguém mais estava tão bem-vestido, e, por instinto, Encrenca se afastou de suas roupas, limpas, bem-passadas e caras demais. Era uma mulher, e estava de braços dados com um homem repulsivamente bonito, de bigode ralo e terno elegante. Seu crachá dizia DESPEITO. Ambos tinham o mesmo sorriso cruel.

— Despeito, meu querido, o que é isso? — perguntou a mulher, baixinho.

— Atroz, meu coração, não sou especialista... mas parece ser uma criança pequena e suja.

— Nós a conhecemos?

— Não frequentamos esses círculos, minha irmã.

Havia um tédio deliberado neles enquanto bebericavam o champanhe.

— E então? Quem é você? Apresente-se! — disse Despeito.

— Eu sou Encrenca — disse Encrenca. — Swift — acrescentou.

— É óbvio — disse Despeito.

— Sabe cantar? — perguntou Atroz.

— Não — disse Encrenca.

— Sabe dançar? — perguntou Despeito.

— Não.

— Sabe tocar algum instrumento? — perguntou Atroz.

— Direito, nenhum.

— E, claramente, não tem inteligência para manter uma conversa brilhante. O que exatamente você sabe fazer? — disse Despeito, com despeito.

— Contrabandear aranhas nas mangas da minha roupa — disse Encrenca docemente. — Posso mostrar a vocês, se quiserem.

Despeito deu um passo para trás, franzindo o nariz, mas Atroz se inclinou para frente.

— Isso talvez funcione com alguém como Herança — disse com sua voz baixa e mortal —, mas você precisa ver o que eu estou contrabandeando nas minhas mangas.

Encrenca queria mostrar a língua e fugir, mas os olhos daqueles dois eram como anzóis cravados nela. Sentiu que não poderia sair sem a permissão deles, e eles estavam aproveitando demais o desconforto da criança para deixá-la ir. Ela ficaria presa ali para sempre, com os dois a observando se debater e se contorcer como um peixe fisgado.

Uma mão apertou firme seu ombro.

— Atroz! É sempre adorável ver você! Soube do seu quinto marido, sinto muito — disse Flora, ainda com seu sorriso quase genuíno. — E Despeito, seu terceiro? Um ataque cardíaco na idade dele! Vocês dois parecem ter a pior sorte no amor.

— Parece que suas informações estão desatualizadas, prima Flora. Nós dois nos casamos de novo — disse Despeito, sorrindo por cima da borda de sua taça de champanhe. — Mas noto que você está sozinha aqui este ano.

O sorriso de Flora não diminuiu. Ela e Despeito se encararam por um longo e tenso momento. As unhas de Flora estavam cravadas no ombro de Encrenca.

Por fim, Atroz revirou os olhos.

— Despeito, querido, vamos procurar alguém um pouco mais interessante?

— Seus instintos são os melhores, Atroz, minha querida.

Encrenca ficou olhando para eles enquanto se afastavam, prestando bem atenção na direção que tomavam para ter certeza de ir na direção oposta.

— O que foi que eu disse? — comentou Flora. — São uns animais.

— São horríveis! Eles são péssimos! Eles são...

— Ricos. Repulsivamente ricos. Têm ex-maridos o suficiente para tripular um pequeno iate. Você precisa vê-los no ambiente deles, desfilando com os ricos mimados, fingindo gostar deles. Provocam um gosto ruim na minha boca.

— Na minha também. Pode me dar uma bala? — pediu Encrenca de novo.

— Hã? Ah, claro — disse Flora com ar distante, deixando uma bala na mão da menina. — Aff, acho que estou vendo Abandonar vindo para cá. Vou dar o fora.

Mas uma fração de segundo depois de Flora desaparecer do lado do cotovelo direito de Encrenca, reapareceu à sua esquerda, como em um passe de mágica.

— Aí está você! — disse. — Tcharam! — Estendeu um pacote de goma de mascar. — Não é bala, mas é parecido. E acho que mascar chiclete ajuda a eliminar a cafeína. Mas tome cuidado para não engolir.

Encrenca olhou entre seus cotovelos, confusa, até ficar tonta.

— Como você... mas você estava... eu não gosto de café — completou, sem jeito.

Flora riu.

— Eu sei.

Encrenca olhou para o crachá preso ao vestido da mulher. Só conseguiu distinguir um F, o resto estava escondido por sua blusa.

— Você está me provocando — disse devagar. — Você não é a Flora, é?

A Não Flora pegou a mão de Encrenca, deu um sorriso brilhante e se abaixou para olhar bem em seus olhos.

— Não. Mas estou encantada por conhecê-la, Encrenca Swift. Eu sou a Fauna. — Sorriu. — Teremos a oportunidade de conversar de novo, mas, agora, acho que alguém está tentando chamar a sua atenção.

Encrenca se voltou e viu uma enorme mão acenando.

— Tio Turbilhão!

— Espere aí, capitã!

Um *crack!* ecoou pelo corredor. Encrenca descobriu como era o barulho de muitas cabeças girando ao mesmo tempo, parecido com um gato derrapando em um rolo de tafetá. A matriarca Schadenfreude estava ao lado do Dicionário, de bengala na mão — o *crack!* havia sido o som dela batendo no corrimão. Ela não precisou falar. Como um só corpo, a multidão de parentes se organizou em torno dela formando um semicírculo irregular.

Tio Turbilhão pegou Encrenca com uma das mãos e a colocou em seus ombros. Ela enroscou os dedos nos cabelos dele e ficou olhando para sua família.

Coletivo é um nome especial dado a um grupo de animais, como um rebanho de vacas. Muitos animais têm seus próprios coletivos estranhos. Ela sabia que o coletivo de pássaros era bando, e o coletivo de abelhas era enxame. E o coletivo de búfalos era manada. Mas qual seria o coletivo de Swifts? Discussão, devia ser. Lote talvez soubesse; aquela criança parecia saber muito sobre animais.

Encrenca pensou ter visto um flash do vestido brilhante de Atroz em algum lugar no meio da multidão, e um babado solto da sobrecasaca de Pamplemousse. Avistou Flora à esquerda de sua tia e levantou a mão para acenar, mas então viu Fauna — ou era Flora? — se acomodar ao lado dela. Olhar para elas deixou Encrenca tonta. Eram gêmeas idênticas, mas idênticas mesmo. A mesma altura, o mesmo peso… tinham o mesmo corte de cabelo, usavam as mesmas roupas. Uma das gêmeas notou um pequeno rasgo na manga da blusa da outra e abriu um na sua, para combinar. Deram-se os braços.

As ondas constantes de conversa que enchiam os altos arcos do salão diminuíram. A Casa estava silenciosa mais uma vez, exceto pelo leve zumbido decorrente de muitas pessoas juntas à espera.

— Muito bem — disse tia Schadenfreude —, parece que a maioria das pessoas está aqui. E para quem está atrasado, é uma pena. Posso morrer a qualquer minuto, então é hora de começar.

8
PROCURANDO PROBLEMAS E FLERTANDO COM O CAOS

Tia Schadenfreude se elevava diante da família como um monumento nacional, de costas eretas e ar fúnebre com seu vestido e xale pretos. Sua gargantilha de ferro refletia a luz elétrica do candelabro. Ninguém nem respirava.

— Obrigada a todos por terem vindo. Poucos de vocês se lembrarão de minha predecessora, minha arquitia Graciosa. Ela sempre chamava nossas Reuniões de "um grande encontro". Era uma expressão que me fazia pensar em fechar as cortinas, mas ela adorava ter todos vocês aqui. Acreditava que qualquer Swift tinha o direito de tratar a Casa como se fosse própria, que era o que Feitiço teria desejado.

Ela bateu com um dedo em sua bengala.

— Com todo respeito à memória dela, isso era ao mesmo tempo sentimental e tolo. Eu moro aqui há mais tempo do que gostaria de lembrar, portanto, ouçam o que digo: esta Casa é perigosa.

Encrenca sentiu um formigamento de empolgação correr da raiz de seus cabelos até a sola dos pés. Ouviu leves tinidos e tilintares enquanto as pessoas ajustavam suas ferramentas.

— Como sabem, é tradição que, a cada Reunião, a família procure a fortuna que o tio-avô Vil escondeu aqui. E embora eu não ouse sugerir que quebremos a tradição — ela lançou um olhar de soslaio para tia Herança, que transbordava de orgulho a seu lado —, quero deixar absolutamente claro: qualquer caça ao tesouro será realizada por conta e risco de cada um de vocês. Sugiro que, se pretendem sair por aí, levem artigos de primeiros socorros e fartas provisões. Todos nós nos lembramos do pobre primo Inovador. A propósito, se encontrarem Inovador, por favor, avisem da localização dos restos mortais dele.

Tia Herança pousou a mão na manga de tia Schadenfreude, como se quisesse dizer alguma coisa, mas a matriarca puxou o braço, contrariada.

— Agora, algumas informações domésticas. A biblioteca permanecerá trancada durante a Reunião, sobretudo para a proteção dos tolos que há entre vocês. O café da manhã será servido das sete às nove todos os dias...

Encrenca conhecia todas as regras da Casa e não estava interessada em ouvi-las de novo, por isso puxou a orelha de Turbilhão.

— Ai!

— Tio, o que exatamente a tia Schadenfreude faz?

— O que ela faz? Muitas coisas. Come, respira, dorme, e dizem que...

— Tio!

— Ela é a chefe da família. Quando o chefe é mulher, é chamado de matriarca. Quando é homem, é patriarca. E se fosse de outro gênero, seria o primeiro, e escolheria seu próprio título. Estou louco para ver isso acontecer.

— Isso é o que ela é, mas quero saber o que ela faz.

— Você vai ver.

— ... E, finalmente, não é permitido abrir buracos na casa depois das 21h. Eu me deito a essa hora, e não quero meu sono perturbado por vocês fazendo trabalhos de alvenaria amadora em nossos pisos de pedra. Agora...

Tia Schadenfreude se acomodou em sua cadeira de veludo vermelho. Bateu com a bengala no chão uma vez e metade dos Swifts reunidos deu um pulo.

— Quem tiver alguma disputa a apresentar, que o faça agora. Formem uma fila organizada, por favor. Não empurrem.

A multidão se embaralhou como cartas e voltou a formar uma fila desordenada. Tia Herança estava à frente, com seu livro-mestre, rabiscando furiosamente.

— Um passo à frente — disse com sua voz esganiçada.

Duas Swifts obedeceram. Uma tinha longos cabelos louros até a cintura, lindos, e sorria. A outra era careca e borbulhava de raiva como uma panela de sopa fervendo.

— Cobiçosa Swift e Vingança Swift — anunciou Tia Herança. — Exponham sua reclamação.

Vingança apontou para sua careca.

61

— Esta é a minha reclamação — disse com fúria. — Minha irmã cortou o meu cabelo enquanto eu dormia e fez uma peruca para ela.

Olhando com mais atenção, Encrenca pôde ver claramente tufos irregulares onde alguém com muito pouco conhecimento da arte cabeleireira havia cortado o cabelo de Vingança.

— Isso é verdade? — perguntou tia Schadenfreude a Cobiçosa.

Cobiçosa jogou seu cabelo — ou melhor, sua peruca — e ele ondulou, obediente.

— Vingança mal o usava! — disse com escárnio. — Vivia com ele preso num coque bagunçado.

— É O MEU CABELO! — protestou Vingança. — Posso fazer o que quiser com ele! Sua fuinha! Você sempre teve inveja!

— De você? Por favor. Fica melhor em mim que em você.

Vingança uivou de raiva e arrancou a peruca da cabeça de Cobiçosa. O cabelo verdadeiro de Cobiçosa se desenrolou e caiu em cascata por suas costas. As duas começaram a brigar pela peruca. Era como se estivessem brincando de cabo de guerra com um infeliz lulu-da-pomerânia.

— Já chega! — gritou tia Schadenfreude, batendo com a bengala. — Cobiçosa, você permitirá que Vingança raspe sua cabeça. Vão ficar iguais, e espero que a sua dignidade volte a crescer com o seu cabelo. Próximo!

Tia Herança conduziu as duas irmãs briguentas para longe, confiscando a peruca. Nenhuma das duas ficou feliz com a solução, mas também não se opuseram.

A seguir, adiantou-se uma mulher de aparência cansada, carregando um bebê recém-nascido em um sling, e um homem barbudo e atarracado que Encrenca considerou ser marido da moça.

— Renée Swift, Carter de nascimento, seu marido Fortissimo Swift, e a filha deles, Dengosa Swift — anunciou Tia Herança.

— Olá — disse Renée, nervosa. — Humm… meu marido e eu recentemente tivemos a nossa primeira filha, como podem ver, e sabem como é difícil fazer um bebê dormir. Estamos exaustos. Mas toda vez que conseguimos fazê-la dormir, a voz do meu marido a acorda. Precisamos do conselho da senhora.

Tia Schadenfreude se voltou para Fortissimo:

— E então?

— NÃO POSSO EVITAR — explodiu Fortissimo, e várias pessoas próximas estremeceram. — MINHA VOZ MEIO QUE SE ELEVA NATURALMENTE.

A pequena Dengosa Swift começou a chorar. Renée a consolou gentilmente, olhando desesperadamente para tia Schadenfreude.

— Fortissimo — disse tia Schadenfreude —, você canta?

— SE CANTO? — berrou Fortissimo. — EU CANTO MARAVILHOSAMENTE. OUÇA...

Fortissimo abriu bem a boca e na mesma hora os Swifts taparam os ouvidos. Mas, para surpresa de todos, a voz que surgiu foi suave e doce.

Shhh, bebezinho, não diga nada,
papai vai comprar um passarinho na próxima parada...

A pequena Dengosa se acalmou de imediato.

— Bem, isso resolve tudo. Fortissimo, você terá que se comunicar por meio de canções até que a criança tenha idade suficiente para dormir a noite toda. Próximo!

Tia Schadenfreude fez justiça durante a hora seguinte. As pessoas expuseram suas querelas, suas divergências, suas brigas e rixas; expuseram tudo para tia Schadenfreude e ela encontrou soluções.

— Ela roubou minha identidade!

— Não conseguimos decidir quem é mais indeciso!

— Ele atirou no meu alfaiate!

As soluções nem sempre agradavam, mas ninguém contestou o julgamento. Nem todos os pronunciamentos de tia Schadenfreude faziam sentido; ela fez que uma dupla resolvesse seu desacordo por meio da brincadeira pedra-papel-tesoura. Fez outros dois ficarem em uma perna só e pedirem desculpas um ao outro sem parar durante cinco minutos. Um grupo de primos estava brigando tanto que ela disse que não poderia resolver a disputa enquanto cada um deles não lhe levasse um trevo de quatro folhas, e que começassem a procurar naquele instante.

Depois, um jovem casal deu um passo à frente. O homem era alto, simetricamente bonito, com óculos quadrados e sorriso largo. A mulher do anel, que Encrenca havia visto assinando o livro-mestre, estava de braços dados com ele; parecia um dia de primavera com uma flor dourada presa em seus cachos naturais. Pareciam o tipo de gente de quem as velhinhas diziam: "Ah, que casal tão bonito!", e se agarravam uma à outra como se participassem de uma corrida de três pernas.

— Exponham sua queixa — disse tia Schadenfreude.

O homem sorriu.

— Oi, tia! — Ele deu um meio aceno e empurrou os óculos para cima no nariz. — É mais um comunicado que uma reclamação! Só queríamos dizer que...

— Diga seu nome, por favor — disse tia Schadenfreude, com cara de tédio.

— Eu sou Candor Swift; você me conhece, tia, é claro. E esta é minha noiva, Margarida DeMille, de Nova York.

Margarida acenou com os dedos, fazendo cintilar o anel de diamantes.

— Queríamos pedir sua bênção para o nosso casamento.

Candor e Margarida sorriram com timidez.

— É um prazer conhecê-la, senhora — acrescentou Margarida.

Tia Schadenfreude olhou com atenção para os dois.

— De jeito nenhum — disse ela.

O sorriso de Candor e Margarida diminuiu um pouco de intensidade.

— Como é? — perguntou Candor.

— Não posso abençoar um casamento em que uma pessoa está tão descaradamente sugando a outra — disse tia Schadenfreude, olhando-os com fúria.

Foi grosseiro, mesmo para tia Schadenfreude. Margarida ofegou. Algumas pessoas murmuraram.

— Ai, nossa! — exclamou Candor, ainda mantendo o sorriso no rosto. — Por que não usa um relógio, titia? — Tia Schadenfreude não respondeu. — Porque é uma sem hora.

— Senhora — começou Margarida, mas Candor deu um leve tapinha no braço de sua noiva.

— Não se preocupe, Margarida, ela vai gostar de você. Afinal, titia nem te conhece!

— Eu a conheço mais do que você imagina — disse tia Schadenfreude, sombria, fixando o olhar em Margarida, cuja boca estava aberta, em estado de choque. — E sugiro que você saia desta Casa agora.

Mais murmúrios encheram o salão e os olhos de Margarida se encheram de lágrimas. Mas, surpreendentemente, Candor apenas riu.

— Ora, você é uma figura, tia! Venha, Margarida, pediremos de novo amanhã.

Ele foi puxando Margarida, mas tia Schadenfreude levantou metade do corpo da cadeira.

— Você não vai se casar com a srta. DeMille, — disse, seca. — Eu o proíbo expressamente!

— Tudo bem, tudo bem — disse Candor, revirando os olhos, como se tia Schadenfreude estivesse brincando.

Mas tia Schadenfreude nunca brincava.

— Conversaremos depois, tia! É um prazer revê-la!

Ele escapuliu, de mãos dadas com Margarida, ainda bastante chocada, enquanto o resto da família murmurava entre si.

Tia Schadenfreude dispensou os reclamantes restantes com um aceno de mão.

— Por enquanto, chega — disse, parecendo esgotada. — Acalmem-se e ouçam. Herança forneceu a todos um cronograma de jogos e eventos organizados para mantê-los longe de problemas. Se quiserem participar ou não, não me importo. Porém, além da costumeira... frivolidade — tia Schadenfreude pronunciava frivolidade como se fosse um palavrão —, tenho um comunicado a fazer.

Ela se ergueu, apoiando-se com força em sua bengala. Herança foi tocar em seu ombro, mas tia Schadenfreude a dispensou de novo.

— Já estou velha. Tive uma vida longa e adequada, mas estou muito, muito mais perto do fim que do começo. Estou cansada; cansada de resolver todos os problemas de vocês. — Ela levou os dedos à gargantilha de ferro. — Daqui a três dias, escolherei alguém para me substituir. Isso é tudo.

A multidão borbulhava como champanhe, inquieta e afiada. Todos começaram a falar ao mesmo tempo, de modo que Encrenca foi obrigada a gritar sua pergunta mais urgente no ouvido de seu tio.

— Posso ser a nova matriarca?

— Pergunte de novo daqui a uns vinte anos. Mas tenho certeza de que você odiaria, capitã.

Encrenca não tinha a mesma certeza. Gostava da ideia de mandar nas pessoas. Tio Turbilhão tirou uma bússola do bolso, verificou-a, tirou um relógio do outro bolso, verificou-o, depois tirou um sextante, que colocou em cima da mesa do bufê e olhou de soslaio.

— Humm... os ventos estão mudando — murmurou. — Se está interessada em direito de família, é melhor perguntar à tia Herança.

— Vou mesmo — disse Encrenca.

Acrescentaria essa pergunta à sua lista de outras perguntas que tinha a fazer a Herança, como: Que sala secreta é aquela atrás da pintura do corredor do segundo andar?, e O que você estava fazendo lá?, e O que exatamente está nesses tubos? Mas ela teria que esperar sua vez de perguntar. Tia Herança estava, naquele momento, espremida em um canto tendo uma discussão com tia Schadenfreude. Estava chateada, ficava chacoalhando o horário na cara da matriarca.

— Sobre o que acha que elas estão discutindo?

Candor e Margarida se aproximaram de fininho de Turbilhão. Margarida estava abalada, mas ofereceu um sorriso corajoso.

— Deve ser sobre a tia Schadenfreude ter dado a notícia de sua aposentadoria — disse Turbilhão, rindo. — Ela mantém as coisas unidas, é isso o que faz a Schadenfreude. — Bateu nas costas de Candor com tanta força que os óculos do jovem escorregaram de seu nariz. — Que bom ver você, rapaz! Não tenho notícias suas desde que você estava na faculdade de medicina.

— Ah, tenho sido um verdadeiro nômade nos últimos anos — disse Candor. — Mas nunca há um momento de tédio aqui, hein? A notícia da titia causou um grande tumulto.

— Um rebuliço — acrescentou Margarida.

— Um bafafá! — gritou ele, sorrindo para ela.

O olhar que compartilhavam era como melado, doce e pegajoso.

Turbilhão pigarreou.

— Senhorita, já estão aqui há quase um minuto e seu companheiro ainda não nos apresentou direito. Terei que assumir a tarefa sozinho. Sou Turbilhão, e a menina que estou usando de chapéu se chama Encrenca.

— Ora, que coisinha mais fofa! — disse Margarida a Encrenca, involuntariamente fazendo uma inimiga instantânea. — E que vestido lindo!

Ela não deu nenhuma indicação de notar toda a sujeira que havia nele. Seu próprio vestido estava imaculado, sua maquiagem, perfeita, sua pele morena, brilhante e impecável. Acenou para Encrenca com a mão mais limpa que a menina já tinha visto. A flor dourada em seu cabelo era, na verdade, uma margarida. Seus brincos também eram margaridas. A única coisa que não tinha forma de margarida era seu enorme anel de noivado. Encrenca ficou surpresa por ela conseguir erguer aquela mão perfeita para acenar.

— Acho que já fui apresentada a todos — disse Margarida, estremecendo. — Embora não tenha recebido a acolhida que esperava.

Candor deu um beijo na têmpora de sua noiva.

— Não murche, Margarida. Eu avisei que ela, às vezes, pode ser meio cortante. Normalmente, temos que pedir essas coisas mais de uma vez.

— Não sei não. Ela parecia ter certeza absoluta de que não quer que eu faça parte da família dela... sua.

— Não é típico de Schadenfreude ser tão grosseira — disse Turbilhão, sacudindo a cabeça. — Acho que deve ter havido um mal-entendido. Você até se chama Margarida! Maravilhoso.

— Pois é. Sou muito, muito sortudo — disse Candor com orgulho.

— Venturoso — acrescentou Margarida.

— Afortunado — disse Candor.

Na família Swift, na qual os nomes carregavam tanta importância, encontrar um parceiro com um nome que também pudesse ser uma palavra do Dicionário era considerado um bom presságio. Era engraçado, pensou Encrenca. Ser uma Swift chamada Felicidade dava azar, porque havia muitas outras Felicidades por aí no mundo. Mas quando uma dessas Felicidades não Swift queria se casar com alguém da família, era recebida de braços abertos.

A doçura entre Candor e Margarida estava dando dor de dente a Encrenca. Terminado o discurso de Schadenfreude, as pessoas já haviam sacado pás e picaretas. Se ela não se apressasse, alguém poderia ter sorte, e Encrenca tinha coisas melhores a fazer que ficar sentada nos ombros de seu tio, ouvindo-o conversar com Margarida sobre iates.

— Por que você não mostra o quarto ao casal feliz? — sugeriu Turbilhão, depois de Encrenca chutar sua clavícula várias vezes.

— Vá na frente — disse Margarida a Candor. — Vou só... só fazer um café.

Candor se ofereceu para acompanhá-la, mas Margarida disse que não precisava; ele disse que sentiria saudade dela nos minutos que ela levaria para tomar uma xícara de café, e ela disse que também sentiria saudade dele. Então, Candor deu um beijo de despedida tão demorado em sua noiva que Encrenca começou a suspeitar que Margarida era de fato oca e tinha que ser enchida a cada poucas horas, como um balão.

Finalmente — finalmente — Encrenca estava livre. Subiu tão rápido as escadas que Candor teve que dar passos largos para acompanhá-la.

— Por que a pressa? — Bufou. — Tem medo de que eles encontrem o tesouro antes?

Parecia uma piada, mas Encrenca fez uma careta.

— Não estou com medo, porque não preciso estar. Eu vou encontrar o tesouro.

— É assim que se fala! — Candor sorriu.

Encrenca acelerou. Primeiro, Margarida tinha lhe falado como se ela fosse um bebê, e agora, Candor a tratava com condescendência. Essa era uma palavra que ela tinha aprendido recentemente; significava "ser gentil ou prestativo, mas de uma maneira presunçosa e superior". Felicidade fazia muito isso.

— Exato — disse ela com veemência. — Ninguém conhece esta Casa melhor que eu. Sei onde ficam todas as salas secretas, todas as tábuas soltas e alavancas escondidas. Por isso, é melhor você tomar cuidado!

Candor parou e ergueu as mãos em sinal de rendição.

— Eu ofendi você, desculpe. E você me parece muito inteligente e determinada.

Encrenca o fitou. Não conseguia ver nenhuma mentira escondida no rosto dele e suavizou seu humor; era bom ver que alguém acreditava nela.

— Desculpas aceitas. E você? Seremos rivais?

Candor deu um sorriso torto.

— Ah, não, não sou garimpeiro. Estou feliz sendo só médico.

Pararam no patamar e ficaram ouvindo alguém que tentava convencer Herança a deixá-los entrar com uma furadeira industrial pela porta da frente.

— Mas eu gostaria que alguém o encontrasse — disse ele. — É uma pena que um pedaço da nossa história tenha ficado escondido por tanto tempo. E só Deus sabe como tia Herança vai ficar louca se alguém o encontrar.

— Tia Herança ficaria louca por causa de um par de botas velhas se um Swift ousasse usá-lo — disse Encrenca sem rodeios.

— Herança é legal, sério. É meio estrita, mas tem bons bofes.

Encrenca gemeu diante da tentativa dele de fazê-la rir com o duplo sentido das palavras.

— Ela se preocupa com a tradição. Isso é importante hoje em dia. É praticamente tudo que nos resta. Veja só! — Ele parou diante do quadro *Duquesa de cara azeda*, inclinando-se para ele como se a cumprimentasse. — Está se sentindo bem? Você parece meio azeda.

É claro que não houve resposta.

— Sinto um impulso de desenhar um bigode nela. O que você acha?

Encrenca já havia tido o mesmo impulso muitas vezes. Obstinada, engoliu a risada, mas Candor notou que borbulhava por dentro.

— Eu vou fazer você rir, Encrenca Swift! Não importa quanto tempo demore. Sou médico, mas também sou paciente.

Encrenca o empurrou porta adentro do Quarto Coral. Candor declarou que tudo, desde a cama até os rodapés, era "encantador!", "simplesmente mágico!", e apertou a mão da menina com solenidade antes de ela sair.

— Lembre-se, quem ri por último... ri atrasado!

Encrenca decidiu que gostava de Candor. Assim como Margarida, ele era limpinho e bem-apessoado. Se bem que, nele, isso era um ponto negativo. Mas também tinha um sorriso estranho, torto, e isso tornava todo o resto suportável.

Encrenca queria tentar de novo invadir a sala secreta, enquanto todos estavam ocupados, mas não havia levado em conta como seria difícil esgueirar-se pela casa agora cheia. Ao se aproximar do corredor do segundo andar, duas mulheres dobraram a esquina e gritaram, com a mesma emoção de qualquer tia quando vê uma criança em uma reunião de família. Encrenca se esgueirou pelo corredor adjacente em direção à Sala de Descanso Superior, mas encontrou um velho estrábico inspecionando uma das pinturas. Ele acenou com uma espátula para ela. Parecia que a todos os lugares que ia havia olhos a seguindo.

No fim do corredor, ela puxou uma alavanca disfarçada de castiçal e foi jogada em um dos pequenos e apertados esconderijos espalhados pela casa.

Os sons ficaram abafados. Encrenca respirou fundo o ar mofado e se sentou. Pela primeira vez no dia, teve um momento para pensar no que Herança poderia estar fazendo na sala secreta. Pegou seu mapa e um lápis e fez um esboço dos óculos redondos de tia Herança ao lado do ponto de interrogação. O melhor seria vigiar a sala de novo naquela noite, decidiu, e esperar para ver se Herança entrava outra vez.

Ela bocejou. Decidiu descansar um pouco. Afinal, havia dormido poucas horas na noite passada, e dentro de um vaso. Só um pouquinho. Dormiria só um...

* * *

Como já havia acontecido muitas e muitas vezes, a fome fez Encrenca acordar. Seu apetite não havia gostado muito das suas breves férias e estava voltando com sérias queixas. Ela percebeu que era tarde — poderia até ter perdido o jantar —, mas ainda ouvia todos lá embaixo, um zumbido constante que ela sabia que duraria a semana inteira e era a razão pela qual Fenômeno estava usando protetores de ouvido.

Encrenca limpou a baba do rosto e saiu do esconderijo, tirando o mapa do bolso. A casa estava cheia de elevadores de carga e poços para roupa suja, instalados quando os Swifts tinham empregados. Gente rica tem um medo terrível do trabalho doméstico. O que querem, mais que tudo, é acreditar que sua comida, e roupa, e lixo aparecem ou desaparecem em um passe de mágica, de modo que medidas são tomadas para preservar essa ilusão. Encrenca tinha encontrado muitas dessas medidas antigas havia muito abandonadas, mas ainda úteis, como o poço para roupa suja no corredor, que terminava na base da escada perto das cozinhas. Ela poderia descer depressa e pegar um pouco da comida de Mestre-cuca sem ter que passar por todos os convidados ou, pior, por tia Schadenfreude.

Foi então que, com a cabeça baixa e olhando para o mapa, Encrenca quase foi achatada por um corpo que surgiu intempestivamente virando a esquina, vestindo um roupão de listras azuis. Pulou para o vão de uma porta bem a tempo quando Margarida passou assobiando, abriu a porta do Quarto Coral e desapareceu lá dentro.

Que estranho, pensou Encrenca. Hesitou por um segundo, imaginando se deveria seguir Margarida. Mas estava faminta demais para espionar. Puxou a *Freira cutucando o nariz* e se jogou no poço da lavanderia sem pensar duas vezes.

Quando foi pensar, já estava mergulhando no desconhecido a uma velocidade estonteante. Estava escuro como breu e tudo ecoava — sua respiração, o rangido de seus sapatos contra a calha de metal, o baque de sua cabeça e braços batendo nas laterais. Encrenca estava imaginando o que faria para parar quando, de repente, parou. Ali, a calha fazia uma curva fechada, onde ela entalou.

Encrenca não sentiu medo antes de encalhar, e não lhe ocorreu sentir depois. Mas enquanto avaliava sua situação, ouviu gritos alarmados.

— Que foi isso?

— *Saperlipopette!*

— Eu ouvi um baque e...

Droga! Eles a ouviram enquanto descia. Encrenca chutou a própria canela com o calcanhar do outro pé. Esse era exatamente o tipo de confusão que estava tentando evitar.

— Está tudo bem! — gritou. — Vou sair em um segundo!

Tirou os sapatos e os deixou cair embaixo. Em seguida, pressionou as mãos com força nas laterais da calha, tentando desentalar. Demorou, e os gritos foram ficando mais altos e agitados.

— Devemos tentar ajudar?

— Deveríamos chamar uma ambulância! E a polícia! E o corpo de bombeiros!

— Não diga bobagens! Devemos deixá-la onde está, pelo menos por enquanto!

Até que, com um guincho vergonhoso, Encrenca desentalou e despencou. Bateu feio os dedos dos pés ao aterrissar, mas deslizou para fora como se não fosse nada.

— Estou bem, pessoal — disse, limpando a poeira e a sujeira do rosto. — Podem parar com esse pânico.

Mas ninguém estava olhando para ela. Encrenca havia saído de trás de uma pintura perto da entrada da cozinha, e dali teve uma visão muito boa do que todos estavam olhando.

Estavam olhando para o corpo da arquitia Schadenfreude, caída ao pé da escada.

10 UM INCIDENTE INCITANTE

— Com licença, por favor! Com licença! Saiam da frente! Eu sou médico!

As longas passadas de Candor engoliam três degraus de cada vez, e ele caiu de joelhos ao lado do corpo de tia Schadenfreude. Depois de algumas tentativas, desistiu de tentar enfiar os dedos sob a gargantilha de ferro no pescoço dela; tentou sentir a pulsação no pulso e, por fim, encostou o ouvido no peito dela.

O silêncio era tanto que Encrenca podia ouvir o sangue correndo em seus ouvidos. Viu Fenômeno e Felicidade, cinza de choque, e o firme tio Turbilhão abrindo caminho à frente. Fosse o que fosse que houvesse acontecido com tia Schadenfreude, devia ter sido durante a sobremesa, porque mais de um convidado havia saído da sala de jantar com uma taça de cristal e mecanicamente colocava colheradas de sorvete derretido na boca.

O cérebro de Encrenca pareceu congelado. Não parava de pensar nos mínimos detalhes: o coque grisalho de Schadenfreude ainda estava bem preso, mas o sapato esquerdo estava meio fora do pé, expondo o calcanhar puído da meia-calça. Sua bengala havia sumido. Seu xale estava retorcido. Candor mantinha os olhos bem fechados enquanto tentava ouvir o coração dela, e o alívio tomou conta de Encrenca quando ela viu um cacho do cabelo dele se mexer com a respiração fraca de sua tia.

— Está viva — anunciou Candor, com uma leve surpresa.

Um suspiro — de alívio ou decepção? — percorreu a multidão. Encrenca percebeu que estava torcendo a bainha do vestido e se obrigou a parar. Tentou avançar, mas antes que pudesse alcançar sua tia, outra pessoa chegou à cena, abrindo caminho. Era Mestre-cuca, que se ajoelhou ao lado do corpo caído de Schadenfreude e soltou um gritinho. Turbilhão pousou a mão no braço dela, reconfortante.

— A gargantilha deve ter salvado a vida dela — murmurou Candor. — Com uma queda dessas, poderia ter quebrado o pescoço.

Mestre-cuca concordou. Com os lábios apertados, ela foi habilmente apalpando os braços e pernas de tia Schadenfreude para ver se havia fraturas, da mesma forma que havia feito quando Encrenca tinha caído de uma árvore no ano passado.

— Nada quebrado. Ela é uma velha durona, a mais dura... — Pigarreou. — Ela não ia gostar de fazer cena.

Candor olhou por cima da cabeça de Mestre-cuca e notou o público lambendo as colheres. Entendeu a indireta.

— Pessoal! — disse com a voz calma, mas autoritária. Ele abriu os braços, e Turbilhão foi para o lado dele para bloquear a visão da família sobre tia Schadenfreude. — Preciso levar a titia para um lugar tranquilo para poder examiná-la. Voltem para a sala e terminem de comer. Avisarei a todos sobre o estado dela assim que puder, está bem?

As pessoas começaram a se dispersar, murmurando entre si. Candor pestanejou e passou a mão pelos cabelos, estragando sua perfeita divisão lateral.

— Muito bem — disse outra vez.

Ele e Mestre-cuca trocaram um aceno de cabeça e, com um leve grunhido, ela pegou tia Schadenfreude no colo. Turbilhão colocou Fenômeno e Felicidade nos ombros e os seguiu. Quando viraram para entrar no escritório de Schadenfreude, Encrenca viu Fenômeno se voltar, com os olhos brilhando, para examinar o carpete retorcido no alto da escada.

O escritório estava quente e silencioso; o fogo já crepitava, expectante, e uma nova xícara de chá esperava na mesa ao lado da cadeira de tia Schadenfreude. Turbilhão tirou tudo da mesa e, com Candor, ajeitou almofadas e cobertores para que Mestre-cuca pudesse deixar tia Schadenfreude em cima. Mesmo inconsciente, ela estava carrancuda.

Candor tentou tirar a gargantilha de ferro da tia.

— Como tiro essa coisa?

— Não tira — disse Mestre-cuca. — Ela a colocou anos atrás.

— E aposto que nunca mais voltou atrás desde então. — Candor soltou uma débil risadinha. — Desculpe, foi uma piada de mau gosto.

— Ela a colocou quando se tornou matriarca — disse Mestre-cuca, sem entrar em detalhes.

— Quando ela vai acordar?

Encrenca se assustou com o som de sua própria voz; parecia provir de muito longe.

— Não sabemos — disse Candor. — Mas tenho certeza de que vai acordar. Muita gente se recupera de acidentes como esse.

Isso não fez Encrenca se sentir melhor. Estava tudo errado. Era como se o chão e o teto houvessem trocado de lugar. Sua tia era a pessoa mais reta que Encrenca conhecia. Ela até mesmo dormia ereta. Vê-la deitada era quase o mesmo que vê-la morta.

Com o canto do olho, viu Fenômeno e Felicidade sussurrando. Encrenca deixou os adultos debaterem quanto ao que dizer ao resto da família.

— A bengala dela estava no topo da escada, não embaixo — sussurrou Fenômeno para Felicidade. — E o carpete também está errado. Lembra quando a Encrenca era pequena e tropeçou em uma ponta solta? Ela rolou a escada toda.

— Sim, eu lembro — disse Felicidade, furiosa. — Saiu quicando.

— E para evitar que isso acontecesse de novo, Mestre-cuca pregou as bordas do carpete.

— E daí?

— E daí que quando olhei, vi que os pregos foram arrancados. Alguém teria que ter feito isso de propósito. E a bengala dela estava a metros do topo da escada, não caiu da mão dela.

— O que você está querendo dizer? — perguntou Encrenca.

Fenômeno olhou para ela com seriedade.

— Vou precisar pegar o meu kit forense júnior para ter certeza, mas parece que antes de ela cair, alguém tirou a bengala de tia Schadenfreude e a jogou de lado. E parece que depois que caiu, alguém puxou o carpete para fazer parecer que ela tropeçou.

— E no meio disso?

— E no meio alguém a empurrou. Foi tentativa de homicídio, Encrenca.

* * *

Um dos jogos favoritos de Fenômeno com Encrenca era chamado "post mortem". Nele, Encrenca encenava sua própria morte terrível e Fenômeno tinha que descobrir como ela havia morrido, analisando as pistas que sua irmã deixava. Às vezes, Encrenca assassinava de mentirinha um dos bichinhos de pelúcia de Felicidade e, juntas, ela e Fenômeno eram Holmes e Barba Negra (Encrenca não seria o Watson de ninguém).

Felicidade odiava esse jogo, assim como Mestre-cuca, pois costumavam encontrar Encrenca deitada em cantos afastados da casa, encharcada de ketchup e com os olhos dramaticamente esbugalhados. Era muito parecido com os ensaios para o funeral de tia Schadenfreude, e não era um jogo; era mais um treino. Nunca houve qualquer dúvida na cabeça de Fenômeno de que, um dia, ela seria chamada para atuar como detetive; e quando chegasse a hora, precisaria de uma assistente.

Então, quando Fenômeno declarou que havia um aspirante a assassino na família, Encrenca não se surpreendeu. Apesar do horror da situação, apesar de sua tia inconsciente deitada em cima da mesa, apesar do rosto tenso de Mestre-cuca e da grande preocupação de Turbilhão, Encrenca sentiu um arrepio de empolgação. Supôs que devia ser por causa de seu nome, mas, no fundo de sua cabeça, uma voz baixinha dizia: *Finalmente. Finalmente algo de interessante está acontecendo com você.*

O medo e a névoa que ameaçavam envolvê-la se dissiparam — só um pouco — e ela viu com clareza todos os objetos que haviam sido varridos da mesa de tia Schadenfreude para o chão: suas canetas, suas chaves, seu tinteiro, o velho dicionário alemão-inglês. Viu a mecha de cabelo grisalho que havia escapado do coque sisudo de tia Schadenfreude e caía sobre sua bochecha. E mais que tudo, foi aquela mecha de cabelo, desobedecendo à sua tia enquanto estava inconsciente demais para fazer qualquer coisa a respeito, que espantou o resto da paralisia de Encrenca. Alguém havia se atrevido a atacar tia Schadenfreude na casa que ela governava — e ainda a empurrou escada abaixo, nada menos! Essa era a parte que mais ofendia Encrenca. Tia Schadenfreude era uma inimiga temida e respeitada, e quem quisesse matá-la deveria, pelo menos, ter a decência de atacá-la de frente.

Encrenca fez uma promessa solene às sobrancelhas indomáveis de sua tia: vou descobrir quem fez isso e me vingarei.

— Não — disse Felicidade sem rodeios.

— Que foi?

— Não me olhe assim. Sei que você está jurando vingança, mas não pode fazer isso.

— Tudo bem. Estou jurando... justiça.

— Não sei se você sabe a diferença.

— Sei sim! São escritas de forma diferente, não é, Fenômeno?

— A vingança é puramente egoísta; a justiça está a serviço de um bem maior. Pegar o suposto assassino seria justiça, desde que não o matássemos também — disse Fenômeno, toda razoável.

— Só que eu quero matá-lo também — disse Encrenca.

Felicidade sacudiu a cabeça com tanta força que seu cabelo bateu em seu rosto.

— Me escute pelo menos uma vez — implorou ela. — Você não pode tentar resolver isso sozinha. Você é muito nova. Nós todas somos muito novas. Precisamos contar para um adulto, e eles chamarão a polícia e cuidarão do resto.

— Nós não vamos envolver a polícia — disse uma voz.

Elas se viraram. Tia Herança estava à porta, com o livro-mestre agarrado ao peito. Olhando por cima do ombro dela estava Margarida, piscando, sonolenta, vestindo seu roupão azul; e um homem com uma longa capa de chuva bege com a gola levantada. Ele usava também um fedora, que é um tipo de chapéu de abas largas usado por detetives, e foi assim que Encrenca adivinhou o que o homem era.

Tia Herança tossiu.

— Desculpem. Não quero ser... Ah, qual é a palavra mesmo?

— Impositiva? — perguntou Margarida.

— Imperiosa — disse Candor.

— Enérgica — acrescentou Margarida. — Querido, o que está acontecendo? Eu estava dormindo e então ouvi um barulho horrível... Ah — disse ao ver tia Schadenfreude; levou a mão à boca e correu para Candor, enterrando a cabeça no ombro do noivo.

Encrenca franziu a testa. Margarida não estava dormindo; ela mesma a tinha visto menos de dez minutos antes. Portanto, a menos que fosse propensa a correr dormindo, Margarida havia acabado de contar uma mentira. Já tinham a primeira suspeita.

— Não vamos chamar a polícia — repetiu tia Herança. — Não é assim que fazemos as coisas. Nós, os Swifts, cuidamos de nós mesmos.

Felicidade a fitou, estupefata.

— Você não pode estar falando sério!

— Em assuntos de família, é função da matriarca resolver as disputas, encontrar as soluções e fazer justiça — disse tia Herança com firmeza.

— Mas tia Schadenfreude é a matriarca!

— Sim.

— E ela é a vítima!

— Sim.

— E ela está inconsciente!

— Sim.

— Tenho certeza de que você está entendendo o problema!

— Bem — disse Tia Herança —, em *Tradições e leis da família Swift*, afirma-se claramente que, na ausência da matriarca, o arquivista deve tomar toda e qualquer decisão relativa à família. E a arquivista sou eu. Portanto, vou organizar tudo a partir de agora.

Felicidade apertou os punhos.

— Tia Schadenfreude preferiria que...

— Tia Schadenfreude preferiria que se mantivessem as tradições de nossa família em tempos de crise! — disse tia Herança bruscamente.

Felicidade olhou de modo suplicante para Mestre-cuca.

— Ela tem razão. Se há alguém que sua tia odeia mais que médicos e vendedores ambulantes, é a polícia. Ela nunca permitiria isso — disse Mestre-cuca, mas estava triste. — Anime-se, Feli.

Felicidade cedeu, derrotada pelo ilogismo imutável dos adultos.

— Sabe — disse —, às vezes... às vezes odeio esta família.

— Eu entendo, querida — disse tia Herança. Ela estendeu a mão e deu um tapinha no ombro de Felicidade, provavelmente tentando consolá-la, mas parecia estar acariciando um cachorrinho. — Pobre Felicidade. Sei que é da sua natureza procurar uma solução mundana para isso, mas não se preocupe. Tudo deve ser feito de acordo com...

Mas Felicidade não gostava mais do que Encrenca de ser tratada com condescendência e saiu correndo do escritório.

No silêncio que se seguiu, o homem de chapéu falou:

— Eram cerca de dez horas de uma noite de maio, o sol já estava bem baixo no horizonte. No andar inferior, os convidados tomavam um café e uma bebida antes de dormir. No andar superior, a anfitriã estava morta.

— Ela não está morta — corrigiu Fenômeno, mas o homem ergueu a mão pedindo silêncio e puxou um bloco de anotações do fundo do casaco. Começou a fazer anotações.

— Cheguei atrasado à festa, mas bem a tempo da ação. O sangue é mais espesso que a água, como dizem, e tive a sensação de que a velha seria apenas a primeira a sangrar. Teriam os pecados de tia Schadenfreude se voltado para o poleiro? Havia na família Swift um estranho no ninho? Encontrei outro caso, e esse... era assunto de família.

Tia Herança pigarreou.

— Este é Farejador Swift — disse ela. — Ele é detetive particular e gentilmente se ofereceu para assumir o caso. E levando em conta seu nome, acredito que ele será adequado para a tarefa.

Farejador já estava rastejando pelo chão, pegando objetos e os colocando no bolso.

— Vou querer interrogar todos vocês mais tarde — disse ele. — A empregada primeiro. Sempre procuro falar com os empregados logo de cara.

— Meu nome é Mestre-cuca e não sou empregada doméstica. E se me permite, que diabos está fazendo?

Farejador estava debruçado sobre Schadenfreude, tentando inspecionar o nariz dela. Mestre-cuca o puxou pela nuca até fazer a ponta dos sapatos dele se arrastar no chão.

— Senhorita, eu entendo que queira proteger sua patroa, mas...

— Ela não é minha patroa; ela é minha amiga — retrucou Mestre-cuca. — Minha melhor amiga. Você não tem ideia... ela me acolheu, me deu um lar, quando eu não tinha para onde ir... ela...

Para horror de Encrenca, Mestre-cuca começou a chorar. Logo Mestre-cuca, que não tinha chorado nem quando cortou o dedo mindinho com um cutelo e o costurou de volta sozinha.

Tio Turbilhão estava ao lado dela em um instante, com o braço em volta de seu ombro.

— Mestre-cuca é da família — afirmou, com a firmeza de uma porta batendo. — Não volte a falar com ela assim de novo!

— Tudo bem. Acho que vou inspecionar o corpo mais tarde — disse Farejador, enquanto Mestre-cuca o colocava no chão. — A primeira coisa que temos que descobrir é como ela foi morta... Digo, ferida.

Ele tirou outro objeto do casaco, fazendo Fenômeno ofegar.

— Isso é uma evidência!

Farejador girou a bengala de tia Schadenfreude nos dedos.

— Não é não; é um pedaço de pau.

— Deixei no local do crime para ir buscar pó para impressões digitais!

— Mas por que você precisaria de pó para impressões digitais? — perguntou Farejador, bufando.

— Para tirar impressões digitais! Caso o atacante tenha deixado alguma!

— Ah, duvido que tenha deixado. Parece-me uma maneira fácil de ser pego! Isto já é algo que posso dizer sobre esse suposto assassino: ele não quer ser pego.

Ele jogou a bengala para cima e a pegou de volta. Tia Herança bateu palmas.

— Você estragou a cena do crime — gemeu Fenômeno.

— Que gracinha você querer ajudar — disse Farejador. — Vocês duas poderiam ser minhas detetives juniores.

81

Fenômeno o fitou, furiosa. Farejador não sabia, mas havia cometido um erro. Ele estendeu a mão, rindo, para bagunçar o cabelo de Encrenca — e cometeu o segundo. Encrenca arreganhou os dentes e foi para cima dele, mas Mestre-cuca a segurou pelo ombro com a sua mão pesada.

— Muito bem, meninas, está na hora de vocês duas irem para a cama. — Com um sorriso tenso, ela as levou para fora do escritório. — Nem pensem em vir com ideias! — disse bem alto, para que as pessoas que estavam no escritório pudessem ouvir, mas abaixou-se para elas com urgência. — Venham com ideias sim. Tenham o máximo de ideias que puderem. Vocês duas têm mais chance de pegar o culpado que aquele idiota ali dentro. — Ela lançou um olhar furtivo ao redor. — Não confio em ninguém nesta Casa, exceto em nós, Felicidade e Turbilhão. Nós... — Mestre-cuca se calou de repente quando Farejador passou e começou a medir os degraus com uma régua.

— Precisamos guardar isso entre nós — completou Fenômeno — para que o quase assassino relaxe.

Farejador lambeu o corrimão e soltou um grunhido de suspeita.

— Ótimo — concordou Mestre-cuca. — Vou ficar com a sua tia, por precaução. A pessoa pode tentar de novo.

Vozes suaves e murmurantes se elevavam e baixavam pela Casa. Estava ficando tarde e, apesar de toda a agitação, os convidados começaram a ir para a cama.

Mestre-cuca baixou ainda mais a voz:

— Sejam discretas, meninas. A última coisa que queremos é criar pânico. Melhor que todos continuem pensando que foi um acidente.

— Certo.

— Atenção! — anunciou Farejador do alto da escada. — Atenção, pessoal! Tenho notícias graves. A queda de tia Schadenfreude não foi um acidente!

Os palavrões de Mestre-cuca foram abafados pelo tumulto.

No laboratório, Fenômeno apagou umas equações do quadro-negro com o cotovelo de seu jaleco e começou a procurar giz.

— A primeira coisa que precisamos fazer — afirmou — é estabelecer a hora do incidente.

Encrenca se sentou em um banco. Essa era a área de especialização de Fenômeno: datas, detalhes e durações.

— Estávamos na sala de jantar e ouvimos um estrondo às 20h53; de modo que devemos supor que foi nesse momento que ela caiu. Eu e a maior parte da família chegamos ao local um minuto depois. — Fenômeno tomou um longo gole de sua solução Solução. — Felizmente, isso significa que podemos descartar qualquer pessoa que estivesse na sala de jantar; estávamos todos comendo a sobremesa. Agora, temos que repassar todos os convidados e anotar os que faltam.

Encrenca arregalou os olhos.

— Todos eles?

Pelo visto, todos. Encrenca, tentando não cair do banco, ficou ouvindo sua irmã contar os nomes no mapa de assentos. Não era esse tipo de trabalho de detetive que ela tinha em mente.

— ... ao lado dele estava uma das gêmeas, mas não sei dizer qual, e depois aquela mulher com a bolsa peluda...

— É a tia Malária, e não era uma bolsa, era um cachorro. Um Bichon Frisé, na verdade. É francês — disse Felicidade.

Ela estava sentada na borda do alçapão aberto do sótão. Abaixo dela, Lote acenou sem jeito. Estava com um pijama com estampa de besouros.

— Ah, olá, Lote — disse Fenômeno. — Encrenca, Lote estava me ajudando com uns experimentos antes. Tivemos uma conversa fascinante sobre o peixe-bruxa enquanto você estava... — Ela franziu a testa. — A propósito, o que você fez a tarde toda?

Encrenca não queria contar que esteve "cochilando" ou "entalada em um poço de lavanderia", de modo que apenas deu de ombros, misteriosa. Fez um esforço para não ficar chateada por Fenômeno ter pedido ajuda a Lote com seus experimentos; afinal, Encrenca gostava de Lote, e ela o tinha conhecido primeiro. Portanto, se Lote ia ser um melhor amigo — ou um melhor primo? — de alguém, é claro que seria de Encrenca.

E o melhor primo em questão estava inspecionando o quadro-negro. Encrenca tomou uma decisão precipitada, com base em seu instinto e seu faro, que lhe diziam que Lote era confiável, e disse:

— Esse é o nosso painel de assassinato. Alguém tentou matar a nossa tia.

Lote não exprimiu muita surpresa.

— Falando sério, achei mesmo que algo estava acontecendo. No caminho para cá, vi um homem de chapéu fedora farejando o carpete. Esses são seus suspeitos?

— Você não colocou Turbilhão nem Mestre-cuca, e nenhum dos dois estava jantando — observou Felicidade, também olhando para o painel. — Um profissional colocaria.

Ela pegou outro pedaço de giz, mas Encrenca o arrancou de sua mão.

— Não seja ridícula. Se não vai ajudar, vá embora, Felicidade.

Felicidade não foi embora e não ajudou. Cruzou os braços e ficou sentada em um banco, encarando-os como se pudesse convencê-los a desistir da investigação por meio de um ataque psíquico.

Lote levantou o braço para falar, hesitante:

— Bem... Felicidade tem razão. Vocês deveriam colocar o nome de todos e depois ir eliminando os não suspeitos. — Lote mudou o peso do corpo para o outro pé. — Eu começo. Vovó não estava no jantar, porque estava zangada com a sua tia. Disse algo sobre Schadenfreude não lhe dar ouvidos e não ter os melhores interesses da família no coração. Não acho que ela a tenha machucado, nem nada — acrescentou depressa —, mas mesmo assim devemos anotar. Ela é meio obcecada demais com todas as coisas da família, mas não o suficiente para matar por isso.

Encrenca pensou no brilho maníaco dos olhos de tia Herança e concluiu que não tinha tanta certeza. Essa teria sido a hora de dizer algo como: A propósito, há uma sala secreta no segundo andar, e eu a vi entrando lá com um monte de tubos estranhos, e acho que ela pode estar tramando algo sinistro.

Mas não podia falar. Fosse o que fosse que houvesse naquele quarto, era segredo seu e, por mais egoísta que fosse, ela o queria só para si. Além disso, era mais provável que estivesse relacionado a um tesouro que a um assassinato, raciocinou. O quase assassinato a havia tirado do curso, mas Encrenca ainda tinha uma mochila esperando por ela no telhado, um mapa no bolso e uma crença inabalável de que seria ela quem encontraria o tesouro de Vil. E teria que fazer isso ao mesmo tempo em que solucionava um assassinato. Só isso. Mamão com açúcar, melzinho na chupeta.

Encrenca também tinha mais alguém para acrescentar à lista.

— Margarida mentiu, ela não estava dormindo. Ela passou correndo por mim no corredor do primeiro andar pouco antes de eu... eu... descer a escada. Talvez tenha ficado com raiva da tia Schadenfreude, porque ela não a deixou se casar com Candor.

— Humm... isso é meio suspeito, mas pode ser só uma coincidência — disse Fenômeno. — Vou anotar.

Depois de uma hora de discussão e referências cruzadas, finalmente tinham uma lista, além das anotações úteis de Encrenca:

Tia Herança (desculpa, Lote)
Margarida (SUSPEITA)
Tio Turbilhão
Flora/Fauna
~~Homem com bigode impressionante~~ Tio Ferreiro
Candor
Atroz — ECA
Despeito — ECA TAMBÉM
Mestre-cuca
Mulher com chapéu de pelicano

Apesar dos protestos de Felicidade, Encrenca logo riscou tio Turbilhão e Mestre-cuca, porque era óbvio que não haviam sido eles.

— Tudo bem, mas também não precisamos de pistas e outras coisas? — perguntou Lote, mastigando a bainha do pijama. — Senão vamos sair por aí acusando todo mundo.

— Poderíamos torturá-los para obter informações — sugeriu Encrenca. Ela havia encontrado muitos livros interessantes sobre história medieval quando estava aprendendo a construir sua catapulta. — Lote, se você trouxe suas agulhas de tricô, acho que consigo fazer uma donzela de ferro.

— Não precisamos de uma donzela de ferro — disse Fenômeno, tirando um frasco do bolso do jaleco. — Antes de o Farejador pôr os pés e dedos pegajosos em toda a cena do crime, consegui encontrar uma coisinha.

Ela balançou o frasco. A coisinha ali dentro chacoalhou.

— Terra! — gritou Encrenca, alegre.

— Acho que não é terra, mas preciso fazer uns testes para ter certeza. Talvez tenha caído dos sapatos do meliante ou de uma dobra da roupa. — Ela empurrou os óculos nariz acima com entusiasmo. — O mais importante é que é uma pista.

Fenômeno pegou seu microscópio, béqueres e um par de óculos de segurança.

— Sabem de uma coisa? Eu estava aflita com esta Reunião — disse ela, tomando outro gole de sua solução Solução. — Achei que ficaria terrivelmente entediada, ouvindo as pessoas falarem sobre a minha taxa de crescimento e estado dentário. Ainda bem que alguém tentou matar a nossa tia.

12
JOGO DE MÍMICA

Encrenca acordou cedo no dia seguinte, com os olhos vermelhos e mal-humorada, aos pés da cama de Felicidade. Não havia dormido bem, assim com tantas pessoas na Casa. Tantas respirações e movimentação lhe davam a impressão de que estava dormindo em um zoológico. Mas houve um breve momento, entre acordar e se sentar, em que Encrenca esqueceu os acontecimentos do dia anterior. Por alguns minutos, tudo foi doce e suave sob o sol da manhã, que entrava pelas cortinas e cuja faixa preguiçosa aquecia o braço de Encrenca.

E então ela se lembrou.

Esfregou o nariz com as costas da mão. Haviam ficado no laboratório até altas horas da madrugada, e depois, seria muito trabalhoso tirar a bagunça de sua própria cama para poder deitar nela. Quando Encrenca era bem pequena, tinha o costume de ir para o quarto de Felicidade e se deitar enroscadinha na ponta da cama, como um gato. Ao acordar, sempre notava que a irmã a havia coberto com uma manta e trançado seus cabelos. Levou a mão à cabeça, mas viu que seu cabelo estava tão emaranhado quanto no dia anterior, e Felicidade ainda estava dormindo, agarrada com força ao travesseiro.

Encrenca abriu caminho em direção à porta através de pilhas de revistas e retalhos de tecido, passando pelos olhos acusadores das modelos coladas na parede de Felicidade, pela bancada de costura onde as roupas comidas pelas traças aguardavam conserto. À porta, ela inclinou a cabeça para ouvir a Casa.

Então, assim era a manhã seguinte a um quase assassinato. Estava muito mais silenciosa do que Encrenca esperava, embora ainda fosse cedo. Havia alguns movimentos e suspiros nos andares superiores, e o som úmido de mais de um hóspede roncando. Os velhos canos estremeciam e estalavam, enquanto a caldeira se esforçava para aquecer água suficiente para cada banheira e chuveiro da Casa.

Encrenca foi pé ante pé para seu quarto, enfiou seu vestido de festa debaixo da cama para que John, o Gato, o rasgasse e vestiu a primeira calça e blusa limpas que encontrou. Conferiu os bolsos, certificando-se de que estivessem cheios de coisas úteis, como gazuas, cordas e seu mapa. Tinha coisas importantes a fazer antes do café da manhã. Dirigiu-se à ala leste para consultar uma das únicas pessoas da Casa em quem confiava a ponto de falar sobre a sala secreta.

✳ ✳ ✳

— Permissão para subir a bordo, capitão.

— Permissão concedida!

Tio Turbilhão estava escrevendo suas memórias desde que Encrenca se conhecia por gente. Teve permissão para dar uma olhada apenas uma vez, e só na primeira página. Começava assim: Enquanto o barril de picles balançava nas águas quentes do mar do Caribe, pensei que talvez meu pai tivesse razão e aos oito anos eu fosse jovem demais para deixar a ilha. Mas a essa altura, meu destino, assim como a tampa do barril de picles, estava selado.

Era muito possível que ele não houvesse escrito mais nada desde então.

Turbilhão trabalhava entre pilhas de livros, mapas e papéis, e como essas pilhas mudavam de posição todos os dias, muitas vezes era difícil para os visitantes encontrá-lo no meio da bagunça. Encrenca serpeou pelo labirinto, tentando seguir a voz de seu tio.

— Marco! — chamou.

— Polo!

Ela ouviu a resposta abafada à sua esquerda. Passou por uma velha figura de proa de madeira, um belo tritão, tristemente separado de seu navio. Cada vez que entrava no quarto de Turbilhão, encontrava algo novo que a fascinava: rodas e cordames velhos, cachimbos e pinturas, estátuas e lembranças de uma vida no mar. O principal fascínio de Turbilhão eram os globos terrestres, dos quais tinha dezenas. Encrenca tinha boas lembranças de si mesma sentada em cima deles quando era muito menor, sendo girada sobre o mundo até ficar tonta.

— Amelia! — chamou.

— Earhart!

À sua direita desta vez.

Encrenca secretamente desejava que Turbilhão fosse um pirata. Se a Marinha ou a Armada ou quem quer que fosse o policiamento marítimo aparecesse para prendê-lo, fugiriam juntos no meio da noite, roubariam um navio no porto mais próximo e passariam os dias navegando em alto-mar — mesmo que isso significasse viver de biscoitos de navio, que, como Encrenca havia lido, geralmente continham gorgulhos. Turbilhão tinha sua total lealdade, porque ele nunca lhe havia dito que tinha que ser uma boa menina. E lhe contava histórias selvagens de desventuras, e ela o amava muito.

— Olaudah! — chamou.

— Equiano!

Logo à frente.

Encrenca contornou uma última torre de papéis e finalmente chegou ao homem no centro do labirinto. Ele estava à mesa, uma grande embarcação de carvalho em forma de proa de navio.

— E aí, capitã! — cumprimentou Turbilhão com a voz animada de uma pessoa cansada.

Difícil afirmar, mas era possível que a rede no canto, onde ele dormia, não houvesse sido usada.

— Alguma novidade?

Encrenca não conseguiu dizer o nome da tia. Seu tio soltou o cabelo, que estava preso, e suspirou, cansado.

— Nenhuma mudança. Mestre-cuca disse que eu estava sonolento e me mandou para a cama — disse ele, tímido. Olhou bem para Encrenca, com medo de que ela estivesse machucada em algum lugar que ele não pudesse ver. — E você? Tudo em ordem?

— Estou bem — disse Encrenca, disfarçando sua preocupação, e pegou seu mapa. — Tio, dê uma olhada nisto.

Fora tio Turbilhão, quem havia ensinado cartografia a Encrenca ("Um excelente passatempo para uma mocinha. Ou, pensando bem, para um mocinho também!) e, assim sendo, era a única pessoa com permissão para ver o seu mapa. Ele pegou um par de óculos e observou o mais recente trabalho de Encrenca.

— Humm, o térreo parece pronto! E já progrediu muito com o primeiro e o segundo andares. Eu diria que era uma tarefa impossível, mas você é uma pessoa impossível, portanto eu já deveria saber que você conseguiria.

Encrenca ficou radiante.

— É verdade, eu sou brilhante. Mas veja o que encontrei!

Ela apontou para o grande ponto de interrogação vermelho que havia feito e contou a ele sobre a pintura que parecia uma parede e as poucas

investigações que tinha conseguido fazer. Tio Turbilhão ficou sentado em sua cadeira, bem sério, enquanto Encrenca lhe contava que havia visto tia Herança entrar de fininho lá duas noites antes. Então ele ergueu uma de suas poderosas sobrancelhas.

— Mais alguém sabe disso? — perguntou.

— Não, por isso vim até você. Não consegui vigiar o quarto ontem à noite, e agora tenho um assassinato para resolver; então vamos ter que arrombar a porta e ver o que ela está escondendo. E se tiver algo a ver com o tesouro? — disse ela, pulando toda animada. — Você me ensinou como fazer o mapa; por isso, se o que estiver lá dentro nos ajudar a encontrar o tesouro de Vil, vou dividi-lo com você. Setenta/trinta. Mas só com você.

Tio Turbilhão olhou o mapa por mais alguns instantes, mas Encrenca teve a impressão de que ele olhava através do papel, para um horizonte invisível — ou pelo menos que ela não tinha permissão para ver.

— Encrenca, preciso que você me faça uma promessa. Uma promessa de marinheiro, que é uma coisa muito séria. — Turbilhão se inclinou para frente e fixou um olhar penetrante em Encrenca. E continuou com voz tensa: — Não conte a ninguém sobre essa sala. Não tente entrar enquanto os nossos convidados ainda estiverem aqui. E não mostre este mapa para ninguém além de mim.

Essa não era a reação que ela esperava.

— Por quê?

Algo estava fazendo seu tio contrair a têmpora esquerda — não era uma mentira, não ainda. Mas sim uma desonestidade. Ela nunca havia visto uma no rosto dele em toda a sua vida.

— Tio Turbilhão, você sabe alguma coisa sobre essa sala?

— Se não me fizer perguntas, não direi mentiras — disse ele, sério.

Isso não era típico de seu tio.

— Mas se a tia Herança está escondendo alguma coisa...

— Tia Herança é a arquivista, ela atua segundo os melhores interesses da família, e devemos deixá-la trabalhar.

— Mas...

— Encrenca — o rosto de seu tio demonstrava sofrimento —, estou pedindo-lhe como minha sobrinha, amiga e colega de tripulação. Meu coração dói, mas temos que ser... — estremeceu — sensatos.

— Não!

— Infelizmente, sim. Combinado?

Encrenca hesitou.

— Está bem! — disse ela, por fim, e estendeu a mão.

Mas Turbilhão deu uma risadinha.

— Boa tentativa, mas cuspa primeiro! Um aperto de mão seco não é uma promessa entre marinheiros.

* * *

Encrenca havia dito a Fenômeno e Lote que os encontraria no café da manhã. Quando chegou à sala de jantar, Fenômeno estava sentada, ereta, roncando, com uma colher de mingau a meio caminho da boca, enquanto Lote a encarava com fascínio. Sua blusa de lã era listrada de amarelo e preto — uma vespa, adivinhou Encrenca. Cutucou Fenômeno, que abriu os olhos e continuou comendo como se não houvesse adormecido.

— Ah, você chegou; ótimo. Eca, por que este mingau está frio?

Fenômeno tinha olheiras sob os olhos, mas seu olhar era penetrante. Estava trabalhando: seu caderno novo estava ao lado da tigela, aberto em um diagrama da cena do crime. Havia também o desenho tosco de um homem de chapéu grande olhando pelo lado errado de um telescópio. Ao lado do caderno estava um frasco novo da solução Solução, e o recipiente com aquela coisa que ela havia coletado na noite anterior.

— Você passou a noite toda olhando essa terra? — perguntou Encrenca.

— Sim. Quer dizer, não. — Fenômeno pegou o potinho. — Tinha esperança de que fosse terra, pois, assim, eu poderia analisar a composição mineral do solo e identificar a proveniência. Mas fiz os meus testes e descobri que é um pedacinho do fruto seco da planta *Coffea arabica*.

— Qual é?

— Um grão de café! — Fenômeno sorriu. — Minha nossa, assassinato é divertido! Quer dizer — acrescentou às pressas —, claro que é terrível que a tia Schadenfreude esteja ferida e que todos estejam tão chateados, mas quase nunca consigo fazer algo interessante.

A empolgação de Fenômeno fez Encrenca se sentir melhor consigo mesma. Olhando ao redor, ela notou que a notícia de uma tentativa de assassinato não havia abalado muito o clima. As expressões mais sombrias pertenciam a Candor, à ponta da mesa, comendo com cansaço seu cereal; Margarida, comendo solenemente um doce; e Herança, que lançava olhares reflexivos para Lote, como se estivesse preocupada que pudesse ter engasgado com a torrada nos trinta segundos passados desde a última vez que tinha olhado. Em frente a eles, Pamplemousse contava uma piada grosseira e Fortissimo tentava manter as mãos da pequena Dengosa longe de seu mingau. Tudo bastante normal.

Lote se debruçou sobre o caderno de Fenômeno e copiou "Tio Ferreiro", "mulher do chapéu de pelicano", "Candor" e "Margarida" no horário em que Tia Herança havia lhe entregado.

— Todo mundo está se preparando para jogar mímica avançada — disse Lote —, acho que seria um bom momento para checar álibis. Vovó não tira os olhos de mim, mas está muito distraída organizando o jogo. Acho que consigo falar com algumas pessoas.

— Perfeito — disse Fenômeno.

Mas não parecia perfeito para Encrenca. Ela olhou no horário de Lote (já havia perdido o dela) e viu que às 14h haveria uma apresentação da peça que a irmã de Vil, Feitiço, havia escrito: *O trágico conto de Gratidão e Vil*. Encrenca tinha prometido não investigar sobre a sala de Herança, mas Turbilhão não havia dito nada sobre procurar o tesouro de Vil. Para ficar à frente de sua família, ela precisava de cada fragmento de informação sobre o tesouro que pudesse encontrar — e poderia haver algum escondido na peça de Feitiço.

Ela estava dividida. Por um lado, vingar a quase morte de sua tia era a prioridade; e, por outro, havia o tesouro. Mas raciocinou: ela não ia abandonar a investigação; só precisaria fazer uma pequena pausa depois do almoço.

Mas, primeiro, tinha ideia de quem poderia contar tudo sobre a *Coffea arabica*.

✷ ✷ ✷

Encontraram Flora e Fauna na estufa, preparando-se para o jogo entre a efusão de cores das flores. A luz que entrava pelo vidro deixava a pele delas verde. Uma tomava uma xícara de café com a perna esticada em direção às orquídeas, e a outra se levantou de uma cadeira de vime para cumprimentá-los quando entraram.

— Encrenca! Que bom ver você de novo!

Fechou a mão quente sobre a de Encrenca, gentil como a asa de um pássaro.

— Se está se perguntando quem é quem, eu sou a Fauna. Prometo que não vamos pregar peças em você desta vez.

Seria comum dizer "associar o nome ao rosto", mas consideravelmente mais raro dizer "associar dois nomes ao mesmo rosto". Mas, no caso, era verdade.

Fauna tinha um jeito de olhar diferente, direto nos olhos da pessoa com quem falava. Poderia ser algo incômodo, mas não era. Apenas mostrava que ela prestava atenção.

— Bom dia, gente — disse Flora, acenando e derramando café na blusa.

Fauna suspirou.

— Poxa, gosto muito desta blusa.

Foi até a irmã e, franzindo o nariz, derramou um pouco do café de Flora na própria blusa.

— Gostamos de combinar — explicou Flora enquanto as duas limpavam as manchas.

Com elas lado a lado, Encrenca tentou achar qualquer coisa que pudesse usar para diferenciá-las. Elas não só gostavam de combinar; tudo nelas era idêntico, até os mínimos detalhes: o fio solto na saia, a pinta acima da sobrancelha esquerda. Usavam as mesmas roupas e tinham o mesmo cabelo, comprido e liso. Ambas tinham unhas brutalmente curtas. Se havia alguma diferença, era que Flora tinha linhas de expressão incipientes na testa, ao passo que Fauna tinha leves vincos de sorriso nos cantos da boca. Seus crachás estavam meio escondidos. Encrenca supôs que era porque estragariam a diversão delas.

— Viemos interrogá-las — disse Encrenca.

O grão de café estava em um frasco no bolso de Fenômeno. Ela havia decretado que gêmeos eram tipicamente suspeitos em casos como esse, e um bom ponto de partida.

— Nos interrogar? Caramba! — Flora sorriu por cima da borda de sua xícara. — O velho Farejador conseguiu pôr vocês para trabalhar para ele? — Fenômeno soltou um som curto de indignação que fez o sorriso de Flora se alargar. — Ele já veio falar com a gente. Disse algo sobre gêmeos serem "tipicamente suspeitos".

Fenômeno tossiu.

— Ora, mas que… bobagem.

— Não é? Bem, acho que vocês podem nos interrogar enquanto treinamos o jogo — disse Flora. — Nosso objetivo é vencer Atroz e Despeito este ano.

Caso você não conheça o jogo de mímica, as regras são simples. Uma pessoa representa uma palavra ou frase por meio de movimentos e gestos, e seu parceiro interpreta o que ela está tentando dizer. Às vezes se joga em duplas, e vence quem adivinhar a mensagem do parceiro em menos tempo.

Fenômeno pegou seu caderno, que, com o uso na noite anterior e a aplicação de vários adesivos, havia transformado em livro de registro.

— Só uma de vocês estava jantando na hora do incidente ontem à noite — começou. — Flora, era você?

Flora revirou os olhos e sacudiu a cabeça.

— Isso foi um não — interpretou Fauna sem necessidade.

— Então, onde você estava?

Flora fez um gesto muito criativo com a mão.

— Ela disse: Não é da sua conta.

Encrenca arregaçou as mangas em advertência. Flora começou a fazer gestos mais erráticos.

— Mas eu não estava tentando matar a tia Schadenfreude — traduziu Fauna. — É só um assunto particular.

Fenômeno ergueu uma sobrancelha e olhou para Encrenca. O que Flora estava fazendo não era mímica, jogo no qual metade da diversão era ver alguém tentando encenar uma expressão como "apesar de tudo". Também não era língua de sinais, que tem regras e vocabulário específicos e é usada de várias formas no mundo todo. Era mais uma dança interpretativa, criada para que só uma pessoa fosse capaz de interpretar.

Mas o cronograma dizia mímica avançada. Era típico dos Swifts pegar um jogo e torná-lo várias vezes mais complicado.

Era muito mais difícil detectar mentiras quando a pessoa se mexia em vez de falar. Encrenca deu de ombros, impotente, e Fenômeno virou a página do caderno.

— Consegue pensar em alguém que gostaria de machucar a nossa tia?

Flora bufou.

— Muita gente. Tia Schadenfreude tinha muitos inimigos, e merecia a maioria. Flora, isso não é muito legal de se dizer! Ela deixou muita gente furiosa.

— Porque ela era a matriarca?

Flora tentou se equilibrar em uma perna, mal conseguindo se manter em pé.

— Sim. Muitas pessoas não ficaram felizes com suas decisões ou com a maneira como ela resolvia as queixas. Certa vez, ela fez duas pessoas resolverem seu problema por meio de crocodilo… Desculpem… — disse Fauna, enquanto Flora fazia um movimento um pouco diferente com os braços. — Por meio de uma luta de crocodilos… Ela é esse tipo de pessoa. Gosta de ver as pessoas sofrerem.

Encrenca pensou no dicionário alemão-inglês. Sua tia era severa, mas Encrenca nunca a tinha visto como cruel.

Pelo visto, Fauna concordava com Encrenca.

— Isso não é verdade. Flora guarda rancor dela, porque passamos um verão aqui e ela nos obrigou a comer ervilhas.

Flora desistiu de agitar os braços.

— Odiamos ervilhas — disse, irritada.

— Não, você odeia ervilhas. Eu gosto bastante.

Flora cruzou os braços.

— Ouçam, o que quero dizer é que vocês nunca encontrarão ninguém com uma vontade de ferro, coração de ferro ou vestido de ferro como a nossa tia de pescoço de ferro. E eu entendo que alguém queira tentar dobrá-la um pouco.

— É mesmo? — perguntou Encrenca.

Antes que Flora pudesse responder, a buzina de um carro a interrompeu. Complicação não era o nome de um Swift, mas, mesmo assim, era um convidado indesejado.

O caminho mais rápido até o barulho era pela portinhola do jardim de inverno, que era do tamanho de um gato grande ou de uma pessoa pequena. Encrenca se contorceu toda e passou. Em frente à Casa estava Despeito, debruçado na janela de seu carro esportivo rebaixado de nariz empinado, apertando a buzina sem parar. Com o rosto vermelho, o bigode fino e furioso acima dos dentes arreganhados, estava literalmente enlouquecido.

— Que bárbaro! Que vândalo!

Atroz saiu dentre a multidão com um roupão de seda preto e bobes no cabelo.

— Despeito, querido, você está fazendo escândalo — disse lentamente. — O que está acontecendo?

Despeito escancarou a porta do carro.

— Veja você mesma!

Atroz olhou dentro do carro.

— Alguém roubou o volante do carro do meu irmão — disse ela, toda moderada.

Algumas pessoas riram, Encrenca inclusive. Atroz reprimiu um sorriso.

— Que bom que achou engraçado, irmã — sibilou Despeito.

Ele passou por ela e foi até o outro carro, estacionado com a frente encostada no para-choque do dele. Era compacto e brilhante, vermelho-escuro como batom.

— O seu também sumiu — disse.

O sorriso de Atroz desapareceu em um instante. Ela correu e espiou pelo para-brisa. Quando viu que Despeito tinha razão, gritou de fúria e correu para o carro que estava atrás do dela.

— Sumiram todos! — gritou. — Cada um deles!

Os Swifts logo descobriram que na longa fila de carros que serpeava na frente da Casa, nenhum mais tinha volante. Os que não haviam sido tirados do painel foram simplesmente serrados, deixando tristes tocos para trás.

— Quando isso aconteceu? — perguntou tio Ferreiro, acariciando seu Rolls-Royce como se fosse um puro-sangue ferido.

— Deve ter sido durante a noite, enquanto dormíamos, alheios — disse Despeito.

— Mas por quê?

— Não é óbvio? — Mesmo sem gritar, a voz de Atroz ecoou na multidão. — Alguém não quer que saiamos daqui.

— Como é? Quem?

Atroz deu de ombros com elegância.

— Aquele que tentou matar a arquitia Schadenfreude. O assassino que está entre nós.

* * *

Houve uma corrida em massa para o telefone; todos queriam ligar para seus amigos, advogados, sócios, agentes de liberdade condicional ou de viagens, médicos e funcionários. Mas naquele pequeno e confortável recanto ao lado da sala de bilhar, o ânimo sofreu um segundo golpe: o fio que ligava o fone ao velho aparelho de disco havia sido cortado com precisão; e o próprio fone havia sumido. Os Swifts poderiam discar os números que quisessem, mas não podiam falar com ninguém.

Formou-se um grupo de batedores, que calçou as botas e foi até os limites da propriedade; mas voltou com a notícia de que os portões haviam sido trancados com correntes pesadas. Não podiam sequer contar com a ajuda da vizinhança, pois, ao longo dos anos, tia Schadenfreude havia deixado claro — com o auxílio de um bacamarte e palavras duras — que ninguém tinha permissão para pisar na propriedade Swift, a menos que expressamente convidado por ela mesma.

Sem telefone nem carros, estavam totalmente isolados do mundo exterior.

A desconfiança caiu como uma névoa sobre a Casa. Os Swifts já estavam familiarizados com disputas assassinas, de modo que o ataque à arquitia Schadenfreude não teria sido tão preocupante se não fosse por esse último crime. Matar um rival era uma coisa — quem não conhecia alguém que conhecia alguém que havia se envolvido em um assassinato casual? —, mas impedir que a família toda escapasse era outra; um segundo movimento sinistro em um jogo com regras incertas, de objetivo desconhecido. Em diferentes bolsões da Casa, os Swifts se entreolhavam com cautela, sempre com a mesma pergunta no ar de todos os cômodos ocupados: E agora?

Alguém tinha uma resposta, e esse alguém era tia Herança. Com suas luvas brancas e seu livro-mestre azul, acenou para que todos se aquietassem, como uma professora em uma excursão escolar.

— Não podemos deixar que o assassinato estrague nosso momento em família! — disse, com certo desespero na voz. — O jogo de mímica avançada será transferido para amanhã à tarde! A próxima atividade, a apresentação de Ator em *O trágico conto de Gratidão e Vil*, começa na sala matutina em quinze minutos!

Os pedidos de explicação ficaram sem resposta; Herança praticamente fugiu das perguntas de seus parentes. Em sua ausência, Fauna esvoaçava entre os apressados Swifts, dando tapinhas nos ombros, servindo chá, oferecendo uma palavra de consolo aqui e ali. Flora observava a irmã com um sorriso.

— Pobre Fauna — disse. — Não consegue se conter. Sempre tentando cuidar de todos.

— Vocês são muito diferentes — observou Fenômeno. — Não na aparência, claro, mas Fauna parece bem carinhosa, doce. Você é mais...

— Ácida — disse Encrenca.

Era uma boa palavra; podia significar alguém que dizia coisas afiadas, ou uma substância que queimava o que tocava, ou algo que tinha gosto forte, como os grãos de café que Flora mascava.

— Ácida! Gostei — disse Flora, e pareceu tomar uma decisão. — Ouçam, vocês duas. Não suporto a tia Schade, mas não a quero morta. Mesmo que eu quisesse fazer mal a ela, podem imaginar como a Fauna ficaria triste? Eu nunca faria isso.

Desta vez, Encrenca olhou bem para o rosto de Flora e pôde dar uma resposta adequada à irmã:

— Ela está dizendo a verdade.

Portanto, Fenômeno fez uma anotação em seu livro.

— Minha irmã é fera em detectar sinais e microexpressões. Se você estivesse mentindo, ela saberia — explicou.

Enquanto as pessoas iam, sem ânimo, para a sala matinal, Lote subiu as escadas com a lista de suspeitos nas mãos.

— Muito bem, podemos riscar algumas pessoas. Tio Ferreiro tem um álibi; estava caçando o tesouro ontem à noite e caiu por um alçapão no Banheiro Abacate. Ficou preso lá umas duas horas. A mulher com chapéu de pelicano se chama Hesitar; aliás, aquilo não é um pelicano, é um papagaio-cinzento africano. Perguntei por que não estava na sala de jantar e ela começou a chorar. Pelo visto, tem deipnofobia.

— O que é isso? — perguntou Encrenca, de olho nas pessoas que entravam na sala matinal para a apresentação.

— É um medo mórbido de interagir nas refeições. Ficou no quarto dela a maior parte da noite. "Só de saber que estava acontecendo um jantar lá embaixo, já entrei em pânico", foi o que ela me disse. Candor é médico, então ele subiu para lhe dar algo para os nervos às oito... Desculpe, Fenômeno, às 20h. Ficou lá quase uma hora, jogando gamão com Hesitar e o irmão dela. Suponho que isso significa que podemos eliminar Candor também.

— E Margarida?

Lote sacudiu a cabeça.

— Não tive oportunidade de falar com ela a sós. Ela disse que estava com enxaqueca. Candor confirmou, de modo que, segundo ele, ela esteve no quarto a noite toda. Pelo menos até ela passar correndo por você no corredor.

Flora, que estava tirando os grãos de café do bolso, deu um pulo de repente, espalhando-os por toda parte.

— Dez minutos para o início do espetáculo! — gritou uma voz a várias salas de distância.

Encrenca se contorceu; desesperada para ir.

— Vai nos contar o seu álibi agora? — perguntou à Flora.

Flora hesitou.

— Eu estava no meu quarto, lendo — disse.

Encrenca encarou Flora de novo. Desta vez, pôde ver uma mentira, pequena, pairando perto da pinta da sobrancelha esquerda. Flora percebeu que Encrenca percebeu, e Encrenca percebeu que Flora percebeu que ela havia percebido, e ficaram se encarando durante alguns instantes, até que a menina sentiu algo parecido com confiança.

— Tudo bem — disse Encrenca.

Mas o que queria dizer era: Sei que você não está dizendo toda a verdade, mas decidi lhe dar o benefício da dúvida.

— Tudo bem — disse Flora.

Mas o que queria dizer era: Sei que você não acredita em mim, mas agradeço sua confiança.

— Tudo bem — disse Fenômeno.

Mas o que queria dizer era: Não sei o que vocês duas estavam fazendo naquele momento, mas não me interessa, porque quero prosseguir.

Ela tirou o frasco do bolso.

— O que pode me dizer sobre isto? É um grão de café que encontramos na cena do crime.

— Cinco minutos para o início do espetáculo!

Fenômeno entregou o frasco a Flora, que o abriu e tirou o pedaço de grão de café. Cheirou-o e o colocou na boca.

Fenômeno soltou um berro:

— Por que ninguém respeita as evidências?

Flora mexeu o grão de café na boca durante alguns segundos, franzindo a testa, concentrada. A seguir, torceu o nariz e cuspiu o grão de volta no frasco.

— É *kopi luwak*. Café civeta — acrescentou ela, vendo Encrenca abrir a boca para perguntar. — Já o provei algumas vezes. É… não é o meu favorito, mas é bem raro.

— Quão raro?

Flora despejou alguns dos seus próprios grãos na boca, mastigou-os e os engoliu.

— Já ouviram falar da civeta de palmeira asiática?

Encrenca não, mas Lote, que estava se revelando um grande trunfo para a equipe, sim.

— A civeta de palmeira asiática, ou *Paradoxurus hermaphroditus*, é um viverrídeo de tamanho médio comum no sudeste da Ásia.

Encrenca teve a sensação de que Lote havia decorado isso.

— É um onívoro, e parece um cruzamento de gato, furão e lêmure. — Lote sorriu. — É fofo demais.

Flora concordou.

— Sim. O *kopi luwak* geralmente é produzido nas regiões nativas da civeta, como Java e Bali. É feito por um método bem singular. A civeta é alimentada com os grãos de café…

— Ah, não — disse Encrenca, já imaginando aonde isso ia chegar.

— … e algo acontece quando eles passam pelo sistema digestivo do bichinho. Fermentação é o nome. Quando a civeta libera os grãos, eles são coletados, higienizados e vendidos. Por isso se chama café civeta! Supostamente, a passagem pelas entranhas da civeta melhora o sabor, mas não posso dizer que sou muito fã. Gosto de café ácido — sorriu —, mais parecido comigo.

Encrenca ainda estava tentando digerir essa informação.

— As pessoas… bebem café… defecado por civetas?

— Não critique antes de experimentar, é o que eu sempre digo. Se bem que seria difícil pagar; o *kopi luwak* é considerado uma iguaria. É um dos cafés mais caros do mundo. Quem deixou cair este grão deve estar nadando em dinheiro.

— Um minuto para o início do espetáculo! — anunciou tia Herança.

— Então já sabemos com quem falar agora, não é, Encrenca? — disse Fenômeno. — Encrenca? — Viu sua irmã indo para a sala matinal e a segurou pela manga. — Ei! Aonde está indo? Precisamos continuar a investigação!

— Mas...

— Você não está mesmo pensando em se perder no meio disso aí, está? — perguntou.

Encrenca olhou para a porta da sala matutina, depois para sua irmã e depois para Lote. Quanto mais tempo Encrenca ficava sem responder, mais sombria a expressão de Fenômeno se tornava. Estava prestes a dizer sim, estou, mas se lembrou de sua tia deitada na mesa.

Encrenca lançou um último olhar ansioso para a sala matinal, suspirou e se deixou levar pela irmã.

Atroz e Despeito haviam ignorado os quartos que lhes foram designados e reivindicado a torre assim que chegaram. Fenômeno e Encrenca não foram as primeiras investigadoras a se dirigirem ao covil da dupla. Quando se aproximaram, da entrada da torre saiu uma pessoa vestida de bege.

— Saí do quarto dos irmãos mais animado — murmurou Farejador, rabiscando vigorosamente. — Uma pista novinha em folha, e ainda nem havíamos almoçado. Eu estava no encalço, na cola de quem havia atentado contra a velhinha. A mulher me alertou para um motivo; tinha que pesquisar, sacudir umas árvores mortas para ver o que caía.

As irmãs se espremeram na parede para deixá-lo passar, mas, assim como ir ao dentista, não puderam evitá-lo.

— Vejam só se não são as pequenas investigadoras!

Fenômeno fingiu estar profundamente interessada em uma mancha em seu jaleco. Farejador não se intimidou.

— Vão falar com os irmãos?

— Estamos interrogando suspeitos, se é a isso que você se refere — interpretou Encrenca.

— Suspeitos? — Farejador riu. — Atroz e Despeito? Não. Aquela Atroz tem um rostinho de anjo; ela jamais poderia ser uma assassina. Damas nunca são assassinas!

Pelo que ela havia lido em romances policiais, Encrenca achava que, em geral, as damas eram bastante prováveis de serem assassinas, ainda mais quando alguém as chamava de damas.

— Mas ela me deu algo em que pensar. Uma pista, mais ou menos. — Ele pestanejou. — Mas isso é assunto de detetive. Agora, sumam, tenho análises a fazer.

Ele se afastou, sacudindo algo no bolso e assobiando.

— Encrenca — disse Fenômeno, séria —, detesto aquele homem.

Encrenca bateu à porta dos irmãos, uma imponente estrutura de ferro na base da torre. Uma voz suave e entediada respondeu:

— Pode entrar.

A Suíte Meio Amarela sempre fora completamente banal. Era composta de um salão sem uso, decorado com simplicidade, com dois quartos, um em cima do outro na ponta da torre. O papel de parede original tinha estampa floral e as cortinas eram de um verde incerto.

Era evidente que, para Atroz, o salão não estava à altura de seus padrões. Havia três grandes malas de couro de crocodilo em um canto da sala, e delas ela havia puxado um boudoir portátil. O papel de parede agora era preto e dourado, e as cortinas — ainda fechadas — de um pesado veludo vermelho-escuro. Xales pendurados sobre as lâmpadas provocavam um brilho sangrento que inundava o quarto. Tapetes de aparência cara e densamente estampados cobriam o chão e faziam Encrenca perder o equilíbrio se olhasse muito tempo para eles.

No sofá descansava prima Atroz, com um vestido tão brilhante e escuro que parecia óleo. Chocada, Encrenca viu que ela virava as páginas do caderno de desenho de Felicidade com uma unha longa e perfeitamente cuidada. Ainda mais chocante foi ver que a própria Felicidade estava empoleirada em uma cadeira ao lado dela, animada, embora desconfortável.

— Felicidade! — exclamou Encrenca.

Atroz passou os olhos pelas duas irmãs mais novas.

— Ah... é a pequena duende de ontem à noite. E outra irmã! Temos tudo para um conto de fadas. — Ela tomou um gole de algo que tinha em seu copo. — Era uma vez três irmãs. Uma tinha o dom do cérebro, a outra tinha o dom da beleza e a outra tinha... Bem — sorriu para Encrenca —, tenho certeza de que você tem algo a seu favor.

Encrenca realmente torcia para que Atroz fosse a assassina. Adoraria vê-la em uma donzela de ferro.

— Um passarinho me contou que você é... Qual foi a palavra que Farejador usou, querido irmão?

Encrenca se sobressaltou. Nem havia notado Despeito, que estava se servindo no bar improvisado no canto da sala, cheio de garrafas interessantes, um bule de chá e uma máquina de café.

— Intrometida, acho — respondeu ele.

— Farejador é o intrometido — protestou Fenômeno. — Ele não é capaz de resolver palavras cruzadas, muito menos um assassinato.

— Fenômeno!

— Tudo bem, querida Felicidade — ronronou Atroz. — É evidente que os padrões caíram depois que Schadenfreude criou você. — Voltou ao caderno, batendo com sua unha comprida no desenho de um vestido laranja de verão. — Despeito, olhe este! Não é simplesmente encantador?

— Tão simples e, ao mesmo tempo, tão impressionante — concordou ele, espiando por cima do ombro dela.

Felicidade sorriu e olhou sem jeito para os próprios pés, mas Encrenca percebeu a risada zombeteira disfarçada de seus primos. Felicidade não se deu conta de que estava sendo motivo de deboche. Tanta crueldade deixou Encrenca chocada. Quando não gostava de algo que Felicidade fazia, falava na cara da irmã, nunca ria pelas costas dela.

— Se continuar assim, um dia verá seus designs em uma loja de departamentos! — disse Atroz.

— Você acha mesmo? — perguntou Felicidade, arregalando os olhos cheios de esperança.

Encrenca não aguentava mais ver isso. Foi até o bar e pegou uma garrafa; e então, a deixou escapar de propósito por entre seus dedos e cair no chão.

— Ops — disse. Pegou outra, que tinha um polvo bêbado no rótulo. — Que desastrada! — E a deixou cair no tapete, derramando um líquido escuro. — Parece que vai manchar. Desculpem!

— Sua terrorista! — exclamou Despeito, aproximando-se dela.

— Mil desculpas, mas estou com muita sede — disse Encrenca, pegando uma terceira garrafa. — Só quero… O-oh!

Despeito praguejou e foi correndo buscar um pano. Enquanto ele estava distraído, Encrenca pegou um saco de grãos de café e o analisou. O saco era de seda e parecia muito caro. Em nenhum lugar do rótulo dizia algo sobre civetas.

Ao erguer os olhos, viu Atroz a observando com frieza. Enquanto o irmão dela se preocupava com o líquido que encharcava o tapete e Felicidade se desculpava por suas irmãs, Atroz e Encrenca mantinham uma disputa de olhares.

— Por que não se senta? — disse Atroz, por fim. — Parece que quer me perguntar alguma coisa.

Encrenca se sentou e ergueu o saco de grãos de café.

— Isto não é *kopi luwak*?

— Café civeta? — disse Atroz com desdém. — Por Deus, não! Eu só bebo do melhor.

— Mas o civeta não é o café mais caro do mundo? — perguntou Fenômeno.

— Sim, é. Mas eu não pago pelo meu café, querida. Eu cultivo o meu em uma ilha particular, à sombra de um vulcão ativo. As cinzas que se formam no solo lhe dão um sabor maravilhosamente defumado. — Ela tomou um gole de sua bebida. — Eu não bebo nenhuma outra marca.

Encrenca afundou na cadeira. Atroz não estava mentindo.

— Você também não estava no jantar ontem à noite — disse Fenômeno.

— Não.

— E onde estava?

— Monopolizando o telefone — interrompeu Despeito, com uma toalha ensopada em cada mão. — Ficou horas conversando com o marido, o que foi muito cruel da parte dela, pois ela sabia que eu queria falar com o meu sobre alguns investimentos.

— Então você foi a última a usar o telefone antes de ser sabotado?

Felicidade levou a mão à boca.

— Fenômeno, você está acusando os nossos primos de...

— É provável que eu tenha sido a última, sim. Você pode checar os registros telefônicos, se quiser — disse Atroz. — É o que fazem nos filmes, não é?

— Não sei se podemos fazer isso.

Atroz deu de ombros.

— Isso não é problema meu. Ah, sua cozinheira passou por mim ontem, levando uma bandeja para cima; ela pode confirmar a minha história. Ela me deu um olhar furioso, e tudo que fiz foi mandá-la virar os lençóis. Vocês deveriam pensar em contratar outra equipe.

Atroz e Despeito eram, sem dúvida, as pessoas mais desagradáveis que Encrenca já tinha conhecido. Teria lhe dado um grande prazer algemá-los ou amarrá-los no tronco para que o resto da família jogasse frutas e legumes podres neles, como se fazia nos tempos medievais. A inocência deles seria de fato inconveniente.

— Você poderia ter pagado alguém para matá-la — rebateu Fenômeno.

— Eu dou a minha palavra. O que foi que ensinaram para vocês? — Atroz entregou seu copo vazio a Despeito, que o levou para o bar tristemente vazio. — Pode acreditar em mim, já estive diante de muitos detetives. Quando uma pessoa é assassinada, a primeira coisa que se procura é um motivo. Pois perguntem a si mesmas: que motivo uma pessoa poderia ter para matar tia Schadenfreude?

— Flora disse que as pessoas não gostam dela — acrescentou Encrenca.

— Ah, Flora — disse Atroz com desdém. — As pessoas não matam outras pessoas só porque não gostam delas. Matam porque têm algo a ganhar com a morte. Como poder. Ou dinheiro.

— Tia Schadenfreude não tem dinheiro.

— Não? — disse Despeito, entregando uma bebida a Atroz. — Ela tem a Casa. E se tem a Casa, tem o tesouro de Vil, não é? Legalmente falando, a Casa e todo o seu conteúdo pertencem à matriarca ou ao patriarca. Isso também vale para o tesouro, não importa quem o encontrar.

— Como é?! — exclamou Encrenca.

Ela nunca havia pensado nisso.

— Isso mesmo. Se bem que — prosseguiu Atroz, olhando de soslaio para Encrenca — sempre há uma chance de o tesouro ser encontrado por um Swift jovem e empreendedor que sumirá com ele sem contar a ninguém.

Parecia que Atroz estava olhando diretamente para Encrenca, que teve a desagradável sensação de que a prima a entendia melhor que qualquer outra pessoa.

— Ninguém nesta família faria isso — disse Felicidade com firmeza.

Parte do desprezo finalmente transpareceu no rosto de Atroz.

— Vil fez. Ele roubou e assassinou a família e muitos outros. Claro, não matou todo mundo, mas como acha que ele conseguiu a riqueza dele? — Atroz deu de ombros. — O tesouro é feito de ouro e prata, sim, mas também de tecidos e tabaco, minas e maquinaria, especiarias e sangue. A história de nossa família, como Herança poderia contar para vocês, é cheia de heroísmo, intriga e aventura, mas também de trapaça, roubo e pura maldade.

Encrenca pensou em Gratidão, Feitiço e Vil, pintados em uma solene fileira sob o carvalho. Pensou no monumento a Vil, erguido no local onde ele tinha matado o irmão e ainda ali após todos estes anos.

— Dinheiro e poder. Vocês querem um motivo? Aí está um. Vou dizer para vocês o que disse a Farejador: descubram quem está atrás do tesouro e descobrirão quem feriu a sua tia. Mas não fui eu. Prefiro ganhar a vida de uma forma desonesta. — Ela estalou os dedos. — Podem ir agora. Vocês são muito cansativas, e me fazem lembrar por que não tenho filhos.

Felicidade pegou seu caderno de desenho — Atroz o estava usando como descanso de copo. Assim que saíram e fecharam a porta, seu sorriso tímido se transformou em uma carranca.

— Não acredito que vocês duas se comportaram daquele jeito lá dentro! — disse, furiosa. — Vocês foram grosseiras sem necessidade!

— Não foi sem necessidade — disse Encrenca.

— Eu esperava isso de você, Encrenca, mas de Fenômeno? Não mesmo! — Felicidade abraçou o caderno de desenho contra o peito. — A primeira vez que encontro alguém que aprecia moda, que pode me dar conselhos, que gosta dos meus designs… e vocês duas estragam tudo!

Fenômeno e Encrenca se entreolharam. Nenhuma das duas conseguiu contar a verdade a Felicidade: que Atroz e Despeito a viam como nada mais que um ratinho, guinchando para diverti-los.

— Eles estavam na nossa lista de suspeitos.

Felicidade fechou os olhos. Sua paciência estava chegando ao fim.

— Ah, claro, a investigação de vocês. Já foram visitar a tia Schadenfreude hoje para ver como ela está?

Encrenca abriu a boca, mas a fechou de novo. Na pressa de tratar a morte de tia Schadenfreude como um assassinato, quase havia esquecido que ela ainda estava viva. Mas empurrou a pontada de culpa para o fundo da mente.

— De que adianta? Ela está tão inconsciente quanto ontem. A melhor coisa que podemos fazer por ela é pegar quem a atacou!

— Inacreditável — explodiu Felicidade. — Você é a mais egoísta, a mais teimosa... Não dá!

Ela girou nos calcanhares e saiu andando.

— Ela continua fazendo isso — comentou Fenômeno.

✳ ✳ ✳

As palavras de Atroz acompanharam Encrenca de volta à ala principal da Casa. Era verdade que Encrenca nunca havia pensando sobre a quem de fato pertencia o tesouro, nem em como Vil o havia conseguido. A Casa ecoava as batidas que as pessoas davam nas paredes em busca de espaços vazios. Ela mesma sentiu o desejo de abandonar Fenômeno e correr para um canto escuro e cheio de teias de aranha para ver o que poderia desenterrar.

Ficou imaginando se era isso que seus pais sentiam quando entravam em um daqueles amados locais históricos. Eles eram tradutores, não caçadores de tesouros, mas a tradução pode ser uma espécie de tesouro se as palavras forem mais importantes para você que o ouro. Talvez esse sentimento estivesse em seu sangue. Ou talvez — Encrenca diminuiu o ritmo —, talvez estivesse em seu nome. Como ela sempre tinha achado que o tesouro encontrado seria regido pelas regras do descobridor e guardião, em todas as suas fantasias ela contava às pessoas que o havia encontrado, para fazê-las arder de inveja. Mas agora, sabendo que deveria legalmente entregá-lo a tia Schadenfreude, não sabia mais o que faria. Talvez se valesse de astúcia, desse uma de espertalhona, como dizia a definição de seu nome. Talvez ficasse calada e guardasse o tesouro só para si. Afinal, era o que todos esperavam.

— Nosso experimento continua? — perguntou à Fenômeno.

— O do mofo ou o do seu nome?

— O do meu nome.

— Sim. Inclusive, andei fazendo anotações.

Fenômeno folheou a parte de trás de seu caderno, onde havia elaborado uma tabela. Intitulava-se Determinismo Nominativo no Caso de Encrenca Swift, que, como sempre, não fazia sentido para Encrenca. Havia duas colunas: uma dizia Conforme o caráter, a outra Incongruente com o caráter. Havia muito mais coisas na coluna Conforme o caráter.

— Ainda estou coletando dados — explicou Fenômeno — para ver se você faz jus a seu nome. Por exemplo, derramar bebidas no chão para irritar Atroz e Despeito foi uma coisa muito Conforme o caráter, porque você agiu segundo a sua definição. — Fenômeno fez uma marquinha na coluna Conforme o caráter. — Você tentar largar o caso para procurar pistas sobre o tesouro na peça de Feitiço... sim, eu sei que era isso que você estava fazendo... também foi muito Conforme o caráter. Está vendo? Quando acabar, somarei tudo e poderei tirar algumas conclusões.

Encrenca não sabia bem o que pensar a esse respeito. Havia concordado com o experimento e ainda estava interessada nos resultados, mas não gostou muito da ideia de ver tudo que fazia resumido a Conforme o caráter ou Incongruente com o caráter. E se, quando o estudo terminasse, a coluna Conforme o caráter tivesse mais pontos, Encrenca teria que encarar o fato de que nenhuma de suas decisões eram de fato decisões, e que caminhava pela trilha que o Dicionário havia estabelecido para ela no dia em que havia nascido.

— Quanto ao caso, acho que devemos tentar encurralar a tia Herança — prosseguiu Fenômeno. — Ela estava brava com a tia Schadenfreude por um motivo desconhecido. Não sei se ela gosta da maneira como a nossa tia, sendo matriarca, administra as coisas. Talvez ela esteja interessada no cargo...

Se Encrenca pretendia contar a Fenômeno sobre a sala secreta, esta era a hora. Poderia ser relevante para a investigação e, para provar que não era egoísta e desonesta, deveria compartilhar o que sabia. Mas não podia. Apesar da promessa de marinheiro, as palavras de seu tio só serviram para deixá-la mais determinada a entrar. Ela ouviu a voz dele em sua cabeça: *Você tem que me prometer que não vai contar a ninguém.*

Encrenca se espantou. Aquela voz era familiar, mas aguda demais para ser de seu tio e alta demais para estar em sua cabeça.

— Estou falando sério — disse a voz. — Prometa!

Como esse era o tipo de coisa que as pessoas esperavam que ela fizesse, Encrenca não teve escrúpulos e puxou Fenômeno para um canto, para se esconderem e poderem ouvir.

— Eu prometo. A quem eu contaria?

A segunda voz também era familiar, mas podia pertencer a duas pessoas. Ela havia falado com ambas uma hora atrás. As pessoas que conversavam estavam no Quarto Coral, onde Margarida e Candor estavam alojados. Encrenca fez um sinal para Fenômeno esperar e disparou para o banheiro ao lado. Subindo na pia, espiou pelo olho mágico atrás da tela *Sereia comendo um cachorro-quente*.

— O importante é manter a calma — disse Flora ou Fauna. — Temos só que adaptar o plano.

Margarida se sentou na cama, esfregando as têmporas. Encrenca tentou se colocar em uma posição melhor e quase derrubou duas escovas de dentes da pia. Cada uma tinha cerdas em forma de meio coração e, quando juntas, formavam um coração inteiro.

Eca, pensou. Meloso e anti-higiênico.

— Eu sei. — Margarida parecia infeliz. — Sei que tenho que me controlar, mas só fico pensando: Meu Deus, o que foi que eu fiz? Isso vai me arruinar, Flora.

— Não vai, porque ninguém vai descobrir. — Flora se sentou ao lado de Margarida e lhe deu um tapinha no ombro. — Hum… é isso aí…

Para surpresa de Encrenca (e claramente de Flora), Margarida se recostou em Flora e riu.

— É isso aí?

— Ora, não sei como fazer isso! — Flora parecia não saber o que fazer com os braços. — Consolar as pessoas não é…

— A sua praia? É uma expressão — explicou diante do olhar inexpressivo de Flora.

— Ah, claro.

— Obrigada mesmo assim. — Margarida enxugou as lágrimas e respirou fundo. — Sério, se você não tivesse me ajudado ontem à noite…

Encrenca aguçou as orelhas. Fauna estivera jantando, mas Flora disse que tinha passado a noite toda em seu quarto, lendo. Talvez esse fosse o álibi secreto dela: estivera ajudando Margarida com alguma coisa.

— Imagine! — Flora foi tocar a mão de Margarida, mas recuou no último segundo e começou a roer agressivamente as unhas. — Mas você precisa parar de se sentir culpada. O que está feito, está feito, e estamos cuidando de tudo, está bem?

— Sim. Tudo bem.

— O importante, agora, é garantir que Candor não saiba de nada. Acha que pode fazer isso?

— Posso — disse Margarida, com a voz mais firme. — Acha que mais alguém desconfia?

— Não sei. Tia Schadenfreude sempre guardava... ou guarda... suas cartas perto do peito. Não temos como saber se ela contou para alguém.

Margarida suspirou.

— Então, continuamos jogando, acho.

— Só mais um pouco. Assim que esta Reunião terminar, você estará em... sua praia? Essa é a expressão, não é?

— É. — Margarida soluçou.

— Vou pegar água para você — disse Flora.

Para horror de Encrenca, ela foi em sua direção — ou melhor, em direção à porta do banheiro à sua esquerda. O mais sorrateira possível, Encrenca desceu de seu poleiro, abriu a porta do corredor, assim que Flora abriu a outra, e no segundo que Flora levou para entrar, escapuliu e de fininho fechou a porta.

15
O PASSADO COMO PRÓLOGO

Confiança não é algo que a pessoa tem ou não tem. É algo que se dá em pequenas medidas, uma xícara de chá de cada vez.

Por exemplo, Encrenca confiava em Mestre-cuca a ponto de saber que a alimentaria e cuidaria dela todos os dias, mas não a ponto de achar que não contaria a tia Schadenfreude que ela tinha passado o batom de Felicidade nas estátuas. Confiava em Fenômeno, sabia que ela saberia a resposta para qualquer problema de matemática, mas não confiava a ponto de achar que não poria fogo no laboratório. E confiava no amor de seus pais, apesar de qualquer coisa, mas não acreditava que voltariam para o seu próximo aniversário.

Naquela manhã, Encrenca havia dado uma xícara de chá de confiança a Flora, e foi como se a prima a houvesse derramado no chão. A sensação de traição que sentiu foi nova e terrível. Sabia que Flora estava escondendo algo — havia visto em seu rosto. Agora, sabia que tinha algo a ver com Margarida, e que era um segredo cheio de culpa, e Encrenca teria que ser muito ruim em matemática para somar dois mais dois e não chegar a um resultado: Margarida empurrou tia Schadenfreude escada abaixo e Flora a está ajudando a encobrir o fato.

Encrenca não teve tempo de formar uma opinião sólida sobre Margarida, além de sua desconfiança natural de pessoas que usam joias combinando. Mas tia Schadenfreude parecia bastante determinada a fazer que Candor terminasse o noivado, a ponto de abertamente proibir o casamento. Embora Margarida se fingisse de inocente, ela sabia claramente o motivo pelo qual tia Schadenfreude se opunha tanto ao casamento, e era coisa ruim. Agora, Margarida e Flora estavam preocupadas, com medo de que a tia houvesse contado a mais alguém.

Atroz havia dito que todos os assassinos tinham um motivo. Parecia que Margarida tinha um. Com tia Schadenfreude fora do caminho,

Margarida estaria livre para se casar com Candor e Flora estaria livre para... não comer ervilhas? Encrenca não havia pensado nessa parte ainda.

— Bem... — disse Fenômeno.

E não disse mais nada, até que chegaram ao escritório de tia Schadenfreude, onde Mestre-cuca estava sentada em uma cadeira, o mais perto possível da mesa, lendo histórias de fantasmas para Lote.

Fenômeno começou a disparar perguntas com tanta determinação que teria feito Farejador mudar de carreira.

— Margarida não estava no jantar. Por quê?

— Estava passando mal — disse Mestre-cuca. — Candor disse que Margarida estava com enxaqueca e que ele precisava cuidar de Hesitar, por isso levei uma bandeja para ela.

— Certo. E que horas eram?

— Por volta das sete e meia.

— Como assim por volta? Preciso de horários exatos. Horas e minutos.

— Não sei, Fenômeno. Eram 19h30, mais ou menos.

— Você passou por Atroz, ao telefone?

— Sim, aquela arrogante...

— E Margarida, como estava?

— Eu... Não estava bem. Ela me agradeceu e perguntou se eu poderia lhe emprestar algo para ler, mas eu só tinha as minhas histórias de fantasmas e, claro, a biblioteca está trancada. Mas não sei por que ela acharia uma boa ideia ler com enxaqueca...

Fenômeno se voltou de repente para Encrenca.

— E a que horas você viu Margarida passando apressada pelo corredor?

— Alguns minutos antes das 21h.

— Como assim alguns minutos? E ela estava saindo do quarto ou voltando para ele?

— Voltando.

— De onde?

— Como vou saber?

Fenômeno bufou e fechou seu livro.

— Vocês duas são inúteis. — disse, mas vendo a cara delas, acrescentou: — Nesse caso. Vocês são inúteis nesse caso.

Encrenca entendia que esse processo devia ser frustrante para Fenômeno, que valorizava a exatidão. Encrenca não precisava de exatidão; poucos minutos antes das 21h, Margarida tinha passado correndo por ela no corredor, e reapareceu à porta do escritório quinze minutos depois. Ela poderia ter empurrado tia Schadenfreude, corrido de volta para o quarto para se esconder, depois fingido que havia acabado de acordar quando o corpo inconsciente de Schadenfreude foi levado para cima. Agora, conversava baixinho com Flora e tinha medo de parecer suspeita. No que dizia respeito a Encrenca, o caso estava resolvido, e ela estava pronta para jogar o livro em Margarida — o livro, no caso, era o Dicionário, que pesava tanto quanto a própria Encrenca e provavelmente faria um bom estrago.

Ela mal conseguia olhar para a tia deitada na mesa. Cada vez que olhava, sentia um aperto no coração. O peito de Schadenfreude subia e descia tão devagar que era difícil saber se estava respirando, e o único som que fazia era um leve chiado que saía de uma narina. Encrenca não podia evitar sentir que quanto mais demorassem para pegar a pessoa que havia feito isso, mais tia Schadenfreude desapareceria, até que só sobrariam suas roupas pretas disformes.

— E se demorarmos muito? — perguntou, baixinho, odiando a pequenez de sua voz. — O que vai acontecer se quem fez isso voltar para terminar o trabalho?

Mestre-cuca pegou um castiçal de ferro da mesa e, com um mínimo grunhido de esforço, torceu-o em forma de pretzel.

— Isto — disse.

✳ ✳ ✳

— ... Ora, não seria uma reunião de família se não houvesse drama.

— Isso não é drama. Esquecer de convidar Belicosa para um casamento... isso sim que é drama...

— ... Para onde quer que eu olhe vejo aquela cara do Farejador se esgueirando por aí com uma lupa na mão...

— Eu, pelo menos, acho bom que ele esteja cuidando do caso. Ele foi muito prestativo quando perdi o meu pequinês, Botão-de-ouro.

— Ele o achou?

— Não, mas me arranjou outro, com um temperamento muito mais doce que o daquele que sumiu.

Três investigadores ouviram trechos dessa conversa enquanto se dirigiam à cozinha. Mestre-cuca os havia mandado, com um tom agourento, ver como estava Turbilhão. Assim que passaram despercebidos, Lote deu uma cotovelada em Encrenca.

— Ei, tenho uma coisa para você. — Lote tirou de dentro da blusa um livrinho verde com capa de couro, bem antigo. — Aliás, você não perdeu muita coisa — disse, casualmente. — Ator esqueceu as falas dele cinco vezes e teve que ler o roteiro a maior parte da peça. E o cenário caiu na cabeça dele.

Encrenca olhou para o livro.

O trágico conto de Gratidão e Vil
Por Feitiço Swift

Encrenca pegou Lote pelos ombros, que se assustou, até que viu o sorriso maníaco de Encrenca.

— Lote — disse ela —, você é brilhante.

Lote deu de ombros.

— Vi que você ficou chateada por ter perdido a apresentação. E eu tive que ir, porque a vovó teria uma síncope se eu não fosse.

— O que é isso?

— Não sei, mas deve doer. Fiquei por ali e, enquanto Ator recebia os aplausos, eu meio que... peguei o livro — disse Lote, com um pouco de vergonha. — Nunca roubei nada antes. Aposto que a vovó diria que você é uma má influência.

Pensar nisso deixou Encrenca bem orgulhosa.

Abriu o livro. Na primeira página, leu:

PRÓLOGO

Aproximai-vos, e para que não percamos a cabeça
Atrapalhados com a má sorte, o mal causado,
Primeiro falamos em desonra dos mortos,
Sobre os tolos da fortuna, nossa velha podridão familiar;
Sobre violência e atos vis, e sobre o ato de Vil,
Quando ele, com inveja, por falta de um xelim,
Cortou os galhos de nossa árvore genealógica
E enterrou a machadinha nas costas de seu irmão.
Meus bons parentes, pelo sangue eu imploro: mantende nossos
   caminhos,
Sejais ricos em bondade e ricos como espécie;
Marcai bem o significado bem-marcado de nossos dias
E as riquezas de cada Reunião encontrareis.

Mas enquanto buscais, enchei vossos bolsos de coroas,
Lembrai que o pobre flutua e o rico se afoga.

Tarde demais, e com desânimo, Encrenca percebeu duas coisas. Primeiro, que Feitiço tinha vivido nos anos 1600, e as pessoas falavam de um jeito diferente naquela época; e, segundo, que Feitiço era obcecada por Shakespeare.

— É tudo assim? — perguntou, consternada.

— Receio que sim... lamento.

Encrenca gemeu. A peça até podia estar cheia de pistas, mas ela não tinha esperanças de entendê-las.

Leu o prólogo várias vezes a caminho da cozinha, na confiança de que seus pés a levariam. Quando eles tropeçaram nos degraus, ela viu Felicidade e uma das gêmeas sentadas à mesa cheia de marcas. Atrás delas estava tio Turbilhão, com seu cabelo tempestuoso preso sob um lenço e o avental de Mestre-cuca amarrado na cintura. Flora ou Fauna levou a mão a um prato de biscoitos. Suas unhas eram curtas, mas cortadas, não roídas — era Fauna, então. Estava com o caderno de desenho de Felicidade aberto diante de si.

— Estou falando sério, Felicidade — dizia ela. — Você tem um talento raro e real.

Quando dissera isso, Atroz estava debochando de Felicidade, mas Fauna estava sendo sincera. Encrenca ficou comendo biscoitos e observando as exclamações de Fauna sobre o trabalho de Felicidade. Ela perguntava sobre suas influências e inspiração para os designs e ouvia com atenção, enquanto Felicidade admitia, com timidez, seu desejo de estudar em Paris.

— Será que é lá que Margarida compra roupas? — Felicidade suspirou. — O vestido que ela estava usando ontem era tão chique! Acho que eu não conseguiria ser chique assim.

— Ah, eu me recuso a ouvir isso — disse Fauna. — Você pode usar o que quiser e ficará linda!

Encrenca esperava que Fauna não estivesse envolvida no que quer que Flora estivesse fazendo. Também esperava que, um dia, Felicidade aprendesse que havia uma diferença entre bem-vestido e bem-intencionado.

Talvez fosse hora de abordar o elefante na sala, que usava um avental e tinha a forma do tio Turbilhão.

— Pode ser que vocês se surpreendam — disse Turbilhão com ar de quem transmite um conhecimento precioso —, mas já fui chefe do Macarrão bêbado quando era mais novo.

— Jura? Qual era seu prato famoso? — perguntou Lote, com curiosidade.

— Gaivota surpresa! — disse ele. — A comida era escassa, mas sempre havia muitas gaivotas.

— Mas não na nossa cozinha, tio.

— Ora, temos frango. E o que é uma galinha, se não uma gaivota da terra? A primeira coisa de que precisamos é pólvora, e muita...

Felicidade interveio:

— Mestre-cuca e eu já preparamos muita comida. Está tudo no freezer, tio Turbilhão, você só vai precisar esquentar.

As meninas e Lote foram até o freezer, no qual se podia entrar, e era cavernoso e maior que o quarto de qualquer um deles. Voltaram com uma cornucópia de legumes, lombos de salmão cor de rubi, avalanches de batata e enormes tigelas de caldo dashi que pareciam lagos congelados. Havia uma lasanha do tamanho de uma mesa, uma cuba de feijão preto, bolinhos do tamanho de bolas de tênis, blocos de risoto de cogumelos, tijolos de tofu e espetos de cordeiro marroquino. Achavam que devia ser suficiente, mas colocaram um saco de arroz na velha máquina de lavar que Mestre-cuca havia transformado em uma panela de arroz, só para garantir.

Os três fornos escancararam suas mandíbulas gananciosas, e Turbilhão enfiou cada prato dentro deles, como um foguista colocando carvão em uma máquina a vapor. Estava tudo indo bem e todos, menos Fenômeno, haviam subido para se trocar. Tio Turbilhão cutucou gentilmente o ombro de Encrenca.

— Podemos conversar?

Deixaram Fenômeno lendo um livro de receitas. Turbilhão levou Encrenca para dentro do freezer e fechou a porta. Ele tentou se encostar casualmente na parede e quase escorregou no gelo.

— Encrenca — disse ele, sério —, você se lembra da nossa promessa de marinheiro?

Ela confirmou.

— Preciso saber: você contou para alguém sobre o seu mapa?

— Não! — gritou Encrenca, indignada. Era difícil fazê-la prometer algo, mas o que prometia, cumpria. — Por quê?

— Por nada — disse Turbilhão, aliviado. — Só para saber.

Todos supunham que Encrenca mentia muito. Isso era injusto, porque, na verdade, ela nunca mentia. Como podia detectar facilmente as mentiras em outras pessoas, achava que era melhor evitar ser descoberta contando sempre alguma versão da verdade, ou não dizendo nada. Era evidente que Turbilhão não conhecia esse truque, porque sua mentira estava confortavelmente aninhada no canto de sua boca, fazendo-a estremecer.

— O que está acontecendo, tio?

Tio Turbilhão hesitou.

— Nada. Bem, algo. Algumas pessoas aqui não são confiáveis; é isso.

— Que pessoas?

— Algumas — disse Turbilhão. — Posso ver o mapa por um instante?

Encrenca sentia o papel dobrado no bolso da calça. Normalmente, ela o teria entregado sem pensar duas vezes. Mas lá estava aquela mentira de novo, fazendo o rosto familiar de seu tio ficar estranho e errado. Ela não sabia o que fazer.

Foi salva da tomada de decisão pelo cheiro de queimado.

— Ah, não! — disseram os dois ao mesmo tempo.

Turbilhão correu para a porta do freezer, mas não havia maçaneta por dentro, pois comida normalmente não tenta escapar. Ele bateu forte no metal.

— Fenômeno! — gritou. — Fenômeno!

Mas Fenômeno, absorta em seu livro, não ouviu. Turbilhão e Encrenca bateram por vários minutos, durante os quais o cheiro de queimado foi ficando mais forte. Cristais de gelo começaram a se formar na barba de Turbilhão. Até que Fenômeno abriu a porta, com o livro de receitas na mão.

— Por que estão no freezer?

Tio Turbilhão e Encrenca passaram por ela e foram para a cozinha. O cheiro era insuportável. Abriram as portas dos três fornos e a fumaça saiu, formando uma nuvem acre. Fenômeno ficou parada, confusa, no meio da cozinha, enquanto Turbilhão puxava bandeja após bandeja. Mas era tarde demais. Toda a comida estava preta, carbonizada.

— Desculpa, tio — disse Fenômeno, chateada. — Não percebi.

— Não é culpa sua, Fenômeno — disse Turbilhão. — Você não poderia sentir nada mesmo.

Os três olharam para a comida estragada esfriando aos poucos na mesa da cozinha.

— O que faremos agora? — perguntou Encrenca.

— Não sei — disse Turbilhão. — Para falar a verdade, não sei fazer nada além de gaivota.

— Bem — disse Fenômeno, hesitante —, este livro diz que cozinhar é apenas química aplicada. Talvez eu consiga me virar.

— Não sobraram muitos ingredientes — alertou Turbilhão.

— Então vamos fazer sopa. Sopa deve ser fácil, não? — Fenômeno começou a vasculhar na prateleira de temperos, que ocupava uma parede. — Além disso, a vantagem da culinária sobre a química é que, se eu cometer um erro, é provável que nada exploda.

— Tente não fazer cianeto — disse Encrenca.

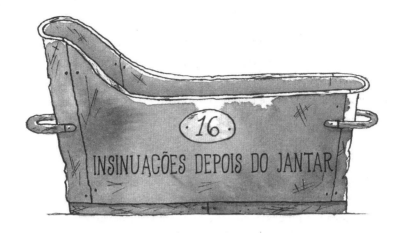

16
INSINUAÇÕES DEPOIS DO JANTAR

Turbilhão foi para o quarto e voltou carregando uma enorme banheira de estanho. Esfregaram-na, encheram-na de água e a colocaram no enorme fogão para ferver. Jogaram nela tudo que encontraram que não houvesse sido cozido por Mestre-cuca ou queimado por Turbilhão, e logo obtiveram um caldo escuro e picante da cor e consistência de molho. Borbulhava preguiçosamente, tão grosso que sugou a concha quando Encrenca o mexeu. Nessa mistura, Fenômeno jogou os bolinhos crus, que cresceram até o tamanho de bolas de futebol, que flutuaram como boias, fazendo a sopa parecer um pântano.

Tio Turbilhão amarrou uma toalha em dois esfregões, fazendo uma padiola improvisada. Colocaram a banheira de sopa quente em cima e começaram a longa caminhada até a sala de jantar, carregando a padiola com o mesmo cuidado com que haviam carregado o caixão vazio de tia Schadenfreude tantas vezes antes.

Encrenca havia dormido durante a refeição da noite anterior, de modo que ficou surpresa com o espetáculo da mesa de jantar toda arrumada. Normalmente, era só sua família pequena — com f minúsculo — agrupada em uma ponta, em torno de uma toalha de mesa amarela esfarrapada. Agora, a mesa estava coberta com uma toalha branca como pasta americana, com talheres e cristais reluzentes e alguns candelabros. Mas a cadeira de espaldar alto de tia Schadenfreude, à cabeceira da mesa, estava vazia.

Com toda aquela elegância, seria natural presumir que os Swifts tinham excelentes maneiras à mesa. Mas, na verdade, correram como loucos para a banheira de latão, usando cotovelos e talheres com frequência e selvageria. Atulharam a banheira com tigelas e taças, que mergulhavam na sopa, sem se importarem com gotas ou respingos. Pescavam os bolinhos pingando e os colocavam em pratos, fatiando-os como bolo de aniversário. Em quinze minutos, a banheira estava vazia e a toalha de mesa, toda melada.

Enquanto limpava seu prato, Encrenca mantinha o ouvido atento às conversas que aconteciam ao seu redor, sintonizando-as como se passasse estações de rádio.

— ... enxaqueca, mas ajuda ter um noivo médico!

— ... acho a cozinheira deles bastante grosseira... é difícil conseguir empregados...

— ... em algum lugar do Peru, pelo que ouvi...

— ... um trabalho desses precisa de um abridor de latas e um jagunço...

— ... senhorita DeMille, do New York DeMilles?

Encrenca apurou os ouvidos. No meio da mesa estava Atroz, na cadeira ao lado de Margarida, que estava a vários assentos longe de Candor. Compreensivelmente, ele estava preocupado, mexendo no fecho de sua maleta de médico.

— Encontro sempre a sua tia Jacinta em eventos sociais. Que maravilha saber que nossas famílias logo estarão ligadas! — disse Atroz, radiante. — Dizem que você se deu muito bem conquistando Candor.

Margarida olhou para o noivo, que estava escutando.

— Sem dúvida. — Ela sorriu e acenou para ele com os dedos, fazendo seu anel de noivado resplandecer graciosamente à luz.

Atroz olhou para o anel com um leve ar de repugnância.

— Preciso me desculpar por você ter que enfrentar nossas tradições velhas e mofadas. Imagino que deve nos achar ridículos — disse Atroz, dando uma risada ensaiada. — Mas a nossa família é muito antiga, e as ideias se acumulam ao longo do tempo. Como placa bacteriana.

— Ah, todas as famílias têm suas estranhezas — disse Margarida, diplomática. — Esta reunião me ajudou a entender melhor Candor e suas origens. Agora entendo por que ele se mudou para Nova York.

Encrenca achou estranha a interação de Margarida e Atroz. Sorriam com a boca, diziam palavras suaves, mas era como se estivessem em luta. Era uma polidez armada.

— Muito gentil de sua parte. Mas, mesmo assim — insistiu Atroz —, espero que não se sinta mal recebida, ainda mais depois do que Schadenfreude disse. Seria um choque ver as pessoas serem grosseiras, falarem mal de você pelas costas, esse tipo de coisa. Ou tratando você como uma suspeita.

Margarida manteve o sorriso firme. Deu um leve tapinha na mão de Atroz, mas a energia foi de um tabefe.

— Muita gentileza sua — disse —, mas eu sei me defender de um bando de arrogantes e egocêntricos da alta sociedade. Isso se eu encontrar algum.

Atroz a avaliou com seu olhar escuro. Ergueu um dos cantos da boca.

— Candor julgou mal você — disse por fim, baixinho, para que só Margarida a ouvisse, ou só um leitor labial amador como Encrenca a interpretasse.

— Ah, crianças...

Uma sombra caiu sobre o prato de Lote. Encrenca pestanejou quando tia Herança surgiu.

— Ouvi dizer que vocês estão investigando o... incidente... da tia Schadenfreude... apesar de minhas instruções explícitas. — A avó de Lote estava pior que antes; magra e maltrapilha depois de um dia brigando com seus parentes. — E embora eu soubesse que isso não impediria você — prosseguiu e olhou para Encrenca —, imaginei que o resto de vocês seria mais sensato. Fenômeno, você é a mais velha e tem um nome melhor, deveria saber que não é qualificada. Farejador significa detetive; ele é a escolha mais lógica para resolver tudo isso.

Fenômeno tomou um longo gole de sua solução Solução e nem se dignou a responder. Encrenca não via sentido em ser diplomática.

— Por que não estava jantando na noite do assassinato, tia Herança? — perguntou o mais inocentemente possível. — Onde você estava?

Tia Herança ficou de queixo caído.

— Onde... eu... Isso não é da sua conta! — retrucou. — Eu sou a arquivista! Estou tentando conduzir esta Reunião e minha própria investigação, e agora alguém roubou *O trágico conto de Gratidão e Vil* bem debaixo do nariz de Ator! Era a primeira edição! Não tenho tempo para suas maland... para suas travessuras!

Encrenca sentiu Lote se encolher dentro de sua blusa de lã e lhe deu um beliscão carinhoso. Era importante não admitir nada, a menos que houvesse provas.

— E você, meu amor — disse Herança com a voz mais suave, voltando-se para Lote —, espero que não esteja envolvido nisso. É muito perigoso. Você é meu único neto, e se alguma coisa acontecer a você...

Lote ficou encarando a toalha de mesa.

— Não posso cuidar de você acima de tudo. — Herança suspirou. — Portanto, mais uma vez, como arquivista, ordeno a todos vocês que parem de bisbilhotar, antes que haja consequências. E coloque o crachá com o seu nome — acrescentou para Lote. — Senão, as pessoas não saberão quem você é.

Lote fingiu procurar nos bolsos, mas parou assim que Herança se afastou.

— Ela só está sendo superprotetora — murmurou.

Xícaras de café foram levadas, usadas e depois retiradas. As pessoas foram se afastando ou afrouxando os cintos e se recostando nas cadeiras, palitando os dentes. Encrenca abriu *O trágico conto de Gratidão e Vil* debaixo da mesa e tentou descobrir se "os tolos da fortuna" se referiam ao tesouro ou apenas ao azar.

Então, ouviu-se um grito.

Foi como se alguém tivesse jogado uma pedra em uma piscina. Por um segundo, houve silêncio, enquanto o grito caía sobre a conversa de todos. E então, todas as vozes voltaram, colidindo umas com as outras, enquanto os Swifts arrastavam suas cadeiras para trás e corriam em direção ao som.

Encrenca era rápida, mas não o bastante. Uma dúzia de pessoas já havia passado pela porta antes que ela pensasse em pular na mesa e correr. A gritaria não parava, puxava todos para si, passando pelo corredor, pela sala matinal, até as portas duplas da biblioteca, que se encontravam escancaradas e entupidas de gente. Encrenca se colocou de quatro e rastejou em direção à entrada, cutucando alguns tornozelos com a colher para fazê-los se afastarem.

Renée Swift, nascida Carter, estava de joelhos e soluçando do lado de dentro da porta. Fauna a alcançou primeiro e começou a acariciar seu cabelo, fazendo barulhinhos tranquilizadores. Encrenca não conseguia ver muito além; só uma lasca da sala e algo molhado e vermelho no chão.

Fortíssimo abriu caminho com a pequena Dengosa aninhada em seus braços.

— DEIXEM-ME PASSAR — disse em um estrondo; e então, para Dengosa: — A dona aranha subiu pela parede... É A MINHA ESPOSA!

Fortíssimo se ajoelhou ao lado de Renée, protegendo o rosto do bebê para que não visse o interior da biblioteca.

— Veio a chuva forte... QUERIDA, TUDO BEM, ESTOU AQUI... e a derrubou... NÃO OLHE.

Mas agora Encrenca conseguiu se arrastar um pouco para a esquerda e, por um breve segundo, antes que a mão de Turbilhão descesse como uma máquina de garra para puxá-la para longe, pôde olhar. Pôde olhar diretamente para a sala, para as pontas brilhantes dos sapatos de Farejador, seu sobretudo esparramado sobre o carpete; em sua mão frouxa, um livro; e o busto de mármore branco do tio-avô Vil, manchado de vermelho, ocupando o lugar onde antes ficava a cabeça do detetive.

Encrenca tinha certeza de que as reuniões familiares da maioria das pessoas não envolviam assassinatos; mas as bibliotecas da maioria das pessoas também não exigiam uso de capacete. Renée e Fortissimo foram conduzidos por Fauna, que continuava murmurando baixinho, como uma máquina de lavar, e a seguir os Swifts escoltaram Candor até a biblioteca. Com sua maleta de médico na mão, ele fitou o cadáver sem cabeça. Todos esperavam, expectantes, enquanto ele olhava do cadáver para a multidão e para o cadáver de novo. Finalmente, tomou a pulsação no pescoço de Farejador.

— Lamento dizer, mas ele está morto.

A multidão ofegou obedientemente. Candor pigarreou e colocou um novo par de luvas cirúrgicas brancas.

— Traumatismo craniano, eu apostaria. Parece que uma prateleira desabou e uma das estátuas caiu sobre ele. — Olhou para o corpo. — Que acidente horrível.

— Essa prateleira tem dobradiças, vejam — disse Turbilhão, apontando para o local da queda. — O pobre rapaz disparou uma das armadilhas.

— Caramba! Você está dizendo que é uma... — Candor estremeceu, mas a piadinha saiu de sua boca mesmo assim — prateleira assassina?

Turbilhão respondeu, impassível:

— Sim.

Candor teve a delicadeza de demonstrar embaraço.

— Pode me ajudar a tirar essa estátua dele? Não consigo erguê-la sozinho. O resto, por favor, volte para a sala de jantar. Você também, Margarida. Eu vou ficar bem. Estaremos... estaremos com vocês em breve.

Encrenca sentiu um puxão no cotovelo.

— Vou subir para pegar o meu kit forense júnior — sussurrou Fenômeno. — Aconteça o que acontecer, não deixe que removam o corpo!

Mas era mais fácil falar que fazer, porque tio Turbilhão estava levando muito a sério seu papel de sensível. Quando Encrenca e Lote tentaram entrar sob o pretexto de quererem uma enciclopédia, Turbilhão apenas pegou cada um com uma das mãos e os colocou porta afora, pedindo desculpas ao fechá-la. Encrenca teve que apertar os olhos e tentar olhar pelo buraco da fechadura. Viu Herança desenhar um contorno de giz ao redor de Farejador e seu chapéu caído. Todos concordavam que ele teria gostado disso.

A seguir, uma das mantas do encosto da chaise longue foi transformada em uma mortalha para enrolar o corpo e, juntos — Turbilhão carregando os pés e Candor o que não era mais uma cabeça —, os adultos arrastaram Farejador para fora da biblioteca. Encrenca fez uma última tentativa de retardar a saída deles ("Que foi? Estou bloqueando a porta? Ah, desculpem. Que tola, eu sou, parada à porta assim, enquanto vocês estão tentando passar com algo tão pesado... Tudo bem, tio. Estou indo. Tudo bem..."), mas como não deu certo, ficou observando a melancólica tripulação desaparecer no corredor.

Mas Encrenca reconheceu uma oportunidade quando a porta foi deixada aberta. Ela e Lote correram para a biblioteca e se esconderam atrás da chaise longue. Fenômeno logo voltou ao local com seu kit forense júnior — uma grande caixa de latão, presente de seus pais. Tinha na frente a estampa de um cachorro com um chapéu de caçador de veados farejando uma pegada ensanguentada.

Fenômeno franziu a testa ao ver o contorno de giz vazio.

— Sério — disse em voz alta —, o grau da falta de profissionalismo aqui é...

Encrenca agarrou a bainha de seu jaleco e a puxou para trás da chaise.

— Agora não é hora para subterfúgios e pegadinhas, Encrenca. — Fenômeno bufou.

— Ssshh! É a hora certa!

Esperaram. Mas, em vez do retorno das botas de Turbilhão, ouviram passos leves do lado de fora e o clique suave da maçaneta da porta quando alguém entrou. A pessoa olhou em volta, rápida e furtiva como um rato, e foi até uma das prateleiras.

Era Margarida.

O sangue de Encrenca fervia enquanto ela observava Margarida atravessar a sala com meias nos pés, com os sapatos em uma das mãos, e passar os dedos sobre as lombadas dos livros com a confusão aumentando. Os Swifts não organizavam sua biblioteca por gênero, como alguns colecionadores de livros, nem por autor e título, como outros, nem por cor, como decoradores de interiores equivocados. Estavam organizados por características importantes. Umas plaquinhas nas prateleiras proclamavam quais eram os livros com tigres ou livros sobre viagens malogradas ou livros para contar aos outros que leu para parecer mais inteligente. Isso tornava bastante difícil encontrar um título específico, e Margarida ainda não havia encontrado o que procurava quando um segundo par de passos se aproximou.

Ela olhou freneticamente pela sala em busca de um esconderijo. Seus olhos pousaram na chaise longue e ela se aproximou. Encrenca teve certeza de que seriam descobertos, mas, no último instante, Margarida mudou de ideia e correu para trás de uma das longas cortinas que ladeavam a janela.

— Era mesmo necessário colocá-lo no freezer? — disse Herança, suspirando, quando os adultos voltaram. — Vamos ter que passar por ele toda vez que precisarmos de gelo. E se ele assombrar os legumes?

— Acho que isso não vai acontecer — disse Turbilhão. — Existem vegetais muito mais sinistros.

— Pastinaca, por exemplo — disse Candor, sombrio. — Sempre achei que há algo errado com a pastinaca. Se bem que, dadas as circunstâncias, talvez ele se sinta mais à vontade com a abóbora.

Ele limpou os óculos, pigarreou, pôs as mãos na cintura e logo se sentou na poltrona.

— Desculpem, fiquei meio fraco de repente. Deve ser por causa de todas as piadinhas.

"Aproximai-vos, e para que não percamos a cabeça...", pensou Encrenca, e teve que lutar contra um impulso histérico de rir.

— Eu não deveria ser... melindroso — disse Candor, parecendo cinza —, mas a cabeça dele...

— Esmagada como um melão — disse Turbilhão sem rodeios, inspecionando o carpete, onde uma grande mancha marrom marcava a posição de Farejador. Pegou o busto do tio avô Vil, tomando cuidado para não tocar na base ensanguentada, e o girou nas mãos. — Sim, foi o que ele fez. Pesado...

— Eu nem consegui erguê-lo — disse Candor, impressionado.

Turbilhão tirou um saco velho do bolso.

— Nunca gostei de ter isto por aqui — disse e jogou a estátua dentro.

Lote beliscou Fenômeno para impedi-la de gemer alto, enquanto mais evidências eram levadas embora.

— Então a biblioteca levou mais um Swift — entoou tia Herança. — Primeiro o primo Púlpito, que descanse em paz, e agora Farejador.

— Que tragédia terrível! — acrescentou Candor, melancólico. — Uma grande mente, tirada de nós cedo demais.

— Sim, sim — disse Herança. — Vamos dar uma olhada no que foi que o enganou.

A cartografia de Encrenca ainda não havia chegado à biblioteca, mas mesmo assim ela sabia de muitas armadilhas de lá. Por exemplo, ao tirar o *Armamento para o cerco da conquista normanda* da prateleira, era preciso pular imediatamente para trás para evitar o grande machado de batalha que descia. *O livro gigante de pegadinhas e piadas* fazia algo letal com uma galinha de borracha. *O fantasma da ópera* derrubava o lustre; Felicidade sempre se esquecia disso, e era por isso que o lustre deles estava tão amassado.

Turbilhão apontou para a prateleira de onde a estátua havia caído. Parecia ter servido para apoiar vários *Livros com bibliotecas significativas*, mas um lado dela havia virado, e a maioria dos livros foram parar no chão.

— Dá para ver a dobradiça bem ali — disse Turbilhão. — É uma armadilha bem simples e óbvia para quem está acostumado. Funciona como uma gangorra. A prateleira costuma ficar perfeitamente equilibrada, mas quando se retira o livro errado, o equilíbrio muda, ela se inclina e a estátua cai. As meninas perceberiam isso num piscar de olhos.

Houve uma pausa polida, durante a qual todos pensaram — mas não disseram — que Farejador havia sido um homem extraordinariamente imbecil.

— Bem, pelo menos sabemos qual livro acionou a armadilha — disse Candor. — Estava na mão dele: *Um corpo na biblioteca*, de Agatha Christie.

A seu lado, Encrenca sentiu Fenômeno a cutucar com entusiasmo. Os olhos de sua irmã estavam arregalados pelo esforço de se comunicar em silêncio.

Encrenca levou um dedo aos lábios, o que significava: Fique quieta. Me avise quando for seguro.

Fenômeno fechou os olhos com força, o que significava: AUUUU-GGGGGGHHH!

Lote ergueu as sobrancelhas, o que provavelmente significava: Vocês duas são muito estranhas.

— Bem, vamos lá — disse tia Herança, apressada. — É uma pena! Um acidente tão terrível. Devemos tranquilizar os outros.

— Deixe disso — disse tio Turbilhão, franzindo a testa. — Temos que, pelo menos, considerar a possibilidade de crime. Farejador estava investigando uma tentativa de homicídio!

— Deixe disso você — disse tia Herança. — Estou dizendo que foi um acidente. Farejador era detetive, ele não se permitiria ser assassinado no meio de um caso.

— Mestre-cuca concordaria comigo — retrucou Tio Turbilhão. — Vimos Schadenfreude trancar a biblioteca na noite anterior à Reunião. Como Farejador entrou aqui? Schadenfreude sempre guarda o único molho de chaves em seu cinto, e Mestre-cuca disse que sumiram desde a queda dela.

— Talvez Farejador as tenha encontrado, como um detetive faria.

— Poderíamos pedir a Mestre-cuca que descesse e nos desse a opinião dela — arriscou Candor.

— Ela não vai sair do lado de Schadenfreude — disse Turbilhão. — Mas faltam outras coisas: uma de minhas bússolas e as chaves da moto de Mestre--cuca. Portanto, a menos que tenhamos um fantasma cleptomaníaco...

Tia Herança se irritou.

— Fantasmas não roubam! Tenho certeza de que Mestre-cuca apenas perdeu as chaves.

Encrenca sentiu seu estômago virar como uma panqueca. Alguém havia pegado as chaves de tia Schadenfreude, e essa pessoa era Encrenca. Ela as tinha usado para entrar no porão e, depois, na manhã da Reunião, havia corrido para o escritório de sua tia e as jogado de volta em cima da escrivaninha. E se Schadenfreude não as pegou de volta? Poderiam ter ficado lá o dia inteiro, enquanto acontecia toda aquela comoção lá embaixo. Qualquer um poderia tê-las roubado. Uma sensação quente e nauseante subiu pela espinha de Encrenca.

Parecia ser essa a extensão da investigação dos adultos. Turbilhão e Candor saíram, sérios e falando em voz baixa, mas tia Herança ficou, franzindo a testa para a biblioteca, como se o aposento a houvesse irritado de alguma forma.

Assim que tia Herança saiu, Fenômeno tentou pular de trás da chaise, mas Encrenca a segurou. Esperaram. Depois de alguns instantes, Margarida saiu de trás da cortina. Por um momento, ela também ficou olhando para o tapete ensanguentado, com uma ruga marcando seu rosto perfeito. Então, correu para a seção "Livros para dizer aonde você vai", pegou um atlas e saiu.

Finalmente, Fenômeno pôde perder a paciência.

— Aqueles tolos! — explodiu, levantando-se com um pulo. — Que amadores! Foi como ver um peixe tentando fazer fogo. Tia Herança está em negação e Turbilhão NÃO nasceu para ser detetive. Mas Candor é médico, eu esperava que ele tivesse pelo menos UM POUCO de conhecimento sobre processo científico, mas ele mmfffmff. — Ela enfiou a ponta de seu rabo de cavalo na boca e a mastigou furiosamente.

Encrenca concordou. Algo não fazia sentido. Ela não era capaz de apontar o erro com a mesma precisão científica que sua irmã, mas isso não significava que não pudesse perceber que havia um.

128

— Então conte para a gente o que eles fizeram de errado — disse Encrenca.

Fenômeno cuspiu seu rabo de cavalo.

— Primeiro: concluíram logo de cara que foi um acidente. Todo cientista sabe que primeiro se analisam os dados e depois se chega a uma conclusão. Eles estavam procurando dados que provassem sua conclusão.

— Ceeeerto.

— Mas, se pensar bem, toda essa cena é absurda. Pense na maneira como Farejador foi encontrado: caído no chão com a cabeça esmagada, segurando...

— *Um corpo na biblioteca*, de Agatha Christie. — Encrenca percebeu o que estava incomodando a irmã.

— O título é importante? — perguntou Lote.

— Encrenca e eu sabemos que os romances policiais são os livros mais seguros da biblioteca — disse Fenômeno, séria. — Aquele livro não poderia ter acionado a armadilha que matou o Farejador. Turbilhão e tia Herança deveriam saber disso, portanto, por que fingiram não saber?

Lote arrastou o pé no carpete ensanguentado. A cada minuto sua vovó parecia mais suspeita.

— Então... o que isso significa? — perguntou Lote.

— Existe um princípio na ciência chamado Navalha de Ockham. Basicamente, significa que a solução mais simples em geral é a certa — disse Fenômeno. — Portanto, o que parece a explicação mais simples: que nenhum dos livros de detetive são armadilhas exceto este, ou que não havia nenhuma armadilha? A explicação mais simples não seria que alguém apenas pegou a estátua e bateu na cabeça de Farejador?

— E depois... derrubou a prateleira para parecer um acidente? — perguntou Lote, franzindo a testa.

— Exato! Não importava o livro que a pessoa colocasse nas mãos dele, porque era tudo encenação de qualquer forma.

— A pessoa poderia ter pegado o primeiro que viu. E... Ah! — Lote piscou. — Isso significa que a pessoa não conhece bem a Casa, porque se conhecesse, teria escolhido qualquer um que não fosse um romance policial. Isso faz com que a vovó seja uma culpada muito menos provável, não é? — Lote ficou sem fôlego diante de sua própria genialidade por um instante. Mas logo seu sorriso vacilou. — Mas isso não explica por que ela fingiu que foi um acidente.

— Tem razão. Isso eu não sei explicar.

— Margarida não saberia sobre os livros de detetive — interrompeu Encrenca, desesperada para colocar sua principal suspeita de volta na disputa. — E ela não é uma Swift.

— Sim, ela está parecendo cada vez melhor como uma suspeita — concordou Fenômeno. — Mas eu ainda não consegui descobrir qual seria o motivo dela. E se ela matou o Farejador, por que voltaria de fininho para a cena do crime?

— Para ver se alguém descobriu que foi ela — disse Encrenca. — É o que eu faria.

Lote se espantou.

— É mesmo?

Encrenca concordou.

— É óbvio. Afinal, qual é o sentido de armar uma pegadinha se não puder vê-la?

Ela viu Fenômeno virar uma página de seu livro e colocar outra marquinha na coluna Conforme o caráter de Encrenca.

— Ajudaria se soubéssemos quando ele foi assassinado — disse Lote. — Ou como o assassino e Farejador entraram na biblioteca para começo de conversa.

— Ele foi morto horas atrás — disse Encrenca, olhando para a mancha marrom no carpete. Como Fenômeno lhe havia dito várias vezes, o sangue não se comportava como o ketchup. Ficava marrom quando secava. — E acho que eles tinham as chaves. Acho que... eles podem tê-las tirado da mesa da tia Schadenfreude, onde eu as deixei.

— Ah, Encrenca. — Fenômeno suspirou, o que só fez Encrenca se sentir pior. — Bem, se foi o Farejador quem as pegou, com certeza não está mais com elas. — Fez uma carranca de novo. — Não acredito que levaram o corpo. E a estátua. — Ela pegou um dispositivo que havia inventado, uma espécie de clipe que poderia prender à frente dos óculos, cheio de lentes de aumento. — Tudo bem. É a nossa vez.

Eles procuraram. Rastejaram pelo carpete, olharam embaixo das cadeiras, inspecionaram a estante derrubada e os livros abertos espalhados pelo chão. Espanaram cada milímetro da prateleira e do livro em busca de impressões digitais. Não havia muita coisa, mas depois de dez minutos, Encrenca avistou algo.

Era um buraco pequeno e redondo, mais ou menos da largura de seu polegar. Estava no meio da parede, ao alcance de Encrenca. Ela quase enfiou o dedo nele antes de lembrar que Fenômeno poderia gritar com ela por mexer na cena do crime; em vez disso, apenas acenou para a irmã.

— Hummm — disse Fenômeno.

Tirou um longo cotonete de dentro de seu kit forense júnior e o enfiou no buraco. Saiu coberto de gesso e com uma mancha amarronzada.

— Sangue? — perguntou Lote.

— Acho que sim. Vou precisar analisá-lo no laboratório. — Fenômeno franziu a testa e colocou o cotonete dentro de um frasco de vidro cujo rótulo dizia EVIDÊNCIA. E também tinha um sapo de jaleco desenhado. — Mas não faço ideia do que seja esse buraco. Não parece que foi perfurado...

— Um buraco de bala? — Encrenca sorriu. Isso seria emocionante.

— Não, não. Não seria tão certinho. Haveria uma pequena cratera ao redor devido à força do impacto. — Ela colocou o cotonete e seu frasco de volta em seu kit, fechando a tampa. — Não sei o que é, mas há algo aqui que não estamos vendo. Disso eu sei.

— Tem algum palpite? — perguntou Encrenca.

Fenômeno bufou.

— Não seja ridícula — sussurrou com altivez enquanto saíam da biblioteca na ponta dos pés. — Palpites não são científicos.

Enquanto Fenômeno, Encrenca e Lote estavam na biblioteca, provando que a morte de Farejador não tinha sido um acidente, Herança estava na sala vespertina, dizendo a todos que foi. A julgar pela discussão suscitada, ninguém estava convencido. A paranoia andou crescendo durante o dia, alimentada e regada nos grupinhos de fofoqueiros que se formavam por toda a casa. No momento em que os três investigadores entraram na sala, as coisas estavam passando da suspeita para o pânico total.

— Você espera que acreditemos nessa bobagem?

— *Alors*!

— Alguém está fazendo algo a respeito?

— Exijo falar com o gerente!

— Pessoal, por favor, acalmem-se — disse Fauna. — Fiz chá. Podemos falar sobre as preocupações de todos e...

— Dane-se você — rugiu tio Ferreiro. — Alguém aqui é um assassino!

A pequena Dengosa começou a chorar.

— Por favor — pediu Renée, calma. — Podem baixar a voz? Estão perturbando a bebê.

— Ah, dane-se a bebê também — disse Ferreiro. — Não foi você quem encontrou o Farejador? Para mim, isso é bastante suspeito.

— Eu me perdi no caminho para a sala de jantar! Tudo que fiz foi abrir a porta errada!

— Bem improvável...

— VOCÊ NÃO PODE FALAR ASSIM COM A MINHA ESPOSA! — explodiu Fortissimo.

— Por que não? Ela não é da família. Não tem o nosso sangue.

— Ei! — disse Margarida bruscamente. Candor segurava a mão dela com tanta força que seus dedos estavam brancos. — Com todo o respeito, acho que você deve guardar suas opiniões para si mesmo.

— Ah, jura?

— Sim. As pessoas podem dar ouvidos a você, e aí estaremos todos em uma situação pior.

— É isso que quero ver, gracinha. Você ainda não se casou. Nem nunca vai se casar, se a velha Schadenfreude conseguir o que quer. Pensando bem, se há alguém que tem um motivo...

— Margarida não quis dizer isso; ela só está chateada — disse Candor às pressas. — Você só está chateada, não é, Margarida?

Os olhos de Margarida cintilaram.

— Aflita — concordou ela.

— Sobrecarregada — disse Candor.

Por um segundo, Encrenca viu verdadeira raiva no rosto de Margarida. Renée não parecia capaz de machucar uma mosca, Mestre-cuca estava com eles havia quase vinte anos e era praticamente uma Swift honorária, mas Ferreiro tinha razão sobre Margarida. Quando Encrenca a conheceu, achou-a legal. Mas quanto mais a via, mais certeza tinha de que Margarida tinha aço escondido por dentro. Ela era como um buquê de flores com um pé de cabra no meio. Atroz e Flora haviam notado isso, e Encrenca também.

— Ferreiro tem razão em uma coisa — disse a prima Hesitar, ajeitando seu chapéu de papagaio. — Alguém aqui deve ser um assassino; senão, por que tentariam nos prender aqui?

— Ele quer nos pegar!

— Pode ser qualquer um de nós!

— A qualquer momento!

Crack!

Por um segundo, Encrenca pensou que era tia Schadenfreude batendo sua bengala no móvel mais próximo, exigindo silêncio. Mas não foi uma bengala. Foi um tiro. Pamplemousse estava em cima de uma mesa, do outro lado da sala, com as pernas abertas e o braço erguido. Tinha uma pistola minúscula na mão. Um filete de pó de gesso caiu do buraco que ele fez no teto e empoou sua peruca.

— *Écoutez, s'il vous plaît!* — gritou. As armas, espadas e nunchakus que levava nos quadris tilintaram quando ele abaixou a mão. — *Mes amis.* Não posso mais deixar isso continuar! Dirijo-me a vocês agora como pessoa de mesmo sangue, como família, com o coração cheio de amor... e fúria. — Ele jogou o cabelo de um jeito dramático. — Um de vocês é um traidor do mais alto nível. Um de vocês traiu os nossos ideais de fraternidade. Um de vocês... é um assassino.

Todos se entreolharam, nervosos.

— Alguém nesta sala — prosseguiu Pamplemousse — escondeu-se entre nós, dividiu o pão conosco, enquanto tramava nosso fim! Um assassino! Não posso deixar que um insulto como esse continue!

Seu bigode estremeceu de indignação. Ele tirou uma das luvas com os dentes e a atirou sobre a mesa. Aterrissou em seu chá, provocando um esguicho.

— Pela honra de *tante* Schadenfreude, desafio o responsável... para um duelo!

Houve murmúrios por toda a sala, alguns de empolgação, outros de desânimo. Pamplemousse levou as mãos aos quadris.

— *Oui*! Amanhã ao amanhecer, encontrarei *le* chorão *froussard* no gramado da frente para uma disputa mortal de inteligência. Sim, será Scrabble, até a morte!

***

Quando Encrenca disse a Mestre-cuca que estava indo para a cama, não era tecnicamente uma mentira. Ela foi para a cama, mas só para levar comida e água para John, o Gato. Lote a acompanhou, como esperado, com animação para encontrar qualquer coisa de quatro patas. Foi preciso muita persuasão, mas finalmente uma pata laranja emergiu de baixo da cama, depois um par de olhos verdes luminosos, estreitados com desconfiança e, enfim, John, o Gato, inteiro, que comeu a comida e bebeu a água como se mal estivessem à altura de seus padrões. Deu cabeçadinhas na mão de Lote e até permitiu que acariciasse sua barriga, mas assim que as crianças se levantaram para sair, escondeu-se embaixo da cama de novo.

— Eu o deixo de guarda — explicou Encrenca. — Ele está sob instruções estritas de proteger o meu quarto de invasores.

— Ele é um menino robusto! Será um bom gato de guarda. Com certeza não gosta de ver tantas pessoas na Casa dele.

Lote enfiou a mão embaixo da cama para acariciar uma última vez a cabeça de John, o Gato.

— Gatos são muito territoriais. Ele vai ficar bem quando todos forem embora.

***

Agora, Encrenca, Fenômeno e Lote estavam no laboratório, revisando o caso e comendo, pensativos, o terceiro pacote de biscoitos do estoque secreto de

Encrenca. Bem, Fenômeno e Lote estavam revisando o caso. Encrenca estava pensando em ligar um bico de Bunsen e atear fogo em seu cabelo, só para ter algo para fazer. Estavam fazendo picuinha (uma boa palavra que significa discutir por algo pequeno ou bobo) sobre horários por meia hora. Encrenca não conseguia pensar em nada mais chato que repassar tudo que haviam descoberto. As meninas nunca haviam frequentado uma escola de verdade, de modo que ela não sabia que a sensação que tinha era parecida com a que se tem ao estudar para uma prova.

Finalmente, Fenômeno e Lote se voltaram para a mesinha de evidências com um frasco contendo o pedaço de grão de café, o cotonete tingido de marrom do buraco da parede e a cópia de *Um corpo na biblioteca*, que Fenômeno espanou para coletar impressões digitais e concluiu que não havia nenhuma além das de Farejador.

— Não fizemos nenhum progresso com o café, mas tenho informações sobre o buraco da parede — disse Fenômeno, tomando um gole de sua solução Solução. — Testei o cotonete e minha hipótese estava correta. É sangue.

— O que isso significa? — perguntou Encrenca.

— Não sabemos.

— Ah, que bom — disse Encrenca, rolando pelo chão uma proveta perdida. — Eu tinha medo de que estivéssemos perdendo tempo...

Ela poderia estar caçando o tesouro. Ver tia Herança na biblioteca a havia inspirado a tentar ler de novo a peça de Feitiço, mas quanto mais a repassava, menos sentido fazia para ela. "Marcai bem o significado bem-marcado de nossos dias" parecia uma pista. E muitas palavras da peça podiam significar duas coisas, como "fortuna", que poderia significar "sorte" ou "uma grande quantia de dinheiro"; e "enterrou a machadinha" significava, sem dúvida, "assassinar com um machado".

— Vamos rever nossa lista de suspeitos — disse Lote depressa, sentindo a tensão.

Tia Herança (desculpa, Lote)

Margarida (SUSPEITA)

~~Tio Turbilhão~~

Flora/Fauna — provavelmente Fauna não, ela é muito legal

~~Homem com bigode impressionante~~ Tio Ferreiro — caiu por
    um alçapão

Candor — estava cuidando de tia Hesitar

Atroz — ECA! Disse que estava ao telefone. Confere

Despeito — ECA TAMBÉM! Disse que estava ao telefone. Confere

~~Mestre cuca~~

Aquela mulher com chapéu de pelicano papagaio-cinzento africano (Tia Hesitar) — estava sedada em seu quarto

— Chequei de novo os álibis de Atroz e Despeito — disse Lote. — Quatro pessoas reclamaram que demoraram muito ao telefone e até forneceram os
horários. Portanto, conferem.

— Excelente trabalho, Lote — disse Fenômeno.

E quanto a "para que não percamos a cabeça"?, pensou Encrenca. Era uma
estranha coincidência. Mas Feitiço não poderia saber o que aconteceria com
Farejador, não é? Ela ficou olhando para a página, desejando que as palavras se
comportassem. "Árvore genealógica" se referia à sua família ou a uma árvore de
verdade? E quanto a "ricos em bondade e ricos como espécie"? Encrenca teria
que tentar ser mais legal se quisesse o tesouro? Isso não parecia justo.

— Encrenca? Você está prestando atenção?

— O quê? Ah... Estou dizendo, foi a Margarida — disse Encrenca, que,
com certeza não estava prestando atenção. — Ela estava muito estranha na
biblioteca e está conspirando com a Flora. Você a ouviu tão bem quanto eu;
todos aqueles soluços e "Ai, não, o que foi que eu fiz, há sangue nas minhas
mãos" e outras coisas.

— Não foi nada disso que ela disse! — protestou Fenômeno. — E da
biblioteca ela só levou um atlas. Mesmo que ela seja a nossa assassina, para
que ia querer um atlas?

— Talvez ela esteja planejando a fuga — disse Encrenca, chutando a
perna do banco. — Sei lá.

— Concordo que ela está no topo da lista, mas precisamos de mais informações. Todas essas coisas são provas circunstanciais.

Encrenca sentia sua cabeça girar. Não era muito boa em análise de poesia
e estava começando a perceber que também não era muito boa no trabalho de
detetive. Todo aquele papo sobre evidências e motivos a deixava impaciente e
irritadiça. Lote era um parceiro muito melhor para Fenômeno; sabia pensar
em linha reta.

Encrenca queria poder subir no telhado e ficar lá um pouco. Talvez conversar com Suleiman; se bem que, se tentasse explicar tudo que havia acontecido
com um flash de cada vez, teria a idade de tia Schadenfreude quando terminasse.

Para ela, não interessavam todos aqueles "como" e "porquês"; só o "quem".
Sentia-se como uma flecha no arco: precisava ser apontada para um alvo e lançada.

19
A MELHOR JOGADA DE PAMPLEMOUSSE

O sol nasceu vermelho às cinco da manhã e o riso dos corvos na chaminé acordou Encrenca. Havia sido mais uma noite de brigas e roncos, de agitação e mexeção. Sons ásperos de coisas raspando continuaram por algumas horas, como se alguém estivesse lixando as unhas nos tijolos. Encrenca demorou um pouco para perceber que eram seus parentes, acordados e caçando o tesouro no meio da noite.

Ela vestiu a primeira roupa que encontrou e foi correndo para o gramado, onde já havia gente reunida para assistir ao duelo de Scrabble. Tendo terminado seu livro de histórias de fantasmas, Mestre-cuca pediu que levassem farinha e manteiga ao escritório de tia Schadenfreude para poder fazer massa e cuidar de sua amiga ao mesmo tempo. Os croissants frescos foram servidos com canecas de chocolate quente. Algumas pessoas ainda estavam de roupão e encaravam a cena como um piquenique. Além de Herança — que não só tinha se recusado a comparecer ao duelo, como também proibiu categoricamente Lote de ir —, apenas Fauna e Felicidade estavam preocupadas.

— Oh, céus! Espero que o assassino não apareça — disse Fauna. — Ou talvez chova, e o duelo terá que ser cancelado.

— Não será como uma partida de críquete, Fauna — disse Flora, dando-lhe um tapinha no braço.

Felicidade olhou para o sol nascente, furiosa.

— Que estupidez! Ele vai se matar!

Ela voltou seu olhar para Pamplemousse, que andava de um lado para o outro na quadra de Scrabble, de vez em quando se alongava para se preparar e murmurava longas palavras.

A luz invadiu a fachada da Casa e, quando os primeiros raios atingiram as janelas do térreo, Pamplemousse bateu palmas.

— Chegou a hora e não há sinal de meu adversário! *Ma famille*, estamos lidando com um covarde!

Com calma, ele tomou um gole de chocolate quente, jogou para trás a sobrecasaca e se sentou de frente para a Casa, com uma perna cruzada sobre a outra, em uma imagem de paciência e refinamento.

— Darei a ele mais cinco minutos — declarou.

Quem já jogou Scrabble sabe que é um jogo no qual os jogadores, cada um à sua vez, colocam letras no tabuleiro, formando palavras. Cada peça, ou letra, vale pontos. Quanto mais comprida e complexa for a palavra formada, mais pontos o jogador faz, e há pontos extras quando as peças são colocadas em determinados quadradinhos do tabuleiro. O jogador com mais pontos no fim ganha. De modo geral, não é um jogo letal.

Mas o tipo de Scrabble que os Swifts jogam não é como o normal. Algumas pessoas ricas gostam de ter tabuleiros de xadrez de tamanho real no jardim, mas os Swifts sempre gostaram mais de jogos de palavras, e a quadra de Scrabble que tinham era única: do tamanho de uma quadra de tênis, com os quadradinhos feitos de pedras e vidros coloridos. "Ornamentado" é uma palavra que significa "decorado, enfeitado" — como as pecinhas —, às vezes com certo exagero. E os Swifts haviam ornamentado as regras tanto quanto o tabuleiro. Começavam com catorze letras, em vez das sete habituais, e qualquer palavra, em qualquer idioma, era permitida. Inclusive palavrões — que são palavras que Encrenca aprendeu com Mestre-cuca, mas nunca diria na frente de tia Schadenfreude.

Porém, apesar da beleza da cena, Encrenca não conseguia se livrar da sensação de que Felicidade estava certa e que havia perigo de verdade no ar. Era óbvio que Pamplemousse não esperava que alguém fosse aparecer. Estava descontraído no banco, mergulhando pedaços de croissant em seu chocolate quente e os mordiscando delicadamente. Mas sempre que Encrenca desviava o olhar da Casa, sua nuca formigava, como se alguém estivesse observando.

Foram longos cinco minutos. O amanhecer rastejou até as janelas do primeiro andar e as incendiou. Todos protegeram os olhos por causa do brilho súbito, e Pamplemousse, com grande teatralidade, puxou a manga para trás e olhou o relógio.

— Muito bem! Parece que a pessoa capaz de empurrar uma velha escada abaixo não está interessada em enfrentar um adversário de inteligência e estatura. — Levantou-se e começou a tirar o pó de sua sobrecasaca, fazendo tilintar suas armas. — Acaso não está entre nós, pequeno *lapin*? Apareça! Serei gentil. Deixarei que comece! — disse, gesticulando grandiosamente para a pilha de peças de Scrabble na lateral da quadra.

Os Swifts esticaram o pescoço, limpando de fininho os farelos de croissant. Encrenca sentiu a nuca formigar de novo. Pamplemousse disse com escárnio:

— Suponho que é isso, então. Agora sabemos que estamos lidando com um covarde...

Uma flecha atingiu o chão, perto do pé esquerdo de Pamplemousse.

Por um momento, ninguém se mexeu. Pamplemousse ficou paralisado, olhando para a flecha que ainda vibrava no gramado. Com cuidado, ele a puxou. Vários centímetros da flecha estavam escuros e lamacentos. Havia entrado fundo.

— O que é isso? — sussurrou Fauna.

Em volta da flecha havia um pedacinho de papel. Pamplemousse o desenrolou. Pigarreou e leu:

— Estou aqui. Você pode escolher minhas peças.

Ele olhou em volta, incerto. Seu bigode estremeceu.

— Mas como...

Outra flecha atingiu a terra, aterrissando a poucos centímetros da primeira. Havia outra tira de papel.

— Precisarei de um voluntário da plateia — leu Pamplemousse.

Como era compreensível, ninguém deu um passo à frente. Bem, Encrenca tentou, mas Felicidade a puxou de volta.

— Ah... Mademoiselle Fauna? Acaso poderia...

Pálida, Fauna deu um passo à frente, mas sua irmã segurou seu braço.

— Tudo bem — disse Flora —, eu vou.

Flora se sentou de frente para a Casa, mas outra flecha passou zunindo por sua cabeça. Fauna soltou um gritinho. Com as mãos trêmulas, Flora desvendou o bilhete anexo.

— Do outro lado — leu.

— Ele está vendo a gente — sussurrou Felicidade e estremeceu.

Flora se acomodou no banco de costas para a Casa. Pamplemousse estava meio verde, com cara de quem ia vomitar, mas se sentou de frente para ela. Sem dizer nada, os dois foram pegando as peças de madeira — cada uma do tamanho de uma tábua de corte — da pilha na lateral da quadra.

Encrenca examinou a Casa para ver se alguma janela estava aberta. A flecha devia ter sido disparada de algum lugar alto. Arqueiros no topo de um castelo sempre levam vantagem sobre os que estão no chão.

Flora terminou de colocar as peças em seu lado do tabuleiro, onde Pamplemousse e os espectadores não as pudessem ver. Recostou-se, um pouco inquieta.

Pamplemousse pigarreou e disse:

— Eu disse que você poderia começar.

Outra flecha pousou, dessa vez a um milímetro de Flora. Ela se encolheu e Fauna ameaçou se aproximar da irmã, mas teve que recuar quando mais uma flecha atingiu o chão diante de seu pé estendido. A mensagem do assassino foi clara: apenas Flora tinha permissão para se mexer. Com as mãos trêmulas, Flora retirou o papel da flecha.

— GARRANCHO — leu e começou a colocar as peças no tabuleiro.

Pamplemousse podia ser muitas coisas — um tolo, um dândi, uma caricatura de homem —, mas, sem dúvida, era bom em palavras cruzadas. Por um longo tempo não se ouviu um único som, exceto o *tic* das peças sendo colocadas e o *shuuiff* de flechas chegando.

Encrenca pulava cada vez menos sempre que uma passava por cima de sua cabeça. Em vão, estreitava os olhos e olhava várias vezes em direção à Casa. Procurava sombras dissimuladas, figuras indistintas, alguém se escondendo, um lampejo de movimento mal-intencionado. Mas era impossível distinguir qualquer coisa, pois a luz refletida nas janelas atrapalhava.

Pamplemousse conseguiu formar GALUMPHING, em inglês, usando um quadradinho de pontuação dobrada.

Shuuiff! A flecha rebateu com INOBSERVADO.

Pamplemousse começou a suar. Formou BAGUNÇA. A flecha rebateu com BAGUNÇAR.

— Ele parece estar meio cansado — murmurou Fenômeno, com olhos fixos no jogo. — Ah! Poderia ter formado MITOCÔNDRIA ali.

— Se ele perder, acha que vai ser morto? — sussurrou Encrenca.

Pamplemousse havia dito claramente que seria Scrabble até a morte.

Fenômeno não respondeu, atenta ao jogo.

A luz do sol penetrou o segundo andar. Espreitava a janela de tia Schadenfreude agora, iluminando-a, deitada na mesa como uma santa medieval. Não foi a primeira vez que Encrenca desejou que sua tia estivesse ali para bater sua bengala e acabar com aquilo.

Então, uma nuvem passou pela frente do sol. No breve segundo em que a luz diminuiu, Encrenca viu uma silhueta no telhado da Casa, ao lado da chaminé acima de seu quarto. Prendeu a respiração, e a nuvem passou. O sol bateu no telhado e transformou os olhos da figura em dois enormes pontos redondos de luz. Ela viu a silhueta do assassino, e o assassino viu a silhueta dela.

Encrenca deu um pulo para frente, mas antes que pudesse dar dois passos, uma flecha caiu assobiando, arrancando um pedaço de sua calça e prendendo sua perna no chão. A multidão ofegou; Fauna puxou Encrenca para trás.

— Eu o vi! — gritou Encrenca. — Está no telhado! Me solta!

Fauna sacudiu a cabeça sem dizer nada e levou os dedos ao buraco da calça, à altura da canela de Encrenca. Havia sangue. A flecha mal havia roçado sua perna — ela já tinha levado coisa pior ao cair de árvores —, mas Fauna ficou apavorada. Olhou nos olhos da menina e, por um momento — um momento em que abriu algo no peito de Encrenca —, fez a criança recordar sua mãe.

As coisas não estavam indo bem para Pamplemousse. Ele suava em bicas e ficava levantando a peruca empoada para enxugar a testa. Fenômeno anotava os pontos em seu caderno e mastigava a ponta de seu rabo de cavalo enquanto isso.

TREPIDAÇÃO, formou Pamplemousse, preenchendo quase todo o pouco espaço que restava na quadra. Todos esperavam que a flecha descesse do alto e realizasse a jogada final.

Shuuiff! Aterrissou no meio da quadra, espalhando as peças do centro. Flora desenrolou com calma o pedaço de papel.

— INOPINADAMENTE — leu.

A palavra encaixou perfeitamente na INFLÁVEL de Pamplemousse, terminando no quadradinho que triplicava a pontuação.

Desnorteado, Pamplemousse olhou para o tabuleiro. Deu um pulo, jogando longe suas peças restantes com tanta força que Ferreiro teve que se esquivar. As bochechas de Pamplemousse tinham manchas vermelhas.

— Seu... seu trapaceiro! Você não ganhou! — gritou, apontando para o telhado da Casa. — INOPINADAMENTE não existe!

— Espero que exista — gritou um homenzinho no fundo da multidão. — É o meu nome!

Pamplemousse começou a chutar as peças para fora da quadra, bufando pelo medo e esforço. Flora desabou no banco. Houve um silêncio terrível e expectante. O resto da família se entreolhava, todos inseguros. Ninguém queria ser o primeiro a tentar sair, com medo de ser alvejado.

Pamplemousse acabou embaralhando todas as peças. Desembainhou sua espada com uma das mãos e pegou o antigo revólver de bolso com a outra. Com os olhos arregalados e fixos, atirou descontroladamente nas árvores, no gramado, nas nuvens e, quando sua pistola ficou sem munição, puxou uma adaga da bota. Mas não havia nada que pudesse fazer.

Olhou para o telhado. Todos ouviram o assobio distante. Em seus últimos momentos, Pamplemousse com certeza viu, voando em sua direção, o golpe final de seu oponente.

— *Merde* — sussurrou.

A flecha o atingiu no peito como um ponto final.

Choque e horror fizeram Fauna afrouxar a mão que segurava Encrenca. A menina se libertou e, antes que Pamplemousse caísse no chão, partiu em direção à Casa. Fenômeno gritou seu nome, mas nenhuma outra flecha caiu, e Encrenca cruzou o gramado sem ser atingida. Irrompeu pela porta, ficou cega por um instante pela escuridão do corredor, depois da manhã clara lá fora, e subiu a escada de quatro para ganhar velocidade.

Se alguém lhe perguntasse o que pretendia fazer se pegasse a pessoa que havia atirado em Pamplemousse, ela não saberia dizer. Ela quase não estava raciocinando. Seu corpo havia se transformado em uma máquina, suas pernas, em pistões, seus pulmões, em um fole, tudo movido por um pensamento que mal era um pensamento, era mais um pé no acelerador do cérebro de Encrenca: Pegue-o! Pegue-o!

Ela correu para o quarto, escancarou a claraboia e subiu no telhado. Estava frio, e as pedras ainda estavam úmidas do orvalho da manhã. Por um momento, uma forma alta apareceu em sua visão, mas era apenas a chaminé contra a qual o arqueiro estava encostado, ainda à sombra.

Encrenca deu um pulo para frente, certa de que veria uma figura com os olhos enormes e ardentes de um inseto.

Mas não viu nada. O telhado estava vazio.

Abaixo, no gramado, podia ouvir gritos e portas sendo abertas e fechadas por toda a Casa. Olhando por cima do parapeito de pedra na beira do telhado, viu pessoas pululando sobre o corpo de Pamplemousse como formigas em volta de um farelo de bolo. O sangue se depositava nas ranhuras da quadra de Scrabble, cercando Pamplemousse como uma rede vermelha.

Alguém a chamou. Encrenca ignorou e se apoiou nos tijolos quentes. Estava exausta. Essa parte do telhado formava um pequeno pátio ladeado por chaminés, e por isso Encrenca o havia escolhido como um de seus melhores lugares secretos. Cambaleando, ela se deu conta de que, a menos que estivesse a fim de subir três andares pelo cano de esgoto, o arqueiro devia ter se espremido e passado pela claraboia, como ela mesma havia feito tantas vezes antes. O assassino esteve no quarto dela. Havia passado pela bagunça de seu chão, subido em sua cama. Ela ferveu de raiva.

Mas a pessoa havia deixado algo para trás. Apoiada no parapeito, no cantinho onde uma grande chaminé se encontrava com a parede, estava a mochila de Encrenca; aquela que ela havia preparado para sua fuga assim que encontrasse o tesouro. Apoiados com cuidado em cima, onde ela com certeza os veria, estavam seus próprios binóculos.

Os ouvidos de Encrenca captaram o burburinho enquanto ela olhava por cima do parapeito; sua canela latejava um pouco. As pessoas que haviam testemunhado o Scrabble fatal contavam o evento aos recém-chegados com grande entusiasmo. Ela observava as mãos que se moviam em gestos selvagens e mudos, puxando para trás e soltando uma corda imaginária e apontando para o telhado — onde talvez pudessem vê-la, uma figura pequena à espreita da sombra do assassino.

Alguém pôs um lençol sobre Pamplemousse, cobrindo a flecha que ninguém se deu ao trabalho de remover e dando a impressão de que ele estava deitado sob uma tenda de circo muito pequena. Candor atravessou às pressas o gramado, com sua grande maleta quadrada de médico na mão. Olhou sob o lençol e sacudiu a cabeça. Flora ainda não tinha saído de seu banco, mas Fauna pegou todas as flechas ao seu redor e as entregou a Candor. Depois, dois primos corpulentos colocaram Pamplemousse em uma maca improvisada e o levaram embora.

— Encrenca!

Encrenca voltou a si com um sobressalto. Pelo visto, Lote estava gritando seu nome havia algum tempo.

— Tudo bem? Eu estava assistindo da sala de jantar, porque a vovó disse que eu não podia sair, mas ela saiu e eu só pensei: o corpo!

Encrenca focou a atenção. Isso mesmo. Dessa vez, havia um cadáver de verdade para investigar, não uma pessoa inconsciente ou um buraco ensanguentado no carpete. Fenômeno ia querer dar uma olhada.

Encrenca pensou rápido.

— Tudo bem. Candor vai levar Pamplemousse para o freezer, com Farejador. Fenômeno deve ter me seguido, mas não é lá muito rápida. Vamos encontrá-la, daí vou manter Candor distraído com a minha perna enquanto vocês dois investigam.

— Tudo bem. Podemos... Ah, não!

Lote ficou em um estado abalado de repente e voltou para o quarto de Encrenca, mergulhando debaixo da cama. Encrenca sentiu seu estômago revirar. Quando Lote reapareceu, estava com os cabelos brancos de poeira e as mãos vazias.

— John, o Gato, sumiu — disse Lote, com tristeza. — Encrenca, o assassino deve ter passado por aqui. E se tiver machucado o John?

Pânico e raiva bloquearam os membros de Encrenca.

— Vá com a Fenômeno. Preciso encontrá-lo.

— Não. Você é que está com a perna machucada, precisa distrair Candor para Fenômeno poder entrar no freezer. Vou achar o John, o Gato, prometo. Vamos nos encontrar no topo da grande escadaria quando terminarmos — disse Lote com muita seriedade. — Vá!

Encrenca desceu correndo em direção à cozinha, o mais rápido que pôde mancando, e encontrou Fenômeno assim que sua irmã alcançou o primeiro andar. Girando-a para fazê-la voltar pelo mesmo caminho, disse apenas "corpo". E como Fenômeno era muito inteligente e muito acostumada com Encrenca, entendeu de imediato.

Pararam na escada que levava à cozinha. Os primos corpulentos que carregaram o corpo de Pamplemousse passaram por elas ao saírem do freezer lambendo picolés. Encrenca se concentrou bastante na dor de sua perna. Ela não mentiu, mas atuou. O truque para atuar era encontrar um pouco de verdade e cobrir-se com ela como com uma capa de chuva. Nesse caso, a verdade era que sua perna estava doendo. Foi descendo a escada mancando, gemendo dramaticamente.

— Meu Deus!

Candor estava com as mãos cheias de flechas que Fauna tinha lhe dado; olhou em volta freneticamente à procura de um lugar para colocá-las, desistiu e, por fim, apenas as jogou na fornalha.

— Encrenca, você está sangrando!

— Está doendo... um pouco. Mas não é nada comparado... ao pobre Pamplemousse...

Encrenca levou a mão à testa e arriscou um olhar furtivo para o freezer. Só conseguiu distinguir a forma branca opaca do lençol de Pamplemousse e, mais ao fundo, um dos sapatos gastos de Farejador. Se o assassino continuasse assim, a família ficaria sem espaço lá dentro.

As armas de Pamplemousse foram removidas de seu corpo e empilhadas na mesa da cozinha. Encrenca viu algumas estrelas ninjas, uma bela adaga e o revólver de bolso com o qual ele havia atirado para cima. Seus dedos coçaram para pegá-la, mas se jogou em uma cadeira da cozinha com outro gemido teatral. Candor arrastou a maleta de médico e se agachou na frente de Encrenca, que acenou para Fenômeno por cima do ombro dele enquanto o médico colocava um novo par de luvas cirúrgicas.

Mais silenciosa do que Encrenca esperava, Fenômeno desceu as escadas em direção ao freezer.

— O que aconteceu? — perguntou Candor.

— Fui atingida por uma flecha durante o jogo de Scrabble, só isso.

De onde estava, Encrenca podia ver o cotovelo de sua irmã, que começava a investigação, seu rabo de cavalo e uma pequena parte do lençol de Pamplemousse.

— Ah, "só isso", é? Se bem que, do jeito que as coisas estão indo, acho que poderia ter sido muito pior. — Candor suspirou, empurrou os óculos mais para cima do nariz e virou a perna dela para um lado e para o outro. — Esse negócio todo… primeiro a titia, depois o Farejador, depois o Pamplemousse, e agora você, uma mera criança, pega no fogo cruzado. O que aconteceu com esta família? — Ele sacudiu a cabeça e pareceu tanto um labrador triste que Encrenca quase fez um carinho na cabeça dele.

De perto, era possível notar a exaustão dele. Tinhas olheiras escuras sob os olhos e seu cabelo formava tufos. Ele tirou uma garrafinha da maleta; havia muitas outras lá dentro, tilintando de leve. Encrenca apostou que Fenômeno adoraria vasculhar aquela maleta. Pelo que podia ver, sua irmã estava vasculhando os bolsos de Pamplemousse.

— Vou limpar isso agora — disse Candor —, vai doer um pouquinho. Encrenca, como se chama um esqueleto que vai ao médico?

— Eu não…

Sua perna doeu demais e ela sufocou um grito.

— Atrasado — disse Candor, enxugando a canela de Encrenca com uma bola de algodão. — Desculpe. Sinceramente, depois deste fim de semana, é um milagre que a Margarida ainda queira se casar comigo. Eu contei tudo sobre nós para ela. "Os Swifts são uma família antiga e nobre", eu disse. "Você vai se casar com um grande legado", falei. E o que ela encontra? Uma casa decadente, uma recepção fria e assassinato. Segure isto para mim um segundo. Obrigado.

Ele pegou uma pinça e gentilmente removeu um pouco de areia que havia entrado no ferimento.

— Os Swifts costumavam fazer coisas importantes, coisas que mudavam o mundo — disse ele, melancólico. Tirou gaze e esparadrapo da maleta e começou a enfaixar a perna de Encrenca. — Já fomos inventores, poetas, militares, tradutores, cortesãos, políticos… Agora só brigamos entre nós. Se eu fosse patriarca, eu… — Coçou a mão distraidamente, rindo. — Ah, esqueça. Dá para imaginar?

— Acho que você seria um bom patriarca — disse Encrenca. — Talvez a tia Schadenfreude proponha isso quando acordar.

— Ah, não.

— Acho que o pessoal gostaria mais de você. Flora disse que a tia Schadenfreude não é muito popular, o que faz sentido, porque ela pode ser malvada.

— Ela foi grosseira com a Margarida, não foi? — disse Candor. — Mas imagino que tenha sido um mal-entendido.

Ouviu-se um barulho suave provindo do freezer. Fenômeno, que não conseguia alcançar o que procurava, estava arrastando uma caixa de almôndegas congeladas para subir nela.

— Candor… há quanto tempo você conhece Margarida? — perguntou Encrenca, bem alto, para abafar o barulho.

— Três meses, uma semana e três dias. — Uma expressão sonhadora cruzou o rosto de Candor à menção de seu assunto favorito, e ele abriu um sorriso bobo.

— Três meses? E já vão se casar?

— O tempo não importa quando você está apaixonado — disse Candor. — Você simplesmente sabe quando é a pessoa certa.

— Sim, mas…

Ela se debatia por dentro. Por um lado, Candor deveria, sem dúvida, saber que sua noiva estava tramando algo. Por outro, se ela, Encrenca, contasse e ele não acreditasse, com certeza avisaria Margarida.

Atrás de Candor, Fenômeno assomou a cabeça à porta e fez um entusiasmado sinal de positivo para Encrenca.

— Fique aí, vou pegar uma bolsa de gelo para essa perna — disse Candor, voltando-se para o freezer.

O rosto de Fenômeno registrou um breve alarme antes de ela voltar para o freezer e desaparecer de vista.

Encrenca pensou rápido.

— Espera! Candor… se Margarida estivesse escondendo algo, você gostaria de saber?

Candor se voltou, confuso.

— Margarida me conta tudo. Ela sempre confiou totalmente em mim. É uma das coisas que mais amo nela.

— É que... a tia Schadenfreude não deixou vocês se casarem... isso é um motivo, não é? Para... hummm... assassinato?

Candor levou um segundo para reagir; mas logo riu, surpreendendo Encrenca.

— Você acha que a Margarida...? Ela não seria capaz e, além disso, esse nem é um motivo muito bom. Margarida sabe que nada vai me impedir de casar com ela! Nosso amor é precioso demais! Mesmo se eu fosse excomungado, deserdado, repudiado! — Mais uma vez, seus óculos escorregaram pelo nariz e ele os empurrou para cima, acanhado. — Não que eu ache que chegará a isso. Quando a tia Schadenfreude acordar, ela mudará de ideia. Margarida Swift. É tão lindo... E ela é adorável, Encrenca, não é?

— Ah, sim — disse Encrenca. — Ela tem... olhos lindos. E cheira bem.

Candor apalpou os bolsos.

— Exatamente. Agora, o que eu estava... Ah, sim, bolsa de gelo! — E foi para o freezer.

— Não! — gritou Encrenca. — Eu... hã... não preciso de gelo, obrigada.

— Não seja boba. O gelo ajudará com o inchaço. Espere só um segundo.

Encrenca prendeu a respiração, esperando que Candor gritasse ou que Fenômeno saísse do freezer com as mãos para cima, como uma espiã. Mas nada disso aconteceu. Ele apenas saiu com um saco de milho doce congelado na mão, assobiando. E fechou a porta.

Encrenca se manteve impassível para esconder sua consternação. Ela sabia, pelo jantar catastrófico da noite anterior, que era impossível abrir o freezer por dentro, o que significava que Fenômeno estava presa lá, tremendo entre os corpos. Encrenca não poderia tirá-la de lá sem que Candor percebesse, e o médico não parecia pronto para deixar de se preocupar com ela tão cedo. Encostou o saco de milho doce congelado na perna machucada e se recusou a entrar em pânico.

— Candor, acabei de pensar... já que Margarida teve dias tão ruins, por que você não leva o café da manhã para ela na cama?

Candor se iluminou.

— Nossa, que ótima ideia! Isso — apontou para o freezer e os múltiplos corpos dentro — não é tão importante. Eu deveria cuidar da minha noiva. Pode me dar uma mãozinha? Você faz o café e eu faço a torrada.

Imaginando que Fenômeno ficaria bem por alguns minutos, Encrenca foi buscar o café no armário.

— Ah, esse não! — disse Candor, explorando a caixa de pão. — Eu trouxe o da Margarida. É chique, mas é o favorito dela.

Ele apontou para o balcão, e Encrenca fixou os olhos na foto de um animal; uma espécie de lêmure, ou guaxinim, que a encarava de um saco de grãos de café.

Uma civeta.

Encrenca quase tinha esquecido o que Flora havia dito sobre o grão de café que encontraram perto de tia Schadenfreude. Na verdade, depois de ver Flora e Margarida conspirando, Encrenca começou a descartar a informação, sem considerá-la uma pista, e sim um despiste. Agora, olhando para a civeta — Lote tinha razão: era uma graça —, era impossível ignorar a coincidência. Margarida bebia o mesmo tipo de café que o assassino.

Então Encrenca moeu os grãos, encheu um pote com chantili e outro com açúcar — tudo para uma pessoa que, uma hora antes, possivelmente havia espetado uma flecha em seu tio Pamplemousse.

Dois minutos se passaram. Então mais três. E então mais sete. Durante todo esse tempo, Encrenca esteve consciente de que sua irmã, a alguns metros de distância, congelava cada vez mais, enquanto o café era preparado. Colocaram tudo com cuidado em uma bandeja para que Candor levasse para cima.

— Agora eu assumo — disse ele, pegando a bandeja do café da manhã. Ainda com as luvas brancas, parecia um belo mordomo. — Obrigado por toda a sua ajuda, e pegue leve com essa perna, hein! Nada de… Encrencagem.

E saiu antes que Encrenca pudesse jogar um pano de prato na cabeça dele.

Por fim, por misericórdia, depois de Fenômeno passar dezesseis minutos no frio, Encrenca se jogou sobre a maçaneta e abriu a pesada porta do freezer.

— Fenômeno? — chamou. — Fenômeno!

Houve um movimento no canto e uma leve avalanche de vegetais congelados. Aninhada entre as cenouras e as pastinacas estava Fenômeno, um pouco congelada. Embora seus lábios estivessem pálidos e ela tremesse, sorriu de leve para Encrenca.

— Ve-ve-ja — gaguejou e estendeu o punho.

Encrenca teve que abrir os dedos da irmã, porque estavam duros de frio.

— Eu ti-tirei… da flecha — disse ela.

Era um pedacinho de papel, do mesmo tipo que havia sido enrolado em cada flecha.

— Es-escri-to à mã-mão — disse Fenômeno, triunfante. — Fi-finalme-
-mente uma pi-pista ade-de-quada.

Encrenca abriu a tira de papel. Escritas nela, em letra cursiva, estavam duas palavras:

Au revoir.

A mão esquerda de Pamplemousse havia escorregado sob o lençol. Encrenca notou suas unhas bem-cuidadas e sentiu pena dele. Já tinha ouvido dizer que os cabelos e as unhas continuavam crescendo após a morte e pensou que ele talvez não gostasse disso. Ela queria espiar sob o lençol e ver um cadáver de verdade, mas Fenômeno batia os dentes com força; então, soltando um suspiro, ela o deixou em paz e arrastou a irmã congelada para a cozinha, para descongelar.

— Como ele estava? — perguntou Encrenca, chateada por não o ter visto.

— Co-como Pa-pample-mo-mousse era, só-só que mo-morto.

O calor da fornalha derreteu bem Fenômeno. Ela tomou um gole de chocolate quente e observou com atenção o pedaço de papel e o saco de café que Encrenca tinha lhe mostrado.

— Ainda bem que você conseguiu isso — disse Encrenca, apontando para o papel. — Candor jogou o resto no fogo.

— Pois é, e agora esse resto está me aquecendo enquanto queima.

— Isso é meio poético — disse Encrenca, pegando um pote de geleia.

— *Au revoir.* Adeus — disse Fenômeno. — Meio presunçoso isso. E esta amostra de caligrafia é inútil sem os nossos suspeitos para compará-la.

— Pois faremos isso — disse Encrenca, toda melada.

As pistas lhe devolveram o alto-astral.

— E Margarida bebe café civeta — continuou Fenômeno. — Percebe que isso ainda é só uma prova circunstancial?

— Não sei não, porque ainda não sei o que isso significa.

— Significa que, no tribunal, as pessoas poderiam dizer que o fato de a Margarida gostar do mesmo tipo de café que o assassino, e manter conversas enigmáticas no escuro, e correr secretamente são circunstâncias estranhas, mas não uma prova de verdade. Não seria suficiente para condená-la.

— Mas aqui não é um tribunal, é a nossa Casa — salientou Encrenca; acenou com a colher para enfatizar suas palavras e um pouco de geleia respingou no papel. — Ela está escondendo alguma coisa — prosseguiu, enquanto Fenômeno resmungava e limpava depressa o papel com a manga. — Você sabe que eu percebo essas coisas. Tipo… tipo intuição de detetive. Ou palpite.

Fenômeno torceu o nariz, contrariada.

— Palpite é apenas uma coisa que o cérebro subconscientemente faz ao absorver dados, chegando a uma conclusão sem que estejamos cientes disso.

— Pronto, aí está — disse Encrenca. — Meu cérebro sabe que há algo errado em relação a Margarida, mas a minha mente não sabe bem o que é.

Fenômeno suspirou.

— Veja. Peguei isto aqui também.

Ela mostrou a flecha que havia tirado do corpo de Pamplemousse. Parecia velha e não tinha uma ponta de flecha de verdade. Parecia uma estaca de madeira fina, com a ponta afiada e uma ponteira de aço. Vários centímetros dela estavam manchados de vermelho.

Enquanto Encrenca construía sua arma de caçar, a Siegemaster 5000, havia feito muitas pesquisas sobre cerco como estratégia de guerra. Aprendeu, entre outras coisas, que a invenção da besta foi um grande avanço para a indústria de matar uns aos outros com mais eficiência, permitindo que os soldados atirassem mais longe, com mais força e causando danos maiores. Aquela coisa longa, fina e afiada em sua mão não era tecnicamente uma flecha, e sim um dardo de besta.

Isso significava alguma coisa. E essa coisa fazia cócegas no fundo da mente de Encrenca.

— Isto é uma antiguidade — disse devagar. — De 1700, pelo menos, tenho certeza. — E tia Schadenfreude sempre dizia que a obsessão de Encrenca por armas não tinha aplicação prática... — Por que alguém traria uma besta antiga para cá? É pesada. E hoje em dia existem armas de fogo.

— A pessoa pode tê-la encontrado aqui na Casa — sugeriu Fenômeno.

Uma ideia atingiu Encrenca entre os olhos. Ela agarrou o braço de Fenômeno com a mão melada.

— Navalha de Ockham — sussurrou. — Fenômeno, precisamos ir buscar Lote e depois voltar para a biblioteca.

— Por quê?

— Tenho um palpite.

UM DARDO DE INSPIRAÇÃO

Quando Lote as encontrou no topo da escada, estava com um gato enorme nas mãos, quatro arranhões finos no pescoço e uma expressão preocupada.

— Eu o encontrei em cima de um armário, sibilando como um louco. Estava com o pelo todo arrepiado.

Os olhos de John, o Gato, em geral meio fechados e sonolentos, estavam arregalados e fixos. Ele mexia as orelhas para frente e para trás, como se estivesse captando alguma coisa.

— Ele está mancando um pouco, mas nada parece estar quebrado. Acho que ele foi muito corajoso.

Encrenca estendeu a mão para tocar a pata de trás de John, o Gato. Foi uma idiotice, porque John, o Gato, uivou e no mesmo instante pulou dos braços de Lote, deixando mais quatro longos arranhões em seu braço.

— John, o Gato, pare! — gritou Encrenca.

— Está tudo bem — disse Lote, estremecendo ao arregaçar a manga da blusa de lã. — Ele não pode evitar, é a natureza dele. Mas temos que encontrar quem o feriu. Assassinato é uma coisa, mas não pode sair por aí chutando gatos.

A biblioteca estava destrancada, mas era compreensível que estivesse deserta, o que poderia ter algo a ver com a enorme mancha marrom no carpete. Algum otimista havia pegado os cordões das cortinas vermelhas, amarrado um no outro e os atravessado diante da porta, como se fosse uma entrada permitida apenas a funcionários de um museu. Os investigadores passaram por baixo do cordão. Fenômeno fechou a porta e Encrenca pegou os livros de capa dura (e seguros) mais próximos que pôde encontrar e formou com eles uma escada de livros, até conseguir alcançar o buraco na parede.

— Veja — disse à Fenômeno.

Cambaleando um pouco em cima de *Pisa: uma história*, ela tirou do cinto o dardo da besta e o enfiou no buraco. Encaixou perfeitamente. Fenômeno gesticulou para que ela descesse da pilha de livros e subiu ela mesma para olhar.

— Você tem algum barbante?

Claro que Encrenca tinha. Fenômeno o amarrou na ponta do dardo da besta.

— Muito bem — murmurou ela. — O dardo com certeza viajou em linha reta. É uma questão de física. Encrenca, pegue a outra ponta desta corda e vá andando até eu mandar você parar.

Encrenca fez o que lhe foi dito e foi em direção à parede oposta. Sua irmã começou a murmurar para si mesma.

— A julgar pelo ângulo do impacto, tendo em conta o... humm... — Fenômeno cutucou o dedo no queixo. — Pare aí. Acho que é isso, mas você precisa subir um pouco mais.

Lote levou para Encrenca a escadinha de rodas que usavam para tirar os livros das prateleiras mais altas.

— Suba um degrau — gritou Fenômeno. — Mais um. Um pouco para a esquerda. Isso! Se o dardo atingiu a parede aqui — bateu na parede com a unha —, foi disparado de lá.

A corda se estendia em linha reta desde o buraco na parede, sobre a mancha de sangue no chão, até a prateleira na qual Encrenca se apoiava, que tinha o emocionante rótulo "Livros para advogados e provavelmente ninguém mais". Havia um espaço entre dois livros e, no fundo da estante, outro buraquinho redondo. Encrenca empurrou o resto dos livros para o lado e bateu à parte de trás da estante. Fez um barulho oco.

— Lote...

A criança lhe deu uma das mãos, e depois as duas, pois uma não foi suficiente. Cravando as unhas nas emendas, os dois finalmente conseguiram arrancar o painel traseiro. Atrás dele havia um espaço pequeno. Continha um console de madeira, que parecia ter sido esvaziado, como se até recentemente alguma coisa estivesse descansando ali. No fundo do espaço havia um dardo de besta caído.

Lote e Encrenca se entreolharam.

— Bem — disse Lote —, agora sabemos onde o assassino de Pamplemousse conseguiu a arma.

— Veja este pedaço de barbante puído aqui — murmurou Fenômeno. — Era uma armadilha, a ser acionada quando alguém pegasse o livro que sumiu da estante.

— Sim, mas deve ter sido disparada. Do contrário, não haveria um buraco na parede oposta.

Todos observaram o espaço escuro. Havia teias de aranha nos cantos e uma grossa camada de poeira.

— Como o assassino sabia que a besta estava aqui? — perguntou Fenômeno. — Não é fácil localizar este buraco, a menos que a pessoa esteja procurando.

— Talvez a pessoa não o estivesse procurando. — Lote pegou o dardo caído, girando-o nas mãos. — Talvez tenha sido acionada por acidente. Ou o Farejador a acionou.

Fenômeno começou a andar de um lado para o outro. Isso não foi suficiente, então ela colocou a ponta do rabo de cavalo na boca e começou a mastigá-lo. Encrenca e Lote se sentaram em livros empilhados e a deixaram pensar em voz alta.

— Uma teoria — disse Fenômeno, pensativa. — Encrenca e eu passamos por Farejador ontem a caminho do quarto de Atroz e Despeito. Encrenca, você se lembra de ele dizer que tinha "pesquisa" a fazer? O lugar mais lógico para isso é aqui na biblioteca. Ele não deveria ter conseguido entrar, mas — balançou um dedo — sabemos que as chaves sumiram desde que Encrenca as deixou na mesa da tia Schadenfreude.

— Continue.

— Quando deitamos a tia Schadenfreude, depois que ela foi empurrada, tudo que estava na mesa foi para o chão, incluindo as chaves...

— E o Farejador rastejou pelo chão — acrescentou Encrenca. — Ele poderia tê-las apanhado.

— Isso mesmo. E aí, na manhã seguinte, depois de falar com Atroz e Despeito, ele foi até a biblioteca, destrancou-a e continuou com a sua "pesquisa". Pegou um livro desta estante...

— Que não era *Um corpo na biblioteca*, porque esse é um romance policial — acrescentou Encrenca.

— Sim, e esta estante é a de "Livros para advogados e provavelmente ninguém mais". Não há ficção aqui. São todos livros sobre leis, limites de terras e história do direito. Ele pegou um livro desta estante, acionando a armadilha da besta, e...

— E o quê? — perguntou Lote. — O dardo não o atingiu?

— Não poderia ter falhado — insistiu Fenômeno, imitando o gesto de puxar um livro da prateleira. — Ele devia estar parado... Lote, suba na escada um segundo... mais ou menos assim. Com os olhos no nível da besta, que estava escondida atrás daquele painel. Ele não teria previsto isso. Não teria como se esquivar a tempo.

— Então ele não se esquivou — disse Lote.

Todos pensaram nisso por um momento. Lote desceu da escada.

— Você encontrou sangue na parede — disse Lote a Fenômeno, sentindo um pouco de enjoo. — E você mesma disse: Farejador devia estar com os olhos no nível da besta.

Uma besta, mesmo com centenas de anos de idade, é projetada para perfurar uma armadura e atingir a pessoa lá dentro. À queima-roupa, não teria absolutamente nenhuma dificuldade de entrar na cabeça de certo detetive despercebido, do outro lado, e perfurar a parede atrás dele.

— Ai! — exclamou Lote.

— Então — disse Encrenca —, Farejador não foi morto pela estátua. Foi a besta, no olho, na biblioteca...

— Mas, espera, a cabeça dele foi esmagada — interrompeu Lote. — Isso não faz sentido. Se estivermos certos, a morte do Farejador foi um acidente. Por que se dar ao trabalho de mascarar a morte?

— Deve ser porque a pessoa queria a besta — disse Encrenca. — Tipo, eu iria querer. Amo bestas. Ainda mais se quisesse matar alguém.

— Seja qual for o livro de direito que Farejador pegou, também está sumido — acrescentou Fenômeno. — Se alguém aparecesse e encontrasse o Farejador com um buraco na cabeça, tentaria encontrar o que o teria provocado. Se a besta houvesse sumido, perceberia que havia outra pessoa na biblioteca na hora em que o Farejador morreu. Se o assassino quisesse levar a besta e o livro sem levantar suspeitas, teria que disfarçar o ferimento de Farejador. — Ela mastigou o rabo de cavalo. — Isso não é bem a navalha de Ockham.

— Parece mais o garfo de Ockham — concordou Encrenca.

Lote riu.

— Preciso analisar as evidências de novo — murmurou Fenômeno. — E desenhar um diagrama ou coisa do tipo. Isso tudo é apenas conjectura e hipótese.

— Ou vocês podem simplesmente desistir e chamar a polícia.

Felicidade apareceu à porta, como o espírito da responsabilidade.

— Há outro corpo lá embaixo — acrescentou Felicidade —, caso não tenham notado.

Encrenca estava sentada sobre uma pilha de livros.

— Notamos. Acabamos de vê-lo.

— Ah, sem dúvida.

Encrenca esperava outro ataque de gritos, mas a estranha calma de Felicidade foi pior.

— Seria querer demais que abandonassem o caso agora que correm perigo de morte real... O que você tem na cabeça, Fenômeno?

Fenômeno franziu a testa.

— O que tenho na cabeça é que ninguém mais está fazendo nada! Os padrões investigativos desta Casa são terríveis. É evidente que alguém precisava intervir e resolver as coisas.

— E esse alguém tem que ser você? — debochou Felicidade.

— Não seria você, não é? Ou a Encrenca? Acabei de conhecer Lote, que já foi mais prestativo que vocês duas juntas.

— Como é que é? — gritou Encrenca.

— Hã... — disse Lote.

Fenômeno se voltou para Encrenca com um sorriso quase compassivo.

— Encrenca, você é um Watson valioso, mas simplesmente não tem cabeça para investigação. Você nem tem dado toda a sua atenção a este caso. Está mais preocupada com a sua caça ao tesouro idiota.

Encrenca sentiu como se houvesse levado um chute; e quando era chutada, sua reação instintiva era chutar de volta.

— Está falando sério? Passei todo o meu tempo correndo para todo lado para descobrir informações idiotas sobre pistas e horários porque você não aceita que é óbvio que foi a Margarida! Eu não fui procurar o tesouro! Ainda nem consegui explorar a sala secreta!

Ela percebeu o erro assim que as palavras saíram de sua boca. Seis olhos redondos se voltaram como faróis em sua direção.

— Ah. Tá bom — disse Encrenca. — Há uma sala secreta no segundo andar, onde vi a tia Herança entrar na noite antes da Reunião. Não contei para vocês, porque...

Fenômeno olhou feio para ela.

— Espere aí, você está dizendo que tinha informações relevantes para o caso, sobre um dos nossos suspeitos, e só agora está contando para a gente?

— Não achei que fosse relevante! — protestou Encrenca. — Achei que estava relacionado ao tesouro de Vil, não ao assassinato...

— Não posso acreditar numa coisa dessas — disse Felicidade. — Bem, posso, porque você é toda e impenitentemente...

— Ei!

Quatro cabeças se voltaram para Flora, que assomava a sua pela porta. Encrenca sabia que era Flora, porque Fauna não diria "Ei", e porque sua próxima frase foi:

— Fauna está chamando vocês lá em cima.

— Estamos ocupados — retrucou Felicidade.

— Sei, mas ela mandou insistir — disse Flora. — Disse que é "em nome da unidade da família" ou algo assim. Aí estou insistindo.

As irmãs se entreolharam com raiva. Lote sentiu alívio com a interrupção.

— Se não se mexerem, vou continuar insistindo, e cada vez mais alto — acrescentou Flora. — Andem!

E foram.

GUERRA de PALAVRAS
22

Na sala vespertina, que não era tão grande quanto a matutina ou a sala noturna, reuniam-se mais de trinta parentes. Fauna estava no centro, segurando um dos horários de tia Herança e franzindo a testa.

— … Então, na falta de mais ideias, sugiro mudar o horário da Guerra de Palavras — disse Fauna. — Havíamos combinado com Pamplemousse de brincar de achar armas escondidas agora, só que Pamplemousse está… morto, e tia Herança está… bem, não quero dizer desaparecida, mas não conseguimos encontrá-la.

Encrenca ficou se perguntando se acaso as Reuniões não seriam apenas uma desculpa para podar a árvore genealógica. Olhou para Lote, esperando ver preocupação. Mas Lote só revirou os olhos.

— Ela deve estar na sala secreta que você escondeu de nós — disse secamente.

Fenômeno e Felicidade haviam se posicionado o mais longe possível uma da outra e de Encrenca. Cada uma fazia questão de não olhar na direção da outra, o que não deixava muito para onde olhar além do chão ou do teto.

— Você também está com raiva de mim? — murmurou Encrenca.

Lote deu de ombros.

— Um pouco. Mas não conheço você bem o suficiente para ficar com raiva de você. Suas irmãs, sim, te conhecem muito bem. Sabia que, às vezes, um filhote de hiena mata os próprios irmãos para poder ficar maior e mais forte?

— Que coisa horrível! O que isso tem a ver?

— Nada, sério. Eu só estava aqui imaginando quanto o tio-avô Vil sabia sobre hienas.

As pessoas começaram a se animar. Flora estalou os dedos. Despeito alisou o bigode. Lote estava em dúvida, mas quando Encrenca escreveu seu próprio nome em um pedaço de papel, Lote também escreveu o seu e o jogou no chapéu que Fauna havia encontrado.

A Guerra de Palavras é, em termos mais simples, um concurso de insultos. Os jogadores colocam seus nomes em um chapéu, balde ou outro receptáculo e formam um círculo. O árbitro (neste caso, Fauna) escolhe dois nomes e os jogadores começam uma batalha de palavras, uma partida de astúcia. A primeira pessoa que ficar sem ideias ou começar a rir perde. Qualquer um pode jogar, afinal, é um jogo extremamente simples, mas tem algumas regras.

— Nada de palavrões, palavras chulas e coisas pessoais — disse Fauna. — Lembrem-se, assim como ninguém tenta ferir alguém de verdade em uma partida de esgrima, não tentem magoar de verdade ninguém aqui. Eu tenho a palavra final. Se eu disser que a pessoa foi eliminada, está fora.

— Não será a mesma coisa sem o Pamplemousse — disse Ator, melancólico. — Ele sempre tinha os insultos mais criativos.

— Uma vez, ele me chamou de *coeur de lion*. — Tia Hesitar sorriu. — Nem sei o que isso significa.

— Significa "coração de leão" — resmungou Felicidade. — Nem tenho certeza de que ele era francês, sabe? Eu falo francês; pedi para ele me passar o sal ontem e ele respondeu que foi em julho.

— Bem, francês ou não, vamos dedicar esta Guerra de Palavras à sua memória — disse Fauna, sacudindo o chapéu e entrando na roda. — O vencedor de cada partida enfrentará o próximo adversário. Continuaremos até o último Swift em pé, portanto guardem bons insultos na manga! Muito bem! Primeiro, Tintinábulo e Cobiçosa!

As duas mulheres deram um passo à frente.

— Você é uma ave de rapina — disse Tintinábulo de imediato. — Uma megera gananciosa, que se apropria do que é dos outros, com dedos de bruxa!

— E você é uma chaleira apitando. Uma trombeta zurrando baboseiras! A banshee mais chata do mundo!

Os cantos da boca de Tintinábulo se contraíram para cima; Cobiçosa riu.

— Ah, qual é, o que foi isso?! — berrou Fauna. — As duas riram, estão FORA! Agora, Flora e Desastroso!

Logo ficou claro que Flora era excelente nesse jogo. Ela derrubou seus três primeiros adversários, e embora quase tenha perdido a calma quando Fortissimo a chamou de "DUQUESA DO LIMBO", ela o desbancou com "caranguejo de pés chatos".

Enquanto Flora derrotava seus adversários, Encrenca foi notando que os insultos dirigidos a ela eram um pouco mais maldosos que os que ela desferia.

— Você é uma inútil — disse tia Abandonar. — Um arbusto enrugado e atrofiado soprado pelo vento.

— Tudo bem, porque você é uma pestilenta portadora de peste com hálito de carne.

— Você é uma circunstância desesperada. Uma simplória indolente sem nenhuma qualidade.

— E você é uma casca amarga e seca de limão. Uma resmungona de boca franzida.

— Afastem-se um pouco, vocês duas— avisou Fauna.

— Você tem nome de ovelha e bom-senso de cabra.

— Então, podemos dividir um pasto, porque você é uma vaca miserável — rebateu Flora.

A multidão ovacionou e Abandonar, com o rosto vermelho e gaguejando, não conseguiu retrucar. Foi expulsa do círculo.

Fauna olhou para a irmã com desaprovação.

— Vocês duas passaram dos limites — alertou. — Cartão amarelo para você.

Flora aceitou, mas seu sorriso dizia que ela achava que tinha valido a pena. Seu próximo adversário foi Despeito.

— Você é um ingênuo comedor de ouro — começou ela.

— E você é uma mulher de lata — disse Despeito — com uma bola farpada de lã no lugar do coração.

— Seu ladrão de felicidade de seis dedos e língua de enguia! — retorquiu Flora. — Você se relaciona com javalis e tudo que for gosmento é seu aliado. — A plateia riu. — Você é total, completamente, do fundo do coração...

De soslaio, Encrenca notou que a porta se abriu. Margarida entrou na sala, acenou para Flora com um gesto urgente e saiu de novo.

De repente, Flora pareceu ficar muito perturbada.

— Perfeito — disse ela, e Despeito piscou. — Eu... sim, isso mesmo. Você é uma... uma verdadeira maravilha. Bonito, um pêssego. Um docinho. Com a bola toda. Adequado... bom. — Ela piscou. — Eu... preciso ir. Desculpa!

E saiu correndo da sala atrás de Margarida.

— A gente deveria segui-la.

Encrenca deu um pulo. Fenômeno havia aparecido do nada ao lado de seu cotovelo e olhava com seus óculos brilhantes para Flora.

Encrenca a encarou.

— Como assim "a gente"? Eu não tenho cabeça para investigação, lembra? Não sou confiável. E de qualquer maneira, você disse que a Margarida não pode ser suspeita. Não há nenhuma evidência, além de todas as evidências.

Ela notou a frustração de sua irmã. Ótimo.

Despeito perdeu para Ferreiro, Ferreiro perdeu para Lote e Lote perdeu para Encrenca quando ela fez Lote rir com "texugo inescrupuloso". Foi a primeira diversão descomplicada que Encrenca teve em todo o fim de semana, até que Fauna chamou seu próximo adversário.

— Felicidade!

Fauna agitou o pedaço de papel no ar; Felicidade foi se arrastando, com relutância, para dentro do círculo.

— Prefiro não jogar contra ela — disse, bem no mesmo instante em que Encrenca disse:

— Não vou jogar contra ela. Ela é uma vampira da diversão. Suga a graça de tudo.

Felicidade a encarou.

— Ah, é? Pois bem, você é um saco. Parece um mosquito. Só o que faz é ficar zumbindo por aí, irritando as pessoas.

As pessoas riram, mas Fauna pareceu inquieta.

— Felicidade, se você fosse uma cor, seria bege — disse Encrenca, com maldade. — Se fosse uma comida, seria purê de batata. Se fosse um livro, seria *A história da secagem de tinta, Volume 3*.

— E se você fosse uma comida, seria camarão estragado, porque faz todo mundo passar mal — retorquiu Felicidade. — E, a propósito, só porque eu não ando com você e a Fenômeno fingindo ser detetive...

— Não, porque você está muito ocupada pensando em costurar e sendo melancólica e chata...

— Espera aí — disse Fenômeno, abrindo caminho para dentro do círculo. — Não quero que você macule a minha investigação!

Fauna levantou a mão.

— Só dois na roda por vez, por favor!

— Prefiro ser chata a egoísta ou mentirosa! — disparou Felicidade.

— O que você quer dizer com sua investigação? — perguntou Encrenca a Fenômeno.

O cartão amarelo de Fauna passou despercebido. A plateia, longe de objetar, ria com prazer desse flagrante desrespeito às regras. As irmãs mal notavam. A raiva explodia entre elas.

Fenômeno se voltou para Encrenca.

— Isso mesmo, minha investigação! Você escondeu provas! Você tem sido negligente e imprudente, é descuidada com as evidências, não seguiu o método adequado de detecção e na metade das vezes nem se lembra dos detalhes do caso!

— E andou mentindo para nós! — acrescentou Felicidade.

— Isso mesmo, você tem sido bastante desonesta e dissimulada, Encrenca.

Ninguém, exceto suas irmãs, sabiam quanto isso doía em Encrenca. De repente, ela ficou profundamente zangada.

— E daí? — gritou. — Nenhuma de vocês se importava com a Reunião! Vocês não estavam interessadas nela tanto quanto eu! Estou trabalhando no meu mapa há meses!

Felicidade emitiu um som estrangulado.

— Desculpa se a tentativa de homicídio da nossa tia estragou os seus planos para o fim de semana.

— Cale a boca, Felicidade! — gritaram Fenômeno e Encrenca juntas.

Houve um flash vermelho quando Fauna ergueu o cartão de desclassificação. Foi como se agitasse uma bandeira vermelha para três touros. A plateia não estava mais rindo, mas assistia com deleite e horror, como quem assiste à demolição de um edifício.

— Você vive falando da tia Schadenfreude, mas o que exatamente fez para ajudá-la? — disse Fenômeno, andando em volta de Felicidade. — Você simplesmente aparece durante a nossa investigação, fica nos insultando, diz que temos que desistir e depois sai, furiosa!

— Porque vocês não sabem o que estão fazendo! Alguém tem que pelo menos tentar manter vocês seguras!

— Ora, você não é a mamãe!

Felicidade se encolheu.

— Não, não sou. Porque, na verdade, estou aqui, não do outro lado do mundo. Infelizmente.

A garganta de Encrenca fervia.

— Pois eu gostaria que estivesse — explodiu. — Você odeia esta família, odeia nós duas, e odeia...

— Ouçam — disse Lote, colocando-se entre elas —, isso não está ajudando, tá bom? Acho que vocês precisam tentar se acalmar...

— E acho que você precisa parar de se intrometer — retrucou Felicidade.

Lote recuou.

— Sei que você é um novo melhor amigo de todos, mas não é um irmão. Portanto, pode fazer o favor de...

— Já chega!

A voz autoritária de Fauna fez as crianças se calarem no mesmo instante.

Felicidade cobriu a boca com a mão e olhou para Lote, como se quisesse pegar suas palavras de volta. Saiu porta afora antes que qualquer um pudesse falar. Fenômeno olhava fixamente para a parede, com as orelhas vermelhas.

— Não tenho tempo para isso — murmurou.

Pegou uma folha do caderno de Felicidade e se despediu. Os outros participantes da Guerra de Palavras começaram a se afastar, rindo, como se a discussão houvesse sido o auge do entretenimento.

Lote deu um tapinha no cotovelo de Fauna.

— Não tenho irmãos. Esse tipo de coisa é normal?

161

***

Com uma eficiência impressionante, Fauna conduziu os retardatários para fora da sala vespertina, fez as duas crianças restantes se sentarem e foi buscar um bule de chá. Encrenca se ocupou desmanchando seu bolo Battenberg em pedaços para que Lote pudesse ficar com o maçapão. Ela estava se sentindo sensível e desconfortável.

— Sabe — disse Fauna, descontraída —, acho que a sua irmã é uma das pessoas mais interessantes desta casa.

Encrenca não conseguia provar o Battenberg.

— Fenômeno? Sim, ela é muito esperta e...

— Ah, não. Fenômeno, não, se bem que ela é muito interessante também. Eu me referia a Felicidade.

Fauna ofereceu mais chá a Lote, que aceitou, agradecendo, e mergulhou seu maçapão nele.

— Passei um tempo conversando com ela ontem. Já perguntou por que ela quer criar roupas? — Fauna não esperou que ela respondesse. — Felicidade diz que as roupas ajudam uma pessoa a mostrar ao mundo quem ela é. Ela quer ajudar as pessoas a serem elas mesmas.

Encrenca ficou chutando o tapete; recusava-se a falar.

— Isso é legal — disse Lote. — É uma das razões pelas quais comecei a tricotar. Não consegui encontrar uma blusa com estampa de peixe-papagaio em lugar nenhum.

— Ter um nome mundano é difícil, como a Flora pode atestar — continuou Fauna. — Viu como as pessoas falavam com a minha irmã durante a Guerra de Palavras? Felicidade é inteligente e gentil, gosta de labirintos e de decodificação. Ela aprendeu francês sozinha, e a família a trata como se ela fosse sem graça.

— Ela odeia a gente — murmurou Encrenca.

Fauna pareceu estar pensando nisso, com os olhos firmes sobre a borda de sua xícara de chá.

— Acho que algumas pessoas da nossa família a trataram de maneira muito injusta, e é isso que ela odeia. Felicidade só quer ser notada; como todos nós. — Fauna ficou observando Lote juntar as migalhas com o dedo. — Estava querendo perguntar: quando você começou a atender por Lote?

Lote piscou e ficou observando suas migalhas com mais atenção.

— Há um ano, mais ou menos. Está difícil fazer as pessoas usarem o meu novo nome. Ainda mais... ainda mais a minha vó.

Fauna perguntou:

— Por quê?

— Bem, eu não… não disse para ela, com todas as palavras, que queria mudar o meu nome. Parece uma coisa tão… importante. E você sabe como ela é, quanto acredita no Dicionário e tal. Não creio que ela pense que podemos mudar as coisas.

Fauna bufou.

— Sabe, acho que isso é um monte de… Ora, um monte de bobagem. — Sacudiu a cabeça. — Isso de que um livro pode dizer quem você será…

— Mas muitos de nós temos nomes que combinam com a gente — apontou Lote. — Às vezes, as coisas parecem meio… inevitáveis.

Encrenca pensou nas lápides no porão, na mão de tia Herança, com sua luva branca, apoiada na caixa de vidro do Dicionário, na lista organizada de Fenômeno.

Fauna mordeu o lábio por um momento.

— Sabe… quando eu nasci, todo mundo achava que eu era menino. Os médicos disseram que eu era menino. Meus pais compraram roupas de menino para mim. Só depois de aprender a falar pude explicar a situação, e eles ficaram terrivelmente constrangidos com seu erro.

— Algo parecido aconteceu comigo — disse Lote. — Ninguém perguntou quem eu era também. — Sorriu.

Algo floresceu entre Fauna e Lote: uma compreensão.

— Por que escolheu "Lote"? — perguntou Fauna.

Lote hesitou, mas prosseguiu:

— Escolhi porque é sinônimo de terreno, qualquer coisa pode crescer nele.

Fauna riu, deliciada.

— Ah, adorei! Sim, combina muito com você até a raiz. Não foi minha intenção fazer piadinha, não sou o Candor.

— Se importa se eu perguntar… Foi… foi difícil conseguir que as pessoas ouvissem você? — perguntou Lote, puxando os punhos de sua blusa.

— Algumas vezes. — Fauna tomou um gole de chá. — Sempre haverá pessoas que pensam que nos conhecem melhor que nós mesmos. Mas eu logo aprendi que essas pessoas não são importantes; as pessoas que nos amam são as que nos ouvem. Flora se meteu em muitas brigas por mim quando éramos mais novas. — Riu. — Ela sempre foi a esquentadinha.

— Então, está querendo dizer que…

— Estou querendo dizer que se você quer mudar de nome, mude. Há muita gente do seu lado. Não é, Encrenca?

Encrenca brandiu os punhos. Lote riu. Seus olhos estavam úmidos.

— Só não sei se a vovó vai deixar.

— Sua avó não pode opinar sobre quem você é. Ninguém no mundo toma essa decisão além de você.

Lote e Fauna sorriram um para o outro. Estavam vivendo um momento importante, que não incluía Encrenca. O que ela achou ótimo. Na verdade, maravilhoso.

Além disso, tio Turbilhão estava espiando pela porta e parecia estar prestes a chamá-la. Ela escapuliu antes que ele estragasse o momento.

— A propósito, adorei a sua blusa de lã. — Ela ouviu Fauna dizer quando fechou a porta.

Tio Turbilhão a conduziu pelo corredor até as partes cada vez mais silenciosas da Casa. Ele caminhava depressa e, para cada passo maciço seu, Encrenca tinha que dar três. Até que ela desistiu de andar e começou a correr.

— O que está acontecendo? — perguntou.

— Está com o seu mapa aí? — sussurrou ele enquanto subiam o lance de escadas mais próximo.

Era estranho vê-lo se deslocar tão silencioso. Isso deixou Encrenca desconfortável, e ela parou. Pensou na lista de suspeitos, amassada em seu bolso, e no que Felicidade havia dito sobre não riscar logo de cara seu tio e Mestre-cuca. Pensou no interesse de Turbilhão no mapa e na maneira como seus olhos saltavam de uma porta para outra como uma bola de fliperama.

— Tio Turbilhão — disse Encrenca —, considero você um aliado...

— Obrigado — disse ele, sério.

— ... mas, ultimamente, você tem se comportado de maneira muito suspeita, não como o tio que eu conheço. E por você ter se comportado de maneira suspeita, agora eu sou suspeita. Por que me incentivou a fazer um mapa da Casa? Por que me pediu para não contar a ninguém sobre isso? E por que estava tão inquieto no freezer ontem?

— Eu posso explicar...

— Que bom! Então explique, porque não vou a lugar nenhum com você enquanto não explicar.

Encrenca cruzou os braços, plantou os pés firmemente separados no chão e fixou em Turbilhão seu melhor olhar de pirata. Seu tio suspirou.

— É isso que estou tentando fazer, Encrenca. Você precisa vir comigo. É hora de contarmos tudo para você.

Ele se voltou para o trecho vazio da parede, ao seu lado; a parede que Encrenca havia marcado em seu mapa com um grande ponto de interrogação vermelho. Deu uma série de batidas complicadas; houve um clique e a parede se abriu.

Tia Herança assomou a cabeça no corredor, com os olhos arregalados. Olhou para eles e além deles e, com a respiração rápida, arrastou-os para dentro.

— Foram seguidos? — sibilou Tia Herança.
Ela parecia ter acabado de ser arrastada para trás de uma sebe, e a sebe tinha resistido.

— Rizar velas, Herança — disse Turbilhão. — Ninguém nos seguiu, estão todos distraídos.

Encrenca observou a sala ao seu redor. Tinha expectativas tão altas que quase tudo seria uma decepção, mas foi particularmente decepcionante.

Para começar, não havia ouro nem ossos — só muito papel. Longos e finos emaranhados de papel se acumulavam nos cantos. Folhas enormes e largas, cobertas de números e diagramas, jaziam sobrepostas em uma mesa, com as bordas onduladas sobrecarregadas de xícaras e pires vazios. Havia altas pilhas de livros encostadas na parede. Os tubos misteriosos que Encrenca tinha visto Herança carregando em sua primeira noite na Casa estavam jogados de lado, vazios, e uma cama de armar e uma cesta de piquenique ocupavam o pouco espaço restante. Não era de admirar que tia Herança estivesse tão amarrotada. Devia estar dormindo ali, escondida como um hamster em um ninho de papel.

Havia três outras coisas incomuns na sala. Uma delas era Felicidade, que olhava para Encrenca com olhos vermelhos. A outra era Fenômeno, que fazia anotações em sua caderneta e fingia que suas irmãs não existiam. A terceira era um grande objeto no centro da mesa, coberto com um lençol branco. Encrenca foi logo espiar por baixo, mas tia Herança soltou um barulho, como um gato enlouquecido, e deu um tapa na mão dela.

— Ai! — gritou Encrenca. — Tio Turbilhão, o que está acontecendo? E por que vocês duas estão aqui? — perguntou, olhando com raiva para Fenômeno e Felicidade.

— Fui trazida sob coação pela tia Herança — disse Felicidade. — E tio Turbilhão encontrou Fenômeno batendo em uma parte totalmente inocente da parede do corredor.

Fenômeno franziu os lábios, mas não ergueu os olhos de suas anotações.

— Não importa. Tenho certeza de que você teria encontrado a sala, no fim — disse Encrenca, com um sorriso malicioso.

Tio Turbilhão se inclinou antes que outra discussão começasse e bateu o dedo nos documentos sobre a mesa.

— Reconhece isto aqui, Encrenca?

Encrenca olhou para os papéis. Eram plantas arquitetônicas do espólio Swift ao longo da história. Em uma delas, faltavam a torre e o jardim de inverno, e metade dos aposentos tinha formato e tamanho errados. Em outra, havia a torre, mas se chamava "torreão". A planta original nem sequer tinha o lago, apenas um esboço de um enorme carvalho. Encrenca ficou tonta ao ver a Casa que ela conhecia tão bem com todo o seu interior reorganizado.

— Esta é a mais atual — disse Tio Turbilhão, arrastando a folha menos amarelada para Encrenca, datada de 1900.

A sala vespertina não estava nela, mas o labirinto de sebes havia acabado de ser esboçado, e havia outro pequeno cômodo chamado APOSENTOS DOS SERVOS, de quando a família tinha empregados.

Ela franziu a testa.

— Está tudo errado.

Tio Turbilhão prosseguiu.

— É esta Casa que é o problema. É quase impossível mapeá-la. É como viver em um jogo gigante de dança das cadeiras, só que mais como de arquitetura musical. — Ele esfregou o rosto. — É impossível saber quais câmaras secretas ainda são secretas, quais foram seladas, se o tesouro sequer...

À menção do tesouro, Encrenca pulou em uma cadeira para ficar mais alta, no nível dos olhos de seu tio, e começou a cutucá-lo com o dedo no peito dele.

— Eu sabia! Você está procurando o tesouro sem mim! — Por isso ele andava tão evasivo em relação ao mapa dela. — Era para sermos aliados!

Tio Turbilhão baixou a cabeça, envergonhado.

— Sim, e espero que você ainda me considere como tal.

— Há quanto tempo você está procurando?

Tio Turbilhão pigarreou e prosseguiu:

— Era um passatempo — afirmou — durante alguns... anos. Um passatempo que abandonei logo depois que você nasceu.

— Os amotinados andam na prancha, você sabe!

Tia Herança bateu na mesa.

— Encrenca, a coisa é séria. Procurar o tesouro de Vil não é um jogo. Ou melhor, era um jogo, mas agora com certeza não é. — Ela alisou os papéis. Concentrar-se nos documentos, e não nas outras pessoas presentes, parecia ajudar a acalmar Herança; pelo menos, fazia que se contorcesse menos. — Assim como o seu tio, eu tenho procurado o tesouro sem parar desde que me tornei arquivista. Por conta de nossa história, entende? Mas, recentemente, isso se tornou uma tarefa urgente.

— Urgente? — repetiu Felicidade.

Herança tossiu.

— Os fundos da família estão meio... esgotados — disse.

— Estamos falidos — resumiu tio Turbilhão. — Ou melhor, estivemos falidos por um tempo, mas agora "a casa caiu".

Encrenca ficou chocada. Achava que todo aquele desgaste era uma escolha deliberada, um estilo.

— Nos últimos três anos, dediquei todo o meu tempo livre à busca do tesouro — disse Herança. — Procurei documentos raros, vasculhei bibliotecas e visitei todos os Swifts que aceitaram falar comigo, na esperança de encontrar uma pista. Os frutos do meu trabalho estão nesta sala — disse, indicando toda aquela riqueza de papel. — Há uns meses, finalmente encontrei uma pista. Convoquei a Reunião e, sem querer, atraí a desgraça para a nossa Casa. Agora que a nossa matriarca está... doente, é imperativo que encontremos o tesouro o mais rápido possível.

— O quê? Por quê?

— Porque — disse Fenômeno, olhando para suas anotações do caso — se o tesouro for encontrado, pertencerá legalmente à matriarca, e não temos uma matriarca agora. Muitos membros da família estão aqui procurando o tesouro e, se alguém finalmente o encontrar, pode decidir ficar com ele.

— E quem empurrou a tia Schadenfreude, esmagou a cabeça de Farejador e atirou em Pamplemousse não está caçando o tesouro como uma atividade divertida em família. Está disposto a matar por ele.

— Exatamente — tia Herança disse. — Seu tio acha que você, Encrenca, é a chave para a localização do tesouro. Eu tenho minhas dúvidas, mas meus métodos — ela olhou para o objeto coberto por um pano branco — foram completamente ridicularizados. Portanto, concordei em deixá-lo decidir.

— É por isso que o seu mapa é importante, Encrenca — disse Turbilhão. — A Casa vem sendo escavada, vasculhada e embaralhada como cartas com tanta frequência que tudo, desde edifícios laterais até escadas, mudou de posição. Veja.

Ele pegou uma planta datada de 1799 e colocou uma de 1900 sobre ela. O papel era fino; ambas as versões da Casa eram visíveis, a antiga e a nova.

— Acho que, se juntarmos todas essas plantas, conseguiremos descobrir onde está o tesouro. Sabemos o que estamos procurando: um espaço intocado desde a época de Vil, em algum lugar onde o tesouro poderia ter ficado escondido durante anos. Mas tudo isso é inútil sem o seu mapa, Encrenca. Isto nos diz como as coisas eram; precisamos que você nos diga como são agora.

— O mapa é meu — disse Encrenca, mal-humorada.

— É — concordou Turbilhão. — E só você poderia tê-lo feito. Ninguém no mundo conhece melhor uma casa que uma criança travessa que vive nela.

O rosto amado de seu tio estava sério e franco. Agora que havia confessado, aquelas pequenas desonestidades irritantes que manchavam seu rosto como sombras haviam desaparecido. Mas Encrenca não esqueceu que as havia visto e quanto a magoaram.

— Você mentiu.

— Desculpe. Mas, sério, eu não menti — apontou Turbilhão. — Eu apenas não disse a verdade.

Ter sua própria lógica voltada contra ela não era muito agradável. Encrenca pensou no assunto enquanto mastigava o polegar. Se entregasse o mapa, estaria dando a melhor vantagem que tinha sobre seus parentes. Mas era tio Turbilhão, que havia conquistado sua lealdade durante todos os dias de sua vida. Ele poderia facilmente exigir que ela lhe desse o mapa, ou apenas tirá-lo de seu bolso, ou gritar com ela. Mas ela o amava tanto, porque sabia que, no fundo, ele nunca, jamais, faria qualquer uma dessas coisas.

Encrenca enfiou a mão no bolso de trás para pegar o mapa.

Não estava lá.

Encrenca fez aquela revista frenética que todo mundo faz quando perde a carteira, ou o inalador, ou um mapa único.

— Sumiu — sussurrou.

As sobrancelhas de tio Turbilhão pairaram sobre seus olhos como um nevoeiro baixo.

— Encrenca…

— Não estou mentindo — insistiu Encrenca. — Não marque nada na minha coluna, Fenômeno! Não estou tentando enganar vocês. Sumiu mesmo. Juro, eu…

— Tudo bem, capitã — murmurou Turbilhão, pousando a mão, reconfortante, na cabeça da sobrinha.

Era um peso familiar e reconfortante, e deveria significar "Não é culpa sua". Mas era.

Encrenca não sabia o que dizer. Às vezes ela largava as coisas e esquecia onde as havia deixado, mas era por isso que enchia os bolsos com tantas coisas úteis, para ter um estoque constante. O mapa era a única coisa completamente insubstituível que tinha. E nem sabia quando o havia perdido.

— Não está nada bem — disse Herança com firmeza. — Se o assassino se apoderar dele, terá vantagem. Ele terá não apenas uma ótima ferramenta para encontrar o tesouro, como também um mapa com todas as passagens secretas, caminhos ocultos e esconderijos que você encontrou. Quem sabe o que ele poderia fazer com isso.

Houve um momento de silêncio.

— Muito bem, Herança — disse Turbilhão, pesaroso —, acho que teremos que fazer do seu jeito.

As luvas que cobriam as mãos de Herança fizeram um som abafado quando ela bateu palmas.

— Estou dizendo que vai funcionar, Turbilhão. — Havia uma luz maníaca em seus olhos de novo.

— Não gosto disso — disse ele, carrancudo. — É como assobiar ao vento. Significa problemas.

— Deixe de ser enigmático — disse Fenômeno. — Tia Herança, qual é sua ideia?

Herança foi até o objeto coberto em cima da mesa.

— Como eu disse, minha busca pelo tesouro foi praticamente infrutífera — murmurou —, até uns meses atrás, quando encontrei isto. — Ergueu os óculos e esticou o braço para mostrar a todos uma chave pequena. — Foi a leilão, com um antigo diário pertencente à tia-avó Memento, uma arquivista anterior. Tento comprar o máximo possível de heranças de família para a nossa coleção. Nesse diário, Memento escreveu sobre esta sala e o que ela continha, e fiquei chocada ao saber que ela havia encontrado evidências incontestáveis de que o tesouro não só existia, como também continuava escondido. Convoquei a Reunião, como já disse. Deixei a minha biblioteca, armada com meus mapas e pesquisas. Eu queria abrir esta sala, compartilhar minha descoberta com a matriarca e contar com a ajuda da família para recuperar nossa fortuna perdida, para que pudéssemos salvar nosso lar ancestral. Mas tia Schadenfreude... — A expressão de Herança se anuviou. — Ela disse que eu era uma tola e Memento, uma maluca. Disse que a família nunca trabalharia junta e que tudo que eu estava fazendo era dar oportunidade para o caos e o egoísmo. E disse que, definitiva e inequivocamente, não acreditava nisto.

Ela puxou o lençol e revelou um estranho objeto atarracado, uma complexa máquina de latão e madeira escura. Uma coisa que parecia um velho trompete que saía de um dos lados, e uma grande lâmpada de vidro de aparência antiga se projetava do topo.

— Isto — disse tia Herança, dando tapinhas na máquina — era o assunto do diário de Memento. O Comunicador Ectoelétrico, ou CE para abreviar.

Encrenca olhou para a máquina com desconfiança. Algo nela fazia seus dentes doerem. A lâmpada no topo parecia encará-la como um olho morto e furioso, e a pequena fenda no corpo da máquina parecia muito uma boca. Mas, mesmo assim, ela sabia que se ninguém mais estivesse naquela sala, estaria se esforçando ao máximo para ligá-la.

— O que é isso? — perguntou Encrenca, baixinho.

— É uma máquina... de falar com os mortos — declarou tia Herança.

— Legal! — sibilou Encrenca.

— Não! — disseram Fenômeno e Felicidade juntas.

O rosto de cada uma não poderia ser mais oposto ao outro. Felicidade inclinava o corpo o mais longe possível da máquina. Fenômeno tentava controlar o riso.

— Isso é absurdo — ela disse, ofegante. — Não se pode falar com os mortos. Eles estão mortos.

Tia Herança bufou.

— Foi feito por Charlatã Swift, em 1888. Ela e Memento conduziram o experimento sozinhas. Ela jura que funcionou.

— Pois é, e o nome dela era Charlatã — debochou Fenômeno. — Poderia muito bem se chamar Vigarista Swift.

— Memento detalhou todo o encontro em seu diário — insistiu Herança. — Contou que o espírito que contatou até lhe disse como encontrar o tesouro!

— E por acaso ela anotou isso? — perguntou Felicidade, cética.

Infelizmente, ela levou o segredo para o túmulo.

— E suponho que ninguém pensou em ligar para ela depois, não é? Deixe-me ver se entendi. — Felicidade cruzou os braços, que era sua posição de ataque. — Esta é a "evidência incontroversa" sobre a qual você estava falando? Você convocou a Reunião e veio até aqui, porque acha que pode ligar para um parente morto e simplesmente... perguntar onde está o tesouro?

— Sim — disse tia Herança.

Felicidade se voltou para Turbilhão.

— E você acha que essa é uma ideia sensata?

— Claro que não, por isso eu queria o mapa. — Ele franziu a testa. — Não se deve mexer com os espíritos.

— Exato! Bem, como a única pessoa sensata nesta Casa está inconsciente, eu oficialmente desisto — disse Felicidade e se jogou para trás na cadeira, derrotada.

Para Encrenca, o dia estava melhorando bem depressa. Falar com os mortos! Ela já havia tentado usar um tabuleiro Ouija uma vez, mas um fantasma muito chato não respondia às suas perguntas e ficava perguntando "por que o vinho está com gosto estranho". O CE parecia diferente. Estava louca de vontade de tocá-lo. Apesar da idade, o latão e a madeira ainda brilhavam. Talvez tia Herança o houvesse polido, mas Encrenca, por algum motivo, achava que não. A máquina poderia ficar trancada naquela sala por séculos que a poeira não teria conseguido se aglomerar em sua superfície.

— Como funciona? — perguntou.

Herança estava muito entusiasmada, mas a pergunta a desanimou um pouco.

— Atualmente, não funciona. Consegui ligá-la, mas ela apenas cospe rolos e rolos de rabiscos — disse, indicando o mato de papel emaranhado que se espalhava pelos cantos da sala.

— Ora, claro que não funciona! — disse Fenômeno, fungando. — Fantasmas não existem. Não há nenhuma evidência científica que prove o contrário. Além disso, vejam, o medidor de força eletromotriz está desconectado, o sismômetro está solto e um esqueleto de rato está bloqueando as engrenagens.

Houve um breve silêncio.

— Pelo amor de Deus! Não acredito que você não notou o esqueleto — murmurou Turbilhão para Herança.

Herança agarrou os ombros de Fenômeno.

— Fenômeno, está dizendo que pode colocar isso para funcionar?

Com dificuldade, Fenômeno deu de ombros.

— Me dê uns dez minutos e um alicate e posso fazê-la funcionar como deveria; mas nem eu consigo fazê-la falar com fantasmas.

Ela começou a mexer na parte de trás da máquina, resmungando para si mesma o tempo todo.

Encrenca e Felicidade trocaram um olhar afetuoso e um sorriso por sobre a cabeça da irmã; até que, de repente, se lembraram da rivalidade e olharam, resolutas, em direções opostas.

Tio Turbilhão observou as duas.

— Vocês não se desentenderam, não é?

As duas irmãs se mantiveram caladas. Ele suspirou.

— Eu acredito, de verdade, que vocês três são as pessoas mais inteligentes desta Casa. Foi por isso que trouxe vocês aqui. Minha confiança em vocês é maior que a minha força e, acreditem, sou muito forte. "Vamos pedir ajuda às meninas", eu disse para a Herança. "Juntas, elas poderiam conduzir um galeão no meio de um vendaval com a mão nas costas". Mas para pessoas tão inteligentes, vocês são muito negligentes, às vezes.

— Mas... — começou Encrenca.

— Isso mesmo, negligentes. A tripulação pode brigar o quanto quiser quando o vento está calmo, mas quando a pressão cai e a tempestade começa, sabem parar. Confiam sua vida um ao outro. — Juntou as duas em um abraço que as engoliu por inteiro. — Vocês estão na mesma equipe, ajam como tal.

Houve um clique alto atrás deles, como se um velho painel de madeira fosse recolocado no lugar.

— Prontinho — disse Fenômeno.

Herança diminuiu as luzes e se sentou ao lado da máquina, com seu dedo coberto pela luva branca pairando sobre o botão LIGA. Estava com o diário de Memento aberto diante de si. Ela lia como uma máquina de escrever digitava — seus olhos clicavam com firmeza sobre cada palavra até que, com um *ding* interno, ela passava para a linha seguinte.

— Pois bem — sussurrou —, o diário diz que devemos apertar o botão assim...

Todos sentiram e ouviram a máquina ligar — um zumbido profundo e baixo nos globos oculares e nos dentes, e um espessamento do ar que fez os pelos dos braços de todos se arrepiarem.

— É só um campo eletrostático — disse Fenômeno, incisiva.

A lâmpada no topo do CE piscou e logo se apagou de novo. Houve um zumbido e um sussurro quando um novo rolo de papel se encaixou na fenda.

— Ótimo trabalho, Fenômeno! — Turbilhão sorriu. — E agora?

Tia Herança semicerrou os olhos e continuou lendo.

— Só um instante — disse. — Tia Memento gosta de enrolar... Ah, isso! Temos que apertar este botão aqui... — ela apertou outro botão —, e a máquina vai procurar espíritos de nossa linhagem que estejam por perto. Aqui na Casa deve haver alguns. A trombeta capta e amplia os sussurros do mundo espiritual...

— O que é um absurdo — acrescentou Fenômeno.

— E o sismômetro detecta vibrações no plano sobrenatural...

— Disparate!

— E a força eletromotriz detecta flutuações fantasmagóricas no campo eletromagnético...

— Que bobagem! Tia Herança, sério!

A discussão foi interrompida por um *ping* alto da máquina e um flash da lâmpada.

— Fizemos contato! — sussurrou Herança. — Podemos fazer perguntas agora. — Pigarreou. — Alguém aí?

A lâmpada piscou uma vez. Encrenca sentiu sua nuca formigar.

— Um flash significa "sim". Protocolo fantasma padrão. — Tia Herança tremia de animação. — Nossa, como eu queria tanto fazer isto na presença da família toda! A primeira Reunião entre planos! Poderíamos pedir a Monotonia sua famosa receita de pierogi, ou perguntar a Importuna se ela de fato teve um romance com Rainha...

— Herança — alertou Turbilhão gentilmente. — Olhos no horizonte.

— Sim, claro. — Ela respirou fundo. — Então... o que vamos perguntar primeiro?

Ninguém teve chance de responder, porque assim que Herança falou, a máquina começou a clicar depressa, e da pequena fenda em sua lateral cuspiu uma tira de papel com letras grandes e pretas:

UDCIODA

— Como é? — perguntou Herança, espantada.

CADIUDO

— Um momento — murmurou Fenômeno —, só preciso afinar o mecanismo...

Ela usou o antigo método científico de dar um tapa forte na máquina.

CUIDADO

— Cuidado com o quê? — perguntou Turbilhão, inclinando-se para frente.

A máquina zumbia e estalava. Com outro *ping* animado, cuspiu:

MORTE

✳ ✳ ✳

Em uma câmara secreta na Casa Swift, cinco membros da família estavam ao redor de uma máquina que fazia contato com os mortos. O brilho suave das lâmpadas projetava sombras dramáticas de seus rostos sobre a madeira escura e o latão do CE, que espalhava longas fitas de papel sobre a mesa. Tia Herança as passava entre os dedos, suspirando.

CUIDADO ASSASSINATO MORTE ASSASSINATO CUIDADO MORTE ASSASSINATO VIOLÊNCIA MORTE CUIDADO

— Parece histérico — refletiu. — Será que todos os espíritos são tensos assim? Tio Turbilhão coçou a barba.

— Podemos tentar acalmá-lo. — Ele deu um tapinha na máquina com cuidado. — Pronto, pronto, tudo bem.

DANO CORPORAL, cuspiu.

— É um defeito — disse Fenômeno. — Ou está apenas fazendo o que foi projetada para fazer: soltar palavras sinistras ao acaso para assustar um público crédulo.

— Pois está funcionando — disse Felicidade, tremendo. — Estou meio assustada.

Encrenca fez uma careta. Estava de fato ansiosa para falar com um fantasma, mas claro que Herança ia encontrar o menos interessante.

— Está tentando nos avisar algo? — tentou Herança. — Um membro de nossa família foi gravemente ferido, outro morto e...

MORTO MORTE ASSASSINATO CUIDADO MORTE CUIDADO SANGUE ASSASSINATO ASSASSINATO ASSASSINATO

— Podemos tentar desligar e ligar de novo — sugeriu Turbilhão.

Encrenca perdeu a paciência e cutucou a máquina.

— Ei! Como você morreu?

A máquina ficou em silêncio.

— Encrenca! Isso é muito inapropriado! — sibilou Herança.

— Você também foi assassinado ou sofreu um acidente? Foi a peste? Seu corpo ficou coberto de furúnculos? Vomitou? Você poderia ter morrido em uma guerra, imagino. Ahhh, você foi enforcado? Ou baleado, ou esfaqueado ou atacado por um animal grande? Foi vítima de canibalismo?

O CE clicou e cuspiu.

INDELICADEZA.

— Já chega — repreendeu Herança. — Não sei muito sobre etiqueta fantasma, mas sei que nunca se deve perguntar a idade de uma mulher, e aqui parece ser a mesma coisa.

— Mas você é um fantasma? — perguntou Felicidade.

A lâmpada de cima da máquina acendeu uma vez. **SIM**.

— Tudo bem. Se não consegue falar direito, teremos que tentar perguntas de sim ou não.

Herança respirou fundo, descansando os dedos levemente sobre a mesa.

— Agradecemos por falar conosco, espírito. — Estremeceu. — Você sabe quem somos?

A lâmpada piscou uma vez. **SIM**.

— Excelente. Então, sabe o que aconteceu nesta casa nos últimos dias?

SIM.

— Pelo amor de Deus. Esse negócio está só piscando aleatoriamente — murmurou Fenômeno.

— Você sabe quem atacou a tia Schadenfreude? — interrompeu Encrenca. Estava demorando muito.

SIM.

— A mesma pessoa matou o Farejador e o Pamplemousse? Quem foi? — perguntou, animada.

A máquina zumbiu, e estalou, e então começou a cuspir papel mais uma vez. Encrenca o pegou com dedos trêmulos.

ASSASSINATO MORTE ASSASSINATO CUIDADO

Recostou-se, suspirando.

— Acho que ele ficou chateado. Humm, vamos perguntar outra coisa — disse Felicidade.

— E o tesouro? — perguntou tio Turbilhão, coçando a barba. — Sabe onde está o tesouro de Vil? SABE ONDE ESTÁ O TESOURO DE VIL? — repetiu em voz alta, como se morto e surdo fossem a mesma coisa.

A lâmpada antiga emitiu um flash.

— Ahá! Onde, então?

Um clique, um zumbido, um ping.

OLHEM EMBAIXO CASA

— Embaixo da Casa! — exclamou Herança. — Isso reduz significativamente as possibilidades! Ah, por favor, espírito, embaixo da Casa onde?

— Como esse negócio poderia saber? — interrompeu Fenômeno. — Vocês estão procurando padrões em bobagens!

&%?!£&!, balbuciou a máquina.

— Ela está nos xingando?! — exclamou uma escandalizada Felicidade.

— Não, está jorrando bobagens!

Antes, Encrenca tinha achado que Fenômeno estava sendo estraga-prazeres, mas agora viu que a irmã estava agitada de verdade, mastigando seu cabelo de novo.

— Estamos perdendo tempo fazendo perguntas a uma máquina! Deveríamos estar usando o cérebro! Com quem estamos falando? Nenhum de vocês perguntou isso!

S H

— Está tentando escrever o nome! — gritou Turbilhão.

— Será que está tentando escrever Schadenfreude? — perguntou Encrenca.

— Ela ainda nem morreu! Além disso, não é assim que se escreve Schadenfreude. Tem CH, como Charlatã.

— Não tem não!

SHHHHH

— Será que o nome dela é SHHHH?

— Vamos nos acalmar, por favor...

ASSASSINATO ASSASSINATO ASSASSINATO ASSASSINATO ASSASSINATO ASSASSINATO ASSASSINATO ASSASSINATO ASSASSINATO ASSASSINATO ASSASSINATO ASSASSINATO ASSASSINATO

A máquina soltou um lamento terrível, um barulho de horror e dor que fez Felicidade e Fenômeno se abraçarem, em choque.

Encrenca se inclinou sobre a mesa e segurou a lâmpada, que piscou, alarmada.

— Apenas diga quem está fazendo essas coisas! — gritou, enquanto o CE zumbia furiosamente.

ASSASSINATO NÃO SEI POR QUE ESTÁ PERGUNTANDO PARA MIM ASSASSINATO É MELHOR PERGUNTAR AO GATO ASSASSINO SÓ ESTOU TENTANDO TER UMA BOA VIDA APÓS A MORTE

Encrenca bateu forte no topo da máquina, fazendo tia Herança gritar.

— DIGA! — gritou Encrenca. — Diga agora, ou vou arrancar todos os seus fios e usá-los para encordoar uma harpa, que depois vou tocar muito mal!

Houve um guincho e um som de arranhadura. O golpe de Encrenca deve ter quebrado o que Fenômeno havia consertado, porque a máquina começou a cuspir: SÉCULOSTESOUROASSASSINATO GATODESONRAVERSÃO BLINDADOHERANÇASREDUZIR CERTASHORASASSASSINADO, e mais e mais sequências de letras sem sentido, sem parar. Por fim, soltou um último gemido triste e parou.

Mas o gemido não parou, porque não provinha da máquina, nem mesmo de dentro da sala. Provinha de outro lugar da Casa e foi tão alto que sacudiu a tela da sala secreta.

Encrenca e os outros se levantaram, derrapando nos mapas de tia Herança. Saíram correndo em direção à fonte do som, provocando um emaranhado de pernas rumo à grande escadaria, onde mais uma vez uma audiência se reunia. Só que, dessa vez, não havia corpo, apenas Mestre-cuca, chorando.

Turbilhão correu para ela e Mestre-cuca quase caiu em seu braço que mais parecia um mastro.

— Que foi? O que aconteceu?

— Foi demais — murmurou Mestre-cuca. — Ela estava muito ferida.

Encrenca gelou; viu seu medo refletido no rosto preocupado de tio Turbilhão.

— Mestre-cuca, ela…? — Ele não conseguiu terminar.

— Sim — soluçou Mestre-cuca. — Ela se foi. De verdade, desta vez. A matriarca Schadenfreude está morta.

Era uma manhã cinzenta e fechada de início de maio, e os Swifts estavam no meio de um funeral.

Carros abandonados se alinhavam na rua de cascalho como guardas de honra, brilhando de leve sob o sol fraco. De vez em quando, uma chuva caía para ver o que estava acontecendo, e os laços e fitas de crepe que a família havia pendurado pendiam molhados.

De certa forma, a hora da matriarca Schadenfreude não poderia ter sido melhor. Ela teria gostado da eficiência de morrer com todos já ali presentes. Economizava o trabalho de redigir convites.

Não havia cadeiras dobráveis suficientes para toda a família, por isso, Fenômeno e Felicidade tiveram que arrastar quase todos os assentos da Casa para fora, na garoa. As pessoas se sentaram em bancos de cozinha, sofás estampados, poltronas de couro e na chaise longue da biblioteca. Disso, como Encrenca bem sabia, tia Schadenfreude não teria gostado. Na verdade, ela não teria gostado de muitas coisas. Apesar de todos os ensaios, Encrenca, Fenômeno e Felicidade não tiveram permissão para organizar a cerimônia de acordo com as instruções da tia. Foram parentes estranhos — estranhos parentes — que deram ideias sobre como fazer as coisas da "maneira correta".

As irmãs não foram autorizadas a ajudar a carregar o caixão. Não foram convidadas a participar da decoração e, como resultado, as flores ficaram todas erradas; só de vê-las Felicidade explodiu em lágrimas. Alguém até mencionou a possibilidade de cantar um hino, e isso foi a gota d'água para Encrenca, que sabia que poucas coisas irritavam mais sua tia que um canto medíocre. "A voz humana nada mais é que uma gaita de foles carnuda", havia dito à Encrenca certa vez.

Em seu poleiro solitário na macieira, ela observou a procissão lenta e sinuosa entrar no cemitério. De onde estava, poderia ter se balançado e caído na cova aberta. Os parentes se acomodaram em seus lugares, abaixo dela. Felicidade, Fenômeno, Turbilhão e Mestre-cuca estavam na primeira fila. Encrenca podia ver seu lugar ao lado de Fenômeno, reservado por um cartão com seu nome escrito em letra cursiva. Letra, aliás, que lhe pareceu familiar.

De vez em quando, as pessoas olhavam para ela e faziam caretas de desaprovação, mas Encrenca sabia que não podia descer. Ela deveria estar triste, mas não estava. Estava furiosa, e por baixo dessa fúria havia um vazio tão profundo e escuro para o qual ela tinha medo de olhar. Se descesse e se sentasse em sua cadeira e fosse forçada a participar de um funeral que sua tia teria odiado, toda aquela raiva transbordaria e ela faria algo terrível.

— Tenho certeza de que a tia Schadenfreude não gostaria de que ficássemos tristes — começou Candor, esfregando as mãos, ansioso.

Na ausência de Schadenfreude, ele acabou acumulando as funções de celebrante e médico; Herança estava à sua esquerda, pálida e amarrotada como um pano de prato usado.

É claro que tia Schadenfreude queria que ficássemos tristes, pensou Encrenca, irritada. Estranhamente, as únicas pessoas que entenderam isso foram Atroz e Despeito; Despeito estava com um terno e capa de veludo pretos, e Atroz estava quase invisível sob uma erupção vulcânica de renda preta. Soluçavam e choravam teatralmente, agarrados um ao outro. Estavam muito bem treinados para o luto.

Flora e Fauna ficaram no fundo e, embora estivessem com roupas idênticas, Encrenca sabia quem era quem. Fauna chorou silenciosa e constantemente durante horas; seus olhos estavam vermelhos. Flora mantinha os braços cruzados sobre o peito, a boca apertada e estava lívida. Dez minutos depois do discurso fúnebre, ela se levantou e foi para a Casa, com as mãos nos bolsos. Ninguém tentou impedi-la. Quando todos se levantaram para cantar, Encrenca desceu da árvore e foi embora do cemitério, pegando o cartão de sua cadeira no caminho.

Um funeral deveria ser uma maneira de dizer adeus. Você olha para dentro de si e encontra um lugar para colocar sua dor. Não em algum lugar escondido, não na prateleira de cima ou no fundo de um armário; talvez perto de uma janela, onde a luz possa bater. Mas Encrenca não podia fazer isso. Muitas coisas estavam erradas. A lápide de tia Schadenfreude havia sido levada e estava pronta para que a data da morte fosse esculpida. Nela constava sua definição:

Schadenfreude

Substantivo
O prazer sentido na infelicidade dos outros

Isso era especialmente errado. Mestre-cuca disse que tia Schadenfreude tinha colocado a gargantilha de ferro ao se tornar matriarca. Encrenca se perguntava quem havia sido sua tia antes de tia Graciosa escolhê-la para assumir a responsabilidade por toda a família. Será que Schadenfreude queria essa responsabilidade, ou para ela era como um metal frio que se fechava sobre sua garganta? Desde que Encrenca a conheceu, tia Schadenfreude nunca havia desfrutado da infelicidade de ninguém além da própria.

A dor de Encrenca estava começando a transformar tia Schadenfreude de inimiga carrancuda em heroína carrancuda, mas compreensiva. Encrenca havia jurado vingança quando sua tia estava apenas inconsciente; agora que estava morta, jurou mais uma vez. Ela não descansaria enquanto não encontrasse a pessoa que tinha feito isso com sua tia — com sua família — e a fizesse pagar por isso.

Ao lado do Monumento de Vil, estava uma pessoa com um casaco comprido, que voltou a cabeça para seguir os passos de Flora pelo gramado. Por um segundo, os olhos de Encrenca lhe pregaram uma peça cruel e ela pensou ter reconhecido sua tia, encolhida sob a chuva. Mas logo a pessoa se voltou e, mesmo por trás de grandes óculos escuros, Encrenca reconheceu Margarida. Quando viu Encrenca, levantou a mão, hesitante, e acenou. Foi um aceno terrivelmente triste, como se Margarida estivesse em um barquinho à deriva no mar, perguntando-se se acaso havia ido longe demais para ser vista da costa.

A chuva ficou mais pesada; pingava do nariz de Vil e transformava o gramado em lama. Margarida baixou a mão. Voltou-se e seguiu Flora para dentro da Casa.

✳ ✳ ✳

Do alto da grande escadaria, Encrenca observou todos voltarem em fila, sacudindo a chuva dos cabelos e guarda-chuvas. Parecia muito o primeiro dia da Reunião, mas com rostos mais familiares agora. Ela se sentou com as pernas enfiadas no corrimão, chutando o ar. Os parentes se aproximavam de Fenômeno e Felicidade e apertavam suas mãos ou as abraçavam, provocando-lhes evidente desconforto. Encrenca mostrava os dentes para quem olhasse para ela, e mais ainda se tentasse oferecer condolências. No fim, seu olhar solitário foi ignorado. Só Lote, firme ao lado de sua avó por pura preocupação de Herança, observava-a com uma expressão fixa e de profunda compaixão. Turbilhão e Mestre-cuca estavam impassíveis e mudos, mas Candor e Fauna, ao lado deles, respondiam às perguntas a que eles, cansados demais, não podiam responder, mas também eram gentis demais para ignorar. Encrenca poderia abrir mão de grande parte de sua família, mas estava feliz por aqueles dois estarem ali.

Candor viu Encrenca em seu posto solitário e subiu as escadas em direção a ela. Estava ainda mais cansado que antes, mas o sorriso que evocou para ela ainda era torto e brilhante.

— Olá, Encrenca — disse ele, baixinho. — Posso me sentar aqui?

Ela não respondeu. Ele se sentou mesmo assim.

— Ela era muito velha — disse ele por fim.

— Mas não morreu de velhice — disse Encrenca, sentindo a raiva latejar forte em sua garganta. — Ela foi morta por assassinato.

Candor não tinha nada a dizer sobre isso. Ficaram sentados em silêncio, Encrenca passou o polegar pela borda do cartão que indicava seu lugar no funeral.

— Quem escreveu isto? — perguntou ela depois de um tempo.

— Margarida. Ela não tem uma caligrafia linda? Ainda mais as curvinhas dos Fs...

Candor começou a falar sobre a maneira deliciosa de Margarida de pingar os Is, e Encrenca se esforçou para não amassar o cartão nas mãos. Por isso a caligrafia lhe parecia familiar! Ela e Fenômeno a viram na noite anterior, em uma tira de papel tirada de um dardo de besta. De repente, ela se sentiu cansada de enganações.

— Fenômeno e eu entramos de fininho no freezer e pegamos o bilhete do dardo da besta no corpo de Pamplemousse — disse, interrompendo a tentativa de Candor de falar e ignorando seu suspiro de horror. — Queríamos comparar a caligrafia do assassino com a dos nossos suspeitos. — Ela ergueu o cartão. — Esta caligrafia corresponde à do bilhete, tenho certeza.

— Vocês entraram de fininho para ver o corpo? — disse Candor, com seus suaves olhos castanhos arregalados por trás dos óculos. — Encrenca...

— O que você esperava? — respondeu ela. — Afinal, não posso evitar, é o meu nome — acrescentou com amargura, sentindo uma pontada de tristeza, pois a tia Schadenfreude nunca mais lhe diria isso.

Candor pegou o cartão e ficou olhando para ele, como se não se lembrasse como ler.

— Não olhei bem as anotações do Scrabble, mas... Meu Deus, você acha que o assassino obrigou a Margarida a escrever para ele?

Encrenca encostou a testa no corrimão e gemeu. Candor deveria ser inteligente.

— Escute o que estou dizendo — disse ela, apertando os dentes. — Margarida escreveu o bilhete, porque a Margarida matou o Pamplemousse e o Farejador...

— Encrenca — Candor pegou a mão dela —, você passou por muita coisa, acabou de perder a tia...·

— Não é essa a questão! — disse Encrenca com veemência. Encrenca estava quase concluindo que quando uma pessoa completava treze anos, um interruptor se desligava no cérebro dela, impossibilitando-a de pensar direito. — Ouvi Margarida e Flora conversando outro dia. — Flora estava ajudando Margarida a encobrir algo, e disseram que era importante esconder isso de você. Flora disse que, depois da Reunião, Margarida não precisaria mais fingir. Elas estavam fazendo planos! Elas estão em... como é mesmo a palavra? Em conluio!

— Cúmplices, aliadas — murmurou Candor automaticamente.

Uma pequena semente de dúvida se plantou no sulco da testa de Candor. Mas logo ele sorriu de novo.

— Tenho certeza de que tudo isso é um engano. Mas — acrescentou, referindo-se às alegações de Encrenca — vou perguntar para ela, se isso vai fazer você se sentir melhor. Ela não mentiria para mim. Não poderia.

Encrenca, que conseguia identificar as mentiras como se fossem comida pingando do queixo de uma pessoa, sabia que qualquer um poderia mentir para qualquer pessoa, desde que acreditasse na mentira.

Candor se levantou; sacudiu uma poeira imaginária dos joelhos. Seu cabelo escondia seus olhos e, quando falou, foi com voz tensa.

— Vou conversar com ela. Mas você deveria descansar um pouco. Vá para algum lugar tranquilo com as suas irmãs. Nenhuma de vocês deve ficar sozinha agora.

Encrenca o observou subir as escadas, meio instável, balançando a cabeça, como se quisesse clareá-la. Ela queria gritar. Queria morder. Cravou os dentes em uma das grades de madeira à sua frente e a sentiu ceder; foi satisfatório. Devia estar parecendo um animal enjaulado, o que era bom, porque era como se sentia.

Desceu a escada. Uma ou duas pessoas tentaram afagar seu braço ou seu cabelo, mas ela rosnou, fazendo-as pular para trás, assustadas. Ela não sabia aonde ir. Ainda tinha a sensação de que seu quarto estava estragado depois de o assassino ter entrado nele. A biblioteca tinha uma mancha de sangue no chão. O freezer da cozinha estava cheio de corpos. Suas irmãs estavam bravas com ela.

Por fim, foi para a estufa, que era verde e suavemente barulhenta pelo som de coisas crescendo. Enfiou-se em um canto entre duas plantas enormes. Se fechasse os olhos, poderia fingir que estava na selva e que seus pais estavam a poucos metros de distância, cheios de picadas de insetos e felizes.

Algo quente e peludo caiu em seu colo.

— Olá, John, o Gato — sussurrou ela.

John, o Gato, amassou pãozinho em suas pernas, até considerá-las confortáveis — cravando suas garras nas calças de Encrenca no processo —, e se acomodou para dar banho em suas patas.

Encrenca não sabia quanto tempo tinha ficado sentada ali, embalada pelo ronronar do gato. Depois de um tempo, Lote entrou. Encrenca sibilou para Lote, que foi embora. Mas voltou com um prato de comida e Felicidade logo atrás. Encrenca sibilou de novo; fingiu que estava coberta de espinhos; fingiu que era venenosa.

Felicidade se enfiou naquele espaço entre as plantas e a abraçou mesmo assim.

— Não estou chorando — disse Encrenca, vendo Felicidade toda borrada.

— Eu sei — disse Felicidade. — Pode "não chorar" no meu ombro, se quiser.

Ela acariciou o cabelo de Encrenca e começou a trançá-lo distraidamente. Lote se enfiou no pouco espaço que restava e ofereceu seu prato, como se tentasse atrair um animal assustado e escondido em um alpendre. Ninguém disse nada. Lote se sentou à esquerda de Encrenca, com o cotovelo afiado colado no seu braço, e Felicidade à direita, trançando de leve os cabelos da irmã.

Por fim, Felicidade disse:

— Gostei da sua blusa de lã.

E Lote disse:

— Valeu. Era para ser uma borboleta-caveira.

Fenômeno assomou a cabeça pela porta.

— Ah, vocês estão aqui.

Ela se espremeu entre suas irmãs e Lote. Já estavam todos bem apertados. Ela pegou um pedaço de bolo.

— Todo mundo fica me dando os pêsames, é cansativo. Prefiro que a gente pare de chorar e continue com a investigação.

Felicidade apertou de leve o cabelo de Encrenca.

— Não consigo esquecer a besta... — Fenômeno pensou um pouco. — É uma coisa difícil de carregar. Como não vimos o assassino com ela?

— Talvez agora não seja o momento para isso, Fenômeno — disse Felicidade gentilmente. — Nossa tia está morta, acabamos de participar do funeral dela.

— O que significa que todos estão distraídos. É a oportunidade perfeita para investigar.

Felicidade e Fenômeno eram muito diferentes. A mente de Fenômeno era como um microscópio, focada e clara. Era evidente que ela queria continuar a investigação. Precisava se manter ocupada. Mas Encrenca sabia que assim que diminuísse o ritmo, assim que não pudesse mais distrair aquela mente brilhante e agitada, ela desmoronaria como um bolo oco. Já Felicidade precisava chorar, abraçar, brincar com o cabelo de Encrenca e lamentar a morte de tia Schadenfreude com as pessoas que a conheciam e amavam. Estavam ambas tristes demais para ver uma à outra do jeito certo.

Alguém tinha que ser a primeira a pedir desculpas. Encrenca reorganizou algumas coisas em sua cabeça para poder acreditar que pedir desculpas primeiro significava que era corajosa, e não fraca. Então, disse:

— Me desculpem.

Felicidade e Fenômeno olharam para ela, como se Encrenca tivesse duas cabeças.

— Você está doente? — perguntou Felicidade.

— Ela pode ter sido envenenada — disse Fenômeno, séria.

— Calem a boca — disse Encrenca. — Estou tentando consertar as coisas. Felicidade, desculpa por ter chamado você de traidora. Fenômeno, desculpa por ter estragado o seu caso. Agora, vocês duas precisam pedir desculpas uma à outra, e também para mim. — Ela pensou por um instante e acrescentou: — Lote, com você, tudo bem. Não precisa pedir desculpas a ninguém.

Lote levantou o polegar com a boca cheia de bolo.

— Isso vale pelo menos dois pontos na coluna Incongruente com o caráter — disse Fenômeno, divertida. — Mas você tem razão. Felicidade, entendo que você tem reservas, mas gostaria de convidá-la formalmente para entrar para a equipe. Você não tem nada de inútil e precisamos da sua ajuda. E Encrenca... sei que os detalhes do trabalho de detetive não são naturais para você. Eu não deveria ter perdido a paciência.

Felicidade abraçou as irmãs.

— Eu amo muito vocês duas, me desculpem — disse simplesmente.

— Viva! — disse Lote, coberto de farelos de bolo. — Ter irmãos parece cansativo.

— Lote, desculpa por ter sido tão grosseira com você na Guerra de Palavras. Estou muito feliz por você estar aqui — disse Felicidade.

— Ora — Lote piscou —, valeu. Estou... estou feliz por estar aqui também.

John, o Gato, pulou de Encrenca e, com ar de satisfação, desapareceu pela portinhola de gato.

Encrenca tirou o cartão do bolso.

— Agora que somos uma equipe de novo, tenho que mostrar uma coisa para vocês. Precisamos do laboratório... vamos.

Correram para o sótão, mas quando Fenômeno subiu a escada para seu quarto, estancou de repente. Encrenca trombou nela e Lote trombou em Encrenca, e os dois caíram de volta em cima de Felicidade, que gritou.

— Fenômeno? — perguntou. — Que foi?

A coluna de sua irmã estava rígida. Encrenca se esquivou quando Fenômeno desabou na parede, tirou os óculos e levou as mãos à cabeça. Não emitiu nenhum som.

— Fenômeno...?

Bem devagar, Encrenca subiu a escada. Quando viu o estado do quarto de Fenômeno, quis levar as mãos à cabeça também.

Às vezes, quando Mestre-cuca via o estado do quarto de Encrenca, dizia coisas como: "Parece que uma bomba explodiu aqui!", ou "Meu Deus, parece que um furacão passou por aqui!".

Era um exagero, claro; Mestre-cuca só queria dizer que o quarto de Encrenca estava muito desarrumado. Mas o quarto de Fenômeno, sim, parecia ter sido atingido por um furacão. Havia tanto vidro quebrado por todo lado que as tábuas do assoalho brilhavam como se estivessem cobertas de orvalho. Só o gargalo estreito de um tubo de ensaio aqui e ali indicava que aquilo era tudo que havia no armário de béqueres e frascos de Fenômeno. Equipamentos foram jogados no chão; livros retirados das prateleiras e rasgados. Os pôsteres das paredes arrancados e esfarrapados. O painel e a lista de suspeitos haviam sido mergulhados em produtos químicos e estavam fumegando. A única coisa que parecia relativamente intacta era o microscópio de Fenômeno, que era capaz de sobreviver a um furacão de verdade e havia apenas caído de sua bancada. Encrenca ouviu Felicidade subindo a escada atrás dela e depois seu suspiro suave.

No meio do quarto estava o kit forense júnior de Fenômeno, com a cara do cachorrinho distorcida e derretida. Ao lado havia um cotonete carbonizado, as cinzas do que havia sido um grão de café, uma cópia meio queimada de *Um corpo na biblioteca* e uma pilha de cinzas do que, presumivelmente, seria uma amostra de caligrafia. Encrenca vasculhou as cinzas e encontrou um cantinho não queimado, com um *oir* visível. Era tudo que restava.

Algo rolou em sua direção — o frasco pela metade da solução Solução de Fenômeno. Encrenca o pegou. Era horrível, mas uma parte dela — a parte que gostava de quebrar lápis ao meio e desenhar no papel de parede — estava exultante devido aos destroços e queria jogar o frasco na parede e espalhar gosma verde por todo lado. Mas controlou esse desejo.

Do rescaldo, Felicidade resgatou os protetores de ouvido de Fenômeno e os pendurou em volta do pescoço. A seguir, ela e Lote colocaram o microscópio sobre uma das almofadas rasgadas e a arrastaram escada abaixo. Fenômeno tirou as mãos do rosto e as colocou em volta do microscópio.

— Todas as provas estavam na mesa — disse ela, por fim. — Não precisava procurar, era só entrar e pegar. A pessoa quebrou tudo porque quis.

— Lamento, Fenômeno — disse Lote com chateação.

— Margarida e Flora voltaram para a Casa juntas, enquanto todos estavam no funeral — disse Encrenca.

Fenômeno apenas balançou a cabeça, atordoada demais para responder.

— A pessoa tentou queimar a amostra de caligrafia — disse Encrenca —, mas não conseguiu queimar tudo.

Ela pegou o pedacinho de papel e o colocou ao lado do cartão com seu nome. Fenômeno arregalou os olhos.

— De quem é a caligrafia dos...

— Margarida. É da Margarida. Era isso que eu ia mostrar para vocês.

Fenômeno colocou os óculos de volta e olhou para o papel com os olhos apertados e as sobrancelhas franzidas.

— Não posso ter cem por cento de certeza com uma amostra tão pequena, mas esse borrão no i, como se houvessem enfiado a caneta no papel, sem dúvida é semelhante...

— É idêntico — insistiu Encrenca. — Não me diga que também não acredita nisso.

— Talvez você tenha razão — disse Fenômeno, entorpecida. — Talvez tenha razão. Mas ainda teríamos que provar. — A perspectiva do rigor científico trouxe um pouco de vida aos olhos de Fenômeno. — E temos um problema secundário. Como o assassino sabia que tínhamos essa evidência? O que o levou a agir agora?

Encrenca não havia pensado nisso.

— Algo deve tê-lo alertado — murmurou Fenômeno. — Talvez ele tenha entrado para pegar o bilhete. Parece bem improvável.

Encrenca entregou o frasco de solução Solução que havia salvado dos destroços à irmã. Fenômeno sorriu e desatarraxou a tampa.

Encrenca se preparou para o cheiro de peixe e brócolis, mas, em vez disso, sentiu outro odor — amargo e doce ao mesmo tempo. Como torta Bakewell.

Encrenca derrubou o frasco das mãos da irmã pouco antes de tocar os lábios de Fenômeno. A gosma verde espirrou, formando um arco na parede. Lote deu um pulo para trás e Felicidade gritou, em choque. Encrenca envolveu o rosto de Fenômeno com as mãos.

— Você não bebeu nada, não é?

— Que foi? — perguntou Fenômeno, com o rosto espremido pelas mãos de Encrenca e confusa.

Encrenca a soltou.

— Fenômeno — disse Encrenca, descontrolada —, tinha cheiro de amêndoas.

Todos olharam para o frasco. Muito tempo antes, Fenômeno havia pedido a Encrenca que cheirasse um copo e descobriu que havia feito cianeto. Então, ela o tinha engarrafado, e rotulado com cuidado, como fazia com todos os produtos químicos de seu laboratório, e o guardado. Teria sido fácil para qualquer um que entrasse no laboratório encontrar o cianeto e colocá-lo no frasco de Fenômeno, que não tinha olfato. Se Encrenca não estivesse lá para desempenhar seu papel habitual de farejadora, Fenômeno estaria morta.

Mestre-cuca gostava de outro ditado: "Desgraça pouca é bobagem". Sem dúvida, muitos infortúnios aconteceram nos últimos dias. As desgraças naquela Casa de pouco não tinham nada. E continuavam a vir a todo vapor, uma atrás da outra, como contas enfiadas em um cordão.

O infortúnio seguinte chegou em forma de fumaça, subindo até o topo da casa, fazendo três a cada quatro narizes tremerem. Não houve discussão, apenas um breve "Vão!" de Fenômeno, e os outros três a deixaram nos destroços e correram para checar a mais recente catástrofe.

No andar de baixo, a sala secreta estava em chamas. O fogo, alimentado por todo aquele papel, era ardente — palavra que pode significar "intenso", mas também "furioso". Lambia o corredor, onde tia Herança, visivelmente chamuscada, só havia sido protegida do fogo pelo braço estendido de Turbilhão. Ela tinha um galo na lateral da cabeça e estava com os olhos vidrados.

— Os mapas! — gritava. — A máquina! Nossa história! Turbilhão, me solte!

Com a força movida a adrenalina, que às vezes permite que mães tirem carros de cima de seus filhos, ela escapou das garras de Turbilhão e tentou correr para dentro do fogo do inferno para salvar o CE.

— Vovó! — Lote correu para frente antes que Turbilhão pudesse reagir e agarrou Herança pela blusa. Tentou cravar os sapatos no carpete enquanto era arrastado para a porta. — Vovó, pare! É só papel!

Tia Herança estremeceu. Seus olhos clarearam no segundo em que viu Lote. Ela gritou:

— Inalação de fumaça!

E com a mesma explosão de adrenalina, pegou seu neto, enfiou-o debaixo do braço como uma bola de rúgbi e correu para longe do fogo o mais rápido que suas pernas puderam carregá-la.

Turbilhão fechou a porta da sala secreta, tossindo. O fogo havia mastigado a tela e engolido a estampa do papel de parede, finalmente revelando ao mundo a moldura da porta atrás dele.

— Deve ter pegado fogo sozinho — disse ele.

— Deve? — perguntou Felicidade, em dúvida.

— Sei lá. Quando cheguei aqui, Herança estava inconsciente e havia algo quebrado no chão…

Encrenca olhou para baixo. Um caco grande de um dos béqueres de Fenômeno jazia diante do batente da porta. A maior parte do rótulo estava rasgada, mas Fenômeno havia acrescentado ao tubo um adesivo com uma chama em um balão de fala dizendo: Sou inflamável!

A fumaça saía pelas bordas do batente. Faíscas errantes passavam por baixo da porta, como se o fogo fosse uma fera farejando.

Turbilhão usou um palavrão que Encrenca suspeitava que nem mesmo Mestre-cuca conhecia.

— Precisamos montar uma corrente de baldes — disse ele. — Felicidade, pegue o máximo de gente e o máximo de vasilhas de água que puderem carregar. Vou bloquear as bordas da porta. Assim…

Crack.

E então, mais um infortúnio entrou na sequência de eventos e se encaixou com um ruído agudo, como a bengala de tia Schadenfreude batendo no corrimão. Encrenca já estava correndo em direção ao som antes que ele terminasse de perturbar o ar.

UMA FALSA ACUSAÇÃO
27

Encrenca não foi a primeira a chegar ao local: o escritório de tia Schadenfreude. As pessoas já estavam se afastando, resmungando "de novo não", como se alguém houvesse começado outra vez um jogo de charadas, em vez de tentar cometer um assassinato.

Flora estava sentada ereta na poltrona vermelha de Schadenfreude. Havia um buraco perfeito em seu peito, logo abaixo da clavícula, e ela o pressionava com o dedo como o menino da história *O pequeno herói da Holanda*, tampando o buraco no dique com o dedo para impedir a enchente. A princípio, Encrenca achou que não havia muito sangue, mas então viu o avental manchado de vermelho de Mestre-cuca e o vestido preto de Flora, e percebeu que grande parte dele havia encharcado, de maneira invisível, a cadeira em que a jovem estava sentada. Mestre-cuca se voltou assim que Encrenca entrou, como se quisesse afastá-la, mas estava com as mãos ocupadas rasgando tiras de gaze. Atrás de Flora, uma estante havia sido aberta e revelava uma passagem de pedra escura com degraus que desciam. Havia duas malas esperando lá dentro.

Encrenca quase foi derrubada quando Fauna entrou voando no escritório. Pegou a mão da irmã, escorregadia de sangue.

— Flora! Está me ouvindo?

— Humm?

O rosto de Flora estava acinzentado, mas suas pálpebras estremeceram. Algo escorregou de seus dedos e caiu no chão com um clique surdo.

— O que foi que você fez? — disse Fauna, rindo, mas era uma risada muito frágil. — Para alguém fazer um buraco em você.

Como Flora não respondeu, Fauna se voltou para Mestre-cuca.

— O que quer que tenha sido, passou direto — disse Mestre-cuca. — Dos males, o menor. Renée, encontrou o Candor?

— Não — disse Renée, ofegante, entrando na sala. — Fortissimo ainda está procurando.

Do fundo da Casa, ouviram a voz estrondosa de Fortissimo chamando o médico; parecia um canhão disparando.

— Muito bem... — disse Fauna, e se voltou para Mestre-cuca —, o que posso fazer?

— Pode me ajudar a conter a hemorragia. Faça pressão aqui. Preciso pegar umas coisas no armário.

Fauna pressionou o ombro da irmã com as mãos. Flora gemeu.

— Ai, desculpa! — Fauna ofegou. — Está doendo?

Houve um som borbulhante que poderia ser uma risada.

— Sempre... legal...

— Você sempre diz isso. Mas não podemos ser todos misantropos teimosos e mal-humorados como você. — A voz de Fauna era firme, mas havia lágrimas em seus olhos. — Enfim, eu tenho que cuidar de você. Se não cuidar, quem vai pechinchar nas lojas para mim? Quem vai espantar os cobradores de dívidas e mandar os vizinhos falar baixo? Como vê, estou sendo egoísta.

Flora sorriu debilmente.

Mestre-cuca voltou com uma seringa.

— Vou anestesiá-la agora.

Enquanto Mestre-cuca e Fauna trabalhavam, Encrenca se abaixou para pegar o que Flora havia deixado cair no chão. Eram as chaves da moto de Mestre-cuca. Encrenca olhou delas para a passagem aberta atrás de Flora e se lembrou de Margarida, só de meias, tirando um atlas da prateleira.

Entrou embaixo dos braços de Mestre-cuca e Fauna e aproximou o rosto do de Flora.

— Flora... Flora, quem atirou em você? — perguntou.

— Encrenca, agora não é hora — retrucou Mestre-cuca.

— Não vou poder perguntar depois se ela morrer! — rebateu Encrenca. — Flora, diga.

As pálpebras de sua prima estremeceram. A injeção estava fazendo efeito.

— Encontre... a Margarida... — murmurou.

Tia Abandonar, cantarolando com alegria à porta, entrou naquela cena de drama e tensão.

— Olá — disse. — Mestre-cuca, podemos pegá-la emprestada um instante?

Mestre-cuca ergueu os olhos de sua tarefa — estava cortando o ombro do vestido encharcado de sangue de Flora.

— Estou meio ocupada aqui.

Despeito enfiou a cabeça pela porta.

— É urgente — disse ele.

— Mais urgente que isto?

— Um pouco.

Mestre-cuca suspirou.

— Fauna, como está a sutura?

— Tudo bem, mas…

— Ótimo. Renée, venha aqui e dê uma mãozinha a Fauna.

Ela deu instruções às duas enfermeiras improvisadas, baixinho, e elas a ouviam com tanta atenção que não se deram conta da perspectiva de um novo infortúnio.

Havia algo estranho no rosto de Despeito, como se estivesse segurando a risada. Encrenca sentiu a nuca formigar. Seguiu Mestre-cuca até a sala noturna, onde um grande número de pessoas estava reunido, conversando educadamente.

— Ah, ótimo! Você veio — disse Atroz. — Sente-se, Mestre-cuca, tome um chá.

Mestre-cuca olhou para seu avental sujo de sangue.

— Acho que prefiro ficar em pé, obrigada — disse educadamente. — Pelo bem da mobília.

Tia Abandonar lhe serviu uma xícara de chá.

— Dói em mim ter que dizer isso — disse Despeito, empoleirando-se no sofá com cara de quem pede desculpas —, mas receio que teremos que a acusar formalmente de assassinato.

Deveria ter se desatado o caos. Deveria haver suspiros e protestos, e Mestre-cuca deveria ter pegado Despeito e o jogado pela janela. Mas, em vez disso, bebericou o chá.

— É mesmo?

— Sim. É terrível. Mas, como pode ver, tentamos tornar o processo o menos doloroso possível. Aceita um pedaço de bolo madeira?

— Obrigada. — Mestre-cuca pegou a fatia que lhe ofereciam.

Enquanto mastigava, olhava ao redor, avaliando as probabilidades. Havia cerca de vinte pessoas ali espremidas. Seus crachás dourados estavam polidos e, pela primeira vez, Encrenca notou que Mestre-cuca não havia recebido um. Todos mantinham o rosto impassível e comiam bolo madeira como se fossem obrigados por lei.

— Posso perguntar que provas vocês têm contra mim?

— Provas? — Despeito franziu a testa. — Bem, todos nós meio que concordamos que fazia mais sentido que fosse você a assassina.

— Nós votamos — acrescentou tia Abandonar.

Em cima da mesa havia um chapéu, o mesmo que havia sido usado na Guerra de Palavras, cercado por pilhas de papeizinhos.

Mestre-cuca analisou a pilha maior.

— Meu Deus — disse ela —, vejam quantos votos eu ganhei! Foram cinco para Herança... tenho certeza de que ela ficará terrivelmente ofendida... quatro para Turbilhão, um para Candor, sete para Margarida...

— Não descartamos a possibilidade de ela estar envolvida — explicou tia Abandonar.

— Acho que devo me sentir lisonjeada. — Mestre-cuca deixou a xícara, cuja asa havia manchado com o sangue de Flora, e o pires sobre a mesa. Sua mão não tremeu. — Há alguma razão em particular para Margarida e eu termos sido escolhidas?

— Ora, não é óbvio? — disse Despeito, rindo. — Vocês não são da família.

O sorriso educado de Mestre-cuca congelou em seu rosto. Até aquele momento, Encrenca achava que tudo aquilo poderia ser uma piada de mau gosto. Mas não era. Sua família havia desenhado um círculo. Dentro do círculo estavam todos de sobrenome Swift. Fora dele, todos os outros.

— Mestre-cuca é da família sim — protestou Encrenca quando viu que Mestre-cuca não respondia, ou não conseguia responder.

— Mestre-cuca nem é o nome verdadeiro dela — disse Ferreiro. — É Windsor, não é? Wilhelmina Windsor, ou algo assim.

— Winifred — corrigiu Mestre-cuca. Pelo visto, estava perfeitamente calma, mas apertava os punhos. — E faz muito tempo que Windsor não é mais o meu sobrenome.

— Mesmo assim...

— Schadenfreude sabia quem eu era quando me acolheu — disse Mestre-cuca. — Estou nesta Casa há vinte anos. Sou Mestre-cuca há vinte anos...

— Pois é justamente esse o problema — disse Atroz docemente. — Todos nós aqui já lemos romances policiais. Quando se trata de assassinato, é sempre um criado.

Mestre-cuca contraiu a mandíbula e os músculos de seus braços se retesaram. Atroz se inclinou um pouco para trás.

— Isso é o cúmulo da grosseria — enunciou Mestre-cuca claramente. — Chamar alguém de "criado"...

— Vocês são uns idiotas! — interrompeu Encrenca. — Mestre-cuca mora com a gente e nos ama. Ela amava a tia Schadenfreude! Ama a mim, Felicidade, Fenômeno e Turbilhão. Provem! — gritou em desespero quando viu que só conseguiu olhares de pena. — Vocês têm que ter provas!

— Tudo bem — disse Despeito, e pegou um álbum de fotos.

Mestre-cuca estremeceu.

— Onde você conseguiu isso? — perguntou, com voz rouca. — Você entrou no meu quarto? Mexeu nas minhas coisas?

— Você trabalha nesta Casa, mora sob este teto, é empregada desta família; não é bem o seu quarto, é?

— Pela última vez — disse Mestre-cuca entre os dentes cerrados —, eu não sou empregada.

Despeito a ignorou. Abriu o álbum na foto de Mestre-cuca, décadas mais jovem, em um grande campo gramado. Ela segurava um arco e um troféu, e sorria.

— Esta não é uma foto sua treinando arco e flecha para as Olimpíadas?

— Sim — disse Mestre-cuca. — Mas eu preferia arremesso de peso.

Despeito virou a página.

— Sim, estou vendo aqui. Você deve ser muito forte.

— Sou mesmo.

— Forte o suficiente para erguer um busto de mármore, ouso dizer.

— Ah, com certeza.

— Então você é habilidosa o suficiente para atirar em Pamplemousse, forte o suficiente para abater o Farejador e próxima o suficiente da família para saber sobre o tesouro — disse Despeito, triunfante. — O que aconteceu? Ficou gananciosa? Decidiu que ganhar um emprego e um lugar para morar não eram o suficiente? Pensou em matar a velha Schadenfreude e ficar com o tesouro para si mesma?

— Aposto que se checarmos o testamento de tia Schadenfreude, veremos que uma grande quantia do dinheiro dela ficou para Mestre-cuca — disse Cobiçosa. — Em geral, é assim que acontece. Nos livros, digo.

— Tem razão — disse Vingança. — Farejador chegou muito perto da verdade, por isso ela teve que matá-lo, para cobrir seus rastros.

— E Pamplemousse? — perguntou Mestre-cuca. — Por que eu teria que matá-lo?

— Vamos resolver essa parte mais tarde — disse Despeito, dando de ombros. — O importante, agora, é decidir o que fazer com você.

Fenômeno e Felicidade tinham razão, percebeu Encrenca. Isso era o que acontecia por ela seguir seus instintos: uma sala cheia de gente fazendo acusações. Tudo que Despeito tinha era ficção, mas isso era tudo de que alguém precisava. Os olhos voltados para Mestre-cuca eram hostis e, em mais de um rosto, Encrenca viu algo mais feio começar a surgir. Começou a sentir medo. Se Fenômeno estivesse ali, poderia ter aberto buracos na teoria de Despeito. Se Fauna estivesse ali, teria acalmado a todos. Se Turbilhão estivesse ali, poderia ter se erguido como um farol em meio a uma tempestade e desafiado qualquer um a pôr a mão em Mestre-cuca. Mas Turbilhão estava combatendo um incêndio diferente, Fauna estava ajudando a salvar a vida de Flora, Fenômeno estava procurando pistas e tia Schadenfreude estava morta. Não havia ninguém para ajudar.

Mestre-cuca mantinha a espinha ereta, seus olhos ainda brilhavam, mas nos bolsos de seu avental, Encrenca podia ver que seus punhos estavam apertados.

— Muito bem — disse tia Abandonar alegremente —, vamos tomar outra xícara de chá e decidir o que fazer. Não temos uma matriarca no momento, e só Deus sabe onde está a nossa arquivista; portanto, acho que devemos abrir para sugestões. Alguém tem alguma?

— Vamos trancá-la no depósito de carvão! — gritou uma pessoa.

— Enterrá-la viva! — gritou outra.

— Colocá-la no freezer com Pamplemousse e Farejador! — disse uma terceira.

— Esperem aí! Vamos fazer as coisas direito. Alguém tem caneta e papel?

Foram passando para frente o que tia Abandonar tinha pedido e ela começou a anotar as sugestões, murmurando.

— Carvão… enterrar viva… freezer…

— Jogá-la no lago para ver se flutua!

— Isso se faz com bruxas, mas vou anotar…

— Acho que devemos cozinhá-la — disse Atroz com calma, dando de ombros com elegância. — Parece apropriado.

Os Swifts começaram a debater os méritos de cozinhar Mestre-cuca. Foram sugeridas a banheira de latão e uma fogueira. Encrenca gritou, em protesto, até ser erguida e carregada para o fundo da sala, espernando e gritando, e mantida ali, enquanto Mestre-cuca ficava sentada calada, sem olhar para ninguém.

Foi tudo muito calmo, bem racional. Em geral, as pessoas discutem racionalmente essas coisas irracionais.

A noite se aproximava e as janelas haviam escurecido como um espelho. No vidro antigo, Encrenca viu os rostos de seus familiares borrados e distorcidos, dispostos sobre as árvores e o labirinto de sebes do lado de fora. Até que algo branco cintilou como duas pérolas; mais dois elos da cadeia. Duas mãos na escuridão, levantadas, e um rosto pálido entre elas: Candor.

Ele estava com suas luvas cirúrgicas brancas. O coração de Encrenca deu um pulo. Ela pensou que talvez ele estivesse indo ajudar Flora, mas não; ele estava saindo. Atrás dele flutuava uma forma delicada, cinza como um fantasma: Margarida. Ela segurava algo nos braços, apontado para Candor. A última luz do dia cintilou debilmente na estrutura de metal da besta e nas facetas do anel de noivado dela. Margarida se voltou para olhar por cima do ombro, para dentro da Casa.

Mesmo em meio ao caos, à escuridão e ao vidro retorcido, Encrenca teve certeza de que seus olhares se encontraram. A seguir, Margarida forçou Candor a entrar no labirinto.

Planos nunca foram o ponto forte de Encrenca, e ela não tinha tempo para pensar em um, de qualquer maneira. Por isso, optou por um velho clássico. Largou-se nos braços de seus captores, tornando-se um peso morto. Era um truque que ela costumava usar para evitar banhos e que havia deixado de funcionar com Mestre-cuca anos antes, mas nenhum de seus parentes era tão sábio quanto Mestre-cuca, nem tão forte. Assim que eles afrouxaram as mãos, Encrenca se libertou e saiu correndo da sala.

Gritos mordiam os calcanhares de Encrenca enquanto ela corria. Quando alcançou a grande escadaria, os passos que a perseguiam hesitaram, mas ela não diminuiu a velocidade. Desceu pelo corrimão a uma velocidade imprudente, pulou da madeira polida como se estivesse de esqui e caiu com força sobre o ombro. Isso não a atrasou, mas a porta da frente trancada sim. Encrenca teve que chacoalhar a maçaneta estupidamente por alguns segundos antes que seu cérebro, bufando e arfando, entendesse. Ela atravessou correndo a sala de bilhar, onde, inacreditavelmente, tia Hesitar e outros parentes mais velhos jogavam pôquer, ignorando a comoção no andar de cima. Passou pelo cantinho do telefone, entrou na estufa e saiu pela portinhola do gato, arranhando só um pouco os joelhos no trajeto.

O labirinto estava à sua esquerda, ao longe.

O céu ainda não havia desistido da última luz, mas era uma luz desonesta, trapaceira. Jogava no desconhecido o mundo ao redor de Encrenca, estendia seus longos dedos para embaralhar a ordem das coisas. Os olhos de Encrenca eram totalmente inúteis ali. Sombras borbulhavam, estalavam e explodiam em novas formas, as árvores se mexiam, o solo se dobrava e desdobrava sob seus pés. Assim que entrou no labirinto de sebes, a faixa de céu escuro acima era seu único guia. Era como se ela estivesse correndo de cabeça para baixo.

Encrenca conhecia o caminho pelo labirinto de cor; ou melhor, seus pés conheciam. Sabiam o que fazer e, mesmo que ela fechasse os olhos, eles a levariam até o centro. Mas Candor e Margarida não tiveram tanta sorte. Ela os ouvia do outro lado da sebe, Margarida respirava com dificuldade e Candor se movia com tanto cuidado que quase não fazia ruído algum. Felicidade tinha dito a Encrenca, certa vez, que qualquer labirinto era solucionável, desde que a pessoa ficasse virando sempre à esquerda; que não importava quantas curvas erradas fizesse, uma hora chegaria ao centro. Margarida também devia ter ouvido falar desse método, porque não parou nem uma vez sequer, não hesitou. Muitas vezes sua rota a levou para tão perto de Encrenca que ficaram separadas apenas por uma única cerca-viva, até que seus caminhos as separassem de novo.

Mas Margarida tinha uma vantagem muito grande nas mãos. Quando Encrenca chegou ao centro do labirinto, foi recebida por uma cena sombria: Margarida, rígida como a estátua de mármore ao lado dela, apontando a besta para o coração de Candor.

— Margarida!

Margarida se voltou. Havia rastros de lágrimas em seu rosto. Ela estava com a besta, portanto, tinha a vantagem, mas ainda parecia tão perdida quanto no funeral.

— Ah, não! Saia daqui — disse ela, com a voz embargada. — Você não vai querer ver isso.

— Então não faça isso!

— Margarida. — Os olhos de Candor dispararam para Encrenca e voltaram para Margarida, enormes e negros no escuro. — Está tudo bem, podemos resolver tudo. Você não precisa fazer nada drástico.

Margarida riu, de um jeito meio cortante.

— Culminante — disse ela.

— Desesperado. — Candor arriscou um sorriso. — Sei que você nunca me machucaria. Você me ama.

Margarida sacudiu a cabeça e apertou ainda mais a besta.

— Não — disse ela —, não amo.

Encrenca deu um pulo. Colidiu com Margarida com toda a força que pôde reunir, e o dardo se quebrou. Margarida olhou para a besta em suas mãos, inútil, e depois para Encrenca, com a boca aberta como se estivesse gritando ou se afogando. Nesse momento, Candor arrancou a besta das mãos da noiva e bateu com ela na lateral da cabeça de Margarida.

Margarida desfaleceu e, graciosamente, como uma pétala caindo, chegou ao chão.

Candor olhou para a besta que tinha nas mãos como se não soubesse o que era; a seguir, olhou para Encrenca, também como se não soubesse quem era ela. Largou a arma e caiu de joelhos. Tirou uma das luvas e tentou sentir o pulso de Margarida.

— Está só inconsciente — disse ele, sentando-se sobre os calcanhares. Uma mecha de cabelo tinha caído sobre a testa de Margarida. Ele a afastou

com ternura. — Pobre Margarida — murmurou. — Por que ela.,.. — Engoliu em seco, como se houvesse algo preso em sua garganta. — Obrigado, Encrenca. Acho que você acabou de salvar a minha vida.

Encrenca se largou no chão com força. Ela e Candor olharam para Margarida.

— Você tinha razão — disse ele. — Estava certa o tempo todo. Desculpe.

Encrenca queria curtir o sucesso um pouco, mas isso teria que esperar.

— Temos que ir. Todo mundo acha que foi a Mestre-cuca.

Candor concordou, distraído.

— Sim, claro. Temos que contar a eles, esclarecer essa confusão.

Mas não se mexeu.

— Estão falando em cozinhá-la — acrescentou Encrenca.

Candor riu.

— Desculpe, é que é meio engraçado.

Encrenca olhou para Candor e para Margarida. Ela estava certa. Ela estava certa. Ficou insistindo o tempo todo que havia sido Margarida, apesar do que dizia Fenômeno, Felicidade e até Lote. Mas ali, olhando para o corpo imóvel de Margarida sobre a grama molhada, Encrenca não se sentiu triunfante. Sentiu-se... errada.

— Não entendo por que Margarida faria tudo isso — disse ela devagar.

— Você mesma disse por quê — disse Candor, triste. — Lá na escada. Disse que ela estava interessada no meu dinheiro. Talvez também no dinheiro da família, se ela conseguisse encontrar o tesouro. — Ele sacudiu a cabeça. — Eu não fazia ideia de que ela seria capaz disso. Você foi a única a ver através dela, Encrenca.

Fenômeno não estava lá, mas Encrenca ouviu a voz da irmã em sua cabeça. Dizia que imaginação não era investigação. Que palpite não era evidência.

— Ela e Flora agiram juntas?

Ela quis falar em tom de afirmação, mas saiu como uma pergunta.

Distraído, com a mão esquerda Candor coçou uma marca que tinha na mão direita.

— Sim. Eu as encontrei no momento errado. Estavam no escritório, discutindo sobre a divisão do tesouro assim que o encontrassem. Margarida estava com a besta, e ela simplesmente... — Ele simulou uma flecha imaginária apontada para um coração imaginário. — Outra que não consegui salvar.

Encrenca franziu a testa. Mentalmente, comparou o buraco em Flora com o outro, muito maior, que o dardo da besta havia feito na parede.

— Flora está viva. Ela teve muita sorte... ser atingida por um dardo de besta àquela distância...

Ela não conseguiu distinguir a expressão de Candor no escuro, mas viu a mão dele desaparecer dentro do bolso.

— Teve sorte, sim. Graças a Deus — disse ele. — Nossa, é melhor eu subir. Ela vai precisar de um médico.

Algo estava errado. Essa sensação começava na nuca de Encrenca, pinicava e descia por seus braços e pernas, arrepiando seus pelos. O luar foi suficiente para ela ver quatro arranhões longos e escuros nas costas da mão direita de Candor.

No mesmo instante soube onde ele os havia arranjado.

Ele os tinha arranjado ao descer por uma claraboia dentro de um quarto muito bagunçado e sem querer tinha perturbado um enorme gato de guarda.

Ela olhou para Candor, ele olhou para ela e... a máscara caiu.

Escondido na palma da mão de Candor estava um pequeno disco. Um pequeno cabo se estendia por seus dedos médio e indicador. Era um dos revólveres de bolso de Pamplemousse e estava apontado para a testa de Encrenca.

Enquanto olhava para o cano da pequena arma, todos os enganos e curvas erradas que havia feito começaram a passar diante de seus olhos. Resignada, Encrenca teve um único pensamento:

Acho que terei que aprender algo com isto.

Candor sacudiu a mão; o cano da pequena arma mal se via por trás dos dois dedos estendidos.

— Isto não é mágico? — disse ele. — É uma antiguidade. Tirei de Pamplemousse antes de colocá-lo no freezer. Achei que ele não sentiria falta.

Aos poucos, a maquinaria da mente de Encrenca ia ganhando vida.

— Porque você o matou.

— Ora, ele me desafiou para um duelo. Que tipo de Swift eu seria se não aceitasse?

— E você atirou na Flora. Com isso aí.

— Não é tão letal quanto uma besta, mas faz um bom estrago a curta distância.

— E você matou a tia Schadenfreude.

Ele estremeceu.

— Ah... isso foi um acidente terrível, Encrenca.

Encrenca se lembrou do carpete puxado, da bengala que havia sido arrancada das mãos de sua tia.

— Não foi não — disse ela.

— Não foi não — concordou ele.

Encrenca se orgulhava de ser capaz de detectar mentiras, mas havia deixado passar a maior de todas. Estava bem ali, aninhada no canto da boca de Candor, escondida naquele sorriso torto de que ela tanto gostava. Ela não a havia visto, porque esteve lá o tempo todo.

Ela tinha muitas perguntas a fazer. Fenômeno, sem dúvida, teria uma lista. Mas todas as perguntas de Encrenca chegaram à sua boca ao mesmo tempo, e a que saiu primeiro foi:

— O que seu nome significa?

Candor olhou para ela, incrédulo.

— É isso que você quer saber? Estou apontando uma arma para sua cabeça e é isso que você quer saber?

Encrenca deu de ombros.

— Inacreditável. — Ele suspirou, mas se endireitou, apontou para o próprio peito com a mão livre e recitou:

Candor (substantivo)
1. Honestidade;
2. Honra;
3. Qualidade de cândido; característica de quem
é ou do que é puro, inocente;
4. Candura, candidez.

Encrenca semicerrou os olhos, tentando pensar em como o nome encaixava nele. Não encaixava. Candor batia o pé com impaciência, esperando a próxima pergunta. Como não veio, sentou-se com as costas apoiadas na estátua, como se estivesse se preparando para bater um papo com sua sobrinha favorita.

— Acho um bom nome — disse ele casualmente. — Autoritário. Sabia que há uma lista de patriarcas e matriarcas em um dos livros de Herança? E do que os Swifts realizaram sob a liderança de cada um. Os registros antigos têm páginas e mais páginas. Os mais recentes mal chegam a um parágrafo.

Encrenca não respondeu. Estava ocupada demais tentando conciliar pureza e inocência com uma pessoa que havia matado pelo menos duas pessoas.

— Não me entenda mal — prosseguiu Candor —, ter o sobrenome Swift ainda significa alguma coisa, em certos círculos. Com ele, consegui entrar na faculdade, consegui o meu primeiro cargo no hospital. Com ele, chamei a atenção de Margarida DeMille e de todas as outras como ela. Mas não somos mais o que éramos. — Ele sacudiu a cabeça. — Esta família tinha poder. Tinha dinheiro. Tinha respeito. Se a justiça existisse, eu não teria que enganar herdeiras ricas para conquistar uma vida decente.

Encrenca olhou para o anel de diamante que brilhava no dedo de Margarida. Era enorme e espalhafatoso, não combinava com as roupas sutilmente elegantes que ela usava. Felicidade teria notado isso, mas Encrenca nunca pensou que seria importante.

Candor notou o olhar de Encrenca.

— Passei horas escolhendo isso para a Margarida — disse ele com orgulho. — Tive que tomar dinheiro emprestado dela, claro, mas ela tem uma caligrafia perfeita! Fácil de forjar. A coisa mais engraçada de todo este fim de semana foi ver como vocês tratavam a Margarida. Ela é rica, mas metade da família a tratou como se eu estivesse fazendo um favor me casando com ela. Mesmo com Schadenfreude me chamando de sanguessuga! Na minha cara, na frente de todo mundo!

Sua expressão cordial hesitou. Por baixo dos óculos quadrados e do cabelo arrumado, havia uma pessoa muito furiosa. Encrenca fitou a arma na mão de Candor e fez uma das coisas que fazia melhor: começou a irritá-lo.

— Agora entendi — disse como se tudo fizesse sentido. — Se trata só do dinheiro. Você matou a tia Schadenfreude, porque ela não deixou você se casar com a Margarida e ficar com a fortuna dela.

— Não! — Candor desencostou da estátua e começou a andar. — Não. Isso é o que a tia Schadenfreude não conseguia entender. Não se trata só do dinheiro, Encrenca! Se eu só quisesse o dinheiro, teria me casado com a Margarida sem a bênção da titia e viveria muito bem com a fortuna dela pelo resto da vida. Não.

— Ele se esforçou para se controlar. — Titia falava de se aposentar quase desde o dia em que foi nomeada. Ela odiava aquele trabalho, é óbvio, mas cumpria o dever. Há anos sei que, quando ela anunciasse seu sucessor, teria que ser eu. Sou a escolha óbvia. Trabalhei para ser a escolha óbvia, para dar crédito ao nome da família! Sou jovem, inteligente, cheio de ideias, consegui conquistar a mulher mais cobiçada dos Estados Unidos. O que mais aquela bruxa velha queria?

Ele já não escondia mais sua raiva; ela saía de dentro dele em chicotadas.

— Tentei falar com ela naquela primeira noite. Fui ao escritório dela durante o jantar e expus os meus argumentos. Margarida é legal, eu disse, mas o importante é que, assim que nos casarmos, o dinheiro e as conexões dela passarão a ser meus. "Se você me nomear patriarca", eu disse, "usarei esses recursos para fazer de nós uma força a ser reconhecida. Vou derrubar esta Casa e arrancar o tesouro de seus alicerces".

— Se você tivesse a fortuna de Margarida, por que precisaria do tesouro? Candor rosnou.

— Você não está prestando atenção! O tesouro não se trata só de dinheiro, Encrenca. É o nosso direito nato.

A maneira de Candor falar provocou náuseas em Encrenca. Feitiço se referira ao tesouro como má sorte, mal causado, e ela estava começando a entender por quê. Dava azar, havia nascido do derramamento de sangue.

No escuro, os olhos de Candor eram brilhantes e maníacos.

— Titio-avô Vil usou a abordagem certa, sabe? Se eu estivesse no comando, com a fortuna de Margarida e a nossa juntas, poderíamos investir, expandir. Poderíamos nos tornar um império, em vez de um bando de parentes maltrapilhos. Nós...

De repente, como se apertasse um interruptor, Candor sorriu. Alguém poderia pensar que a raiva dele havia desaparecido; mas não. Encrenca podia vê-la, depositada como carvão em brasa dentro dele.

— De qualquer maneira, titia não quis aceitar. Parece que ela ouviu umas histórias desagradáveis sobre mim. Não gostava do jeito que eu estava "usando" a Margarida. Ela disse que eu era igual a Vil, como se isso fosse uma coisa ruim! De repente, tudo que construí a vida inteira estava desmoronando, só por causa de uma velha teimosa. Perdi a paciência. "Estou vendo que você está relutante", eu disse, "talvez só precise de um empurrãozinho".

Ele fez um movimento de empurrar com as mãos e sorriu, afável.

— Suas piadas não são muito engraçadas — disse Encrenca. — E não me interessa por que fez o que fez, ou como. Você matou a minha tia e Pamplemousse, e não tenho certeza quanto a Farejador, mas...

— Ah, isso foi hilário. Na verdade, foi um acidente, ele fez tudo sozinho. Eu o havia visto se esgueirando, narrando, e queria ter certeza de que não era mais esperto do que parecia. Ele estava falando sobre fazer umas pesquisas, então eu o segui até a biblioteca e cheguei bem a tempo de ver aquele farejador pegar um livro, cair na armadilha e ficar sem o focinho.

Encrenca não riu.

— A propósito, o livro se chamava *Tradições e leis da família Swift*. Foi uma leitura interessante. Como não consegui acabar com a titia, com Mestre-cuca bancando a guarda-costas, comecei a procurar o tesouro eu mesmo.

Nesse momento, Margarida se mexeu. Candor estendeu a mão para levantar uma pálpebra dela e Encrenca notou que os arranhões na mão dele se abriram. O sangue escorria por seu pulso, encharcando o punho branco de sua camisa.

— Isso está nojento.

Candor fez uma careta.

— Seu gato é selvagem — murmurou ele. — Puxou à dona.

Dessa vez, Encrenca riu.

— Tomara que infeccione. Tomara que você pegue gangrena e seus dedos fiquem pretos e caiam. Tomara que pegue raiva, espume pela boca e desenvolva hidrofobia, que é um medo terrível de água, que tenha febre e fique desidratado. Raiva não tem cura, sabia?

Candor olhou para ela por um longo instante.

— Você é bem horrível, sabia? — disse, por fim. — Vejo algo muito cruel em você. Algo muito tortuoso e dissimulado.

Encrenca deu de ombros.

— Pode ser. Mas você que é um assassino.

— Vil também. Mas quero perguntar uma coisa: se Vil era tão terrível assim, por que o monumento a ele ainda está em pé?

Encrenca não sabia o que dizer sobre isso, portanto, levantou-se, espanando a grama do colo. A arma de Candor a seguiu.

— Margarida nunca vai se casar com você agora. Tia Schadenfreude não pode fazer de você patriarca porque está morta. Fenômeno não foi envenenada, o fogo que você ateou foi apagado e, assim que Flora se recuperar, contará a todos que você atirou nela. Você não tem saída. Você perdeu.

Candor não respondeu. Já estava totalmente escuro, e sua expressão se perdeu nas sombras. A mão dele continuava apontada para o seu rosto, inabalável. Talvez ele estivesse desesperado. Talvez estivesse furioso. Era bem possível que em um ou dois segundos ele apertasse o gatilho e, então, tudo estaria acabado.

Candor riu. Ele tinha uma risada legal, do tipo que se ouve em uma festa depois de alguém contar uma piada boba. Era justamente isso que tornava sua risada tão horrível de ouvir no escuro, provinda de um homem cujo braço tinha a mão que apontava uma arma para a cabeça de Encrenca.

— Tudo bem! — disse ele. — Tudo bem, cometi alguns excessos, mas enquanto folheava *Tradições e leis da família Swift*, bolei um plano B. Acontece que se tanto a matriarca quanto a arquivista morrerem antes que um substituto seja escolhido para cada uma, o título vai para o Swift com o nome mais adequado. — Ele apontou para si mesmo. — Puro, inocente e tudo mais... Tipo, acho que essa vitória está no papo, mas não vou arriscar.

Ele enfiou a mão no bolso e ergueu o mapa de Encrenca.

— Se eu houvesse feito isso antes, teria economizado muito tempo! Estava saindo do seu bolso quando você estava na cozinha, olhando para aquele saco de café civeta como se tivesse desvendado o caso. Eu não fazia ideia de que havia tantos esconderijos secretos na Casa! Muitos lugares para guardar uma surpresa.

Encrenca ficou calada. Sentia que, se dissesse alguma coisa, ele riria de novo. E se ela ouvisse aquela risada mais uma vez, voaria para cima dele com os dentes primeiro, e isso estragaria seu plano de não levar um tiro.

— Suba naquela estátua para mim e ouça a Casa.

Encrenca se apoiou nos ombros da estátua. Mesmo se esticasse o pescoço, poderia ver apenas a curva negra do terreno que conduzia à Casa, onde a luz dourada das janelas vazava cor para o gramado. Parecia um mundo de distância. Sentiu uma pontada de medo de que Mestre-cuca estivesse sendo liberalmente temperada naquele momento.

— O que está ouvindo? — incitou Candor.

Com a cabeça por cima do labirinto, Encrenca captava os sons que haviam sido abafados pelas sebes, carregados pela brisa. Ouviu música — que estranho — e vozes altas, mas não furiosas. Pareciam cantar. Por que estariam cantando?

— Eu não joguei tudo no lixo no laboratório de Fenômeno. Quando vi todos aqueles béqueres e frascos, a solução... rá!, se apresentou. Imagino que todos naquela Casa devem estar meio tontos agora. — Encrenca pôde ouvir o riso de Candor. — Mas não sabem por quê.

A brisa esfriou o suor da nuca de Encrenca.

— O que você fez?

Os dentes brancos de Candor brilharam no escuro.

30
EMBAIXO DA CASA

O gás hilariante já foi bem popular na medicina, mas a invenção de anestésicos adequados o deixou quase tão fora de moda quanto o clorofórmio e as sanguessugas. Era impreciso e bastante perigoso. Você já riu tanto que sentiu dor embaixo das costelas? A ponto de não conseguir respirar nem falar, e se sentir fraco e impotente, mas não conseguir parar? Bem, isso era o que estava prestes a acontecer com os Swifts. Eles não parariam de rir, e ririam até a morte.

Antes disso, ficariam ofegantes, com tosse, aperto no peito, com as extremidades azuladas, teriam alucinações e algumas palpitações, mas "morrer de rir" soava como algo muito mais leve, e foi o que Candor disse a Encrenca que aconteceria.

— Eles vão morrer de rir?

— Sim!

— Eles vão sair correndo!

— Não vão não. Estão se divertindo demais! No momento em que perceberem que estão em perigo, estarão fracos demais para se mexer, quanto mais para arrombar uma porta. Eu tranquei todas. E quando todos estiverem mortos, serei o único sobrevivente de uma terrível tragédia. Existem muitos outros Swifts por aí, mas duvido que alguém queira o cargo de patriarca. Posso desmontar esta casa, tijolo por tijolo, até encontrar o tesouro.

Encrenca olhou para a Casa escura, com a torre apontada para o céu como o chifre de um rinoceronte.

— Como você vai restaurar a glória da família com todos mortos?

Candor abriu um sorriso paternalista.

— Não seja boba, Encrenca. O que acontece com as pessoas de uma família não importa, desde que o nome perdure.

Você entendeu tudo errado, pensou ela.

— E se eu ajudasse você a encontrar o tesouro?

Candor riu com escárnio.

— Você não sabe onde está.

— Um fantasma me deu uma pista. Me passa o mapa.

Candor a encarou. Encrenca ficou imaginando se por acaso ele também sabia detectar mentiras. Sabia contá-las, no fim das contas. Ele observou as sobrancelhas, orelhas, o canto da boca de Encrenca, procurando algum lugar onde uma mentira pudesse se esconder. Mas, claro, ela não estava mentindo. Ele entregou o mapa e Encrenca procurou naquele papel tão conhecido qualquer coisa que pudesse se encaixar na pista do CE. "EMBAIXO CASA" cobria muito espaço.

— Acho que tenho uma ideia, mas não vou contar — disse ela.

Candor acenou com seu revólver de bolso para Encrenca, e ela se corrigiu.

— Não vou contar aqui; vou mostrar para você.

Candor fez um gesto, indicando que ela começasse a andar; mas Encrenca parou, olhando para Margarida ainda caída no chão. Pelo menos o corte na lateral da cabeça dela parecia ter parado de sangrar.

— Ah, ela vai ficar bem — disse Candor, seguindo o olhar de Encrenca. — Confie em mim, sou médico.

Eles voltaram pelo labirinto de sebes. Na verdade, Encrenca não tinha nenhum plano; sentia a arma apontada para suas costas como se fosse uma acusação. A cada volta, ela tentava se convencer a ter uma ideia que resolvesse tudo.

Esquerda.

Ela poderia fugir, correr de volta para a Casa e avisar a todos.

Direita.

Mas não tinha garantia de que sua família lhe daria ouvidos.

Esquerda.

Ela poderia pegar a arma de Candor, de alguma maneira, e forçá-lo a voltar para a Casa.

Esquerda.

A arma estava na mão dele. Seria muito difícil tirá-la.

Direita.

Poderia cortar a mão dele, talvez?

Esquerda. Direita. Esquerda.

Logo emergiram do labirinto, mas mesmo atravessando o gramado, Encrenca se sentia presa entre paredes altas e becos sem saída, procurando uma fuga. Esquerda. Direita. Direita. Esquerda.

— Aonde vamos? — perguntou Candor jovialmente.

— O fantasma disse "OLHEM EMBAIXO CASA", portanto, o tesouro deve estar no porão — disse Encrenca. — Imagino onde, mas se eu contar, você pode atirar em mim.

Candor riu.

— O porão! Eu ia começar por cima e ir descendo, mas isso me poupará muito tempo. Você é muito inteligente, sabia? Tem certeza de que não gostaria de se aliar a mim? Você seria uma ótima cúmplice... Deus sabe que você tem um bom nome para isso!

Encrenca não respondeu.

— É sério! Não é justo que os seus pais viajem pelo mundo, enquanto você fica em casa brincando de se fantasiar com as suas irmãs. Você poderia ser uma aventureira de verdade! Navegar pelos mares, conhecer o mundo!

Encrenca sentiu algo. Ela bem que gostaria de conhecer o mundo. Uma parte dela, talvez a parte que fazia jus a seu nome, pensou seriamente na oferta de Candor. Mas só por um instante.

Ela o foi conduzindo, passando pelas janelas iluminadas da Casa, olhando para dentro da maneira mais dissimulada que pôde. Ninguém estava rindo ainda, mas estavam cantando. Tia Hesitar e os jogadores de pôquer se revezavam para descer pelo corrimão. Tia Abandonar tinha uma garrafa de champanhe em cada mão. Tio Ferreiro balançava ao som da música do gramofone com uma almofada como parceira de dança. A banheira de latão estava no meio do corredor, metade cheia de água, a outra metade cheia de Mestre-cuca. Suas mãos estavam amarradas e ela tinha uma maçã na boca. Todos pareciam ter se esquecido dela.

— Vamos ter que nos esgueirar para dentro para chegar ao porão — disse Encrenca.

Candor pegou o mapa de Encrenca e o consultou por um instante.

— Boa tentativa, mas há uma porta externa. Vamos usá-la.

Ele a empurrou para os fundos da casa, onde havia uma porta envelhecida colocada em um ângulo da parede. Ele sacudiu as chaves de tia Schadenfreude. Encrenca sentiu ódio dele.

Candor destrancou a porta e eles olharam para a turva escuridão. Encrenca ficou se perguntando se conseguiria mergulhar antes de Candor;

mas não. Ele deve tê-la visto se preparando para pular, porque a agarrou pelo braço e a conduziu escada abaixo.

Apenas alguns dias se passaram desde que Encrenca estivera no porão pela última vez, mas parecia que pelo menos três aniversários haviam ido e vindo desde então. Essa é a parte difícil de crescer; não acontece dentro de limites claros ou marcos definidos. Crescer acontece quando quer, aos trancos e barrancos e em todo lugar. Partes de Encrenca haviam crescido um pouco desde a última vez que ela estivera no porão, mas todas em ritmos diferentes, e ela se sentia torta e desajeitada. Antes, via o porão como uma aventura. Agora, já era grande o suficiente para ter medo.

Candor entregou a Encrenca uma lanterna pequena; soltou um assobio baixo quando ela começou a iluminar o local. A escuridão correu para trás das prateleiras. O porão era vasto e, sem a ajuda de Felicidade, Encrenca só tinha uma vaga ideia de aonde estava indo. Fez curvas ao acaso, confiando em seus pés como havia feito no labirinto de sebes, procurando uma oportunidade para sair em disparada. Mas Candor segurava seu braço, e ele não era tão fácil de enganar como seus outros parentes. Quando ela afrouxou o corpo para tentar escapar, ele cutucou sua testa com a outra mão, e ela sentiu o cano da arma entre a curva dos dedos dele.

— Este revólver só tem tamanho suficiente para disparar uma bala bem pequena — disse ele. — Felizmente, você é uma pessoa bem pequena. Não tente isso de novo.

Acima de sua cabeça, ela ouviu os murmúrios de sua família cantando e discutindo, e o rangido e o baque de pés no assoalho. O barulho que havia encharcado a Casa de forma tão desagradável nos últimos dias agora lhe era estranhamente reconfortante, um lembrete da vida.

Encrenca conduziu Candor além dos Ds, e Gs, e Ps, e Qs, girando e contornando os Rs e Os, passando pelos Zs espremidos na parede pelos Es. Candor acompanhava seu ritmo, mas ela sentia a irritação dele em seu braço, e em algum lugar perto dos Fs, ele parou.

— Escute — disse ele.

Encrenca apurou os ouvidos e ouviu risadas dispersas.

— Pode demorar o tempo que quiser para me levar ao lugar aonde estamos indo, não ligo — disse Candor. — Mas eles não têm tanto tempo assim.

Ela ouviu a primeira risada poucos momentos depois. Esperava que fosse só sua imaginação, mas outra surgiu na escuridão, e depois outra. A cantoria que se desenrolava acima de sua cabeça era desafinada. Ela andou mais rápido, quase arrastando Candor. Mas ele logo a interrompeu de novo, direcionando seu olhar para uma prateleira alta.

— Veja! — disse ele. — Sou eu!

Encrenca apontou a lanterna e viu: lá estava a lápide dele, imprensada entre Camafeu e Canoeiro:

Candor

Substantivo
1. Honesto;
franqueza, sinceridade

Encrenca não se preocupou em ler o resto. Talvez a nomeação dos Swifts fosse mesmo uma baboseira, afinal, pensou. Algumas pessoas agiam da maneira que deveriam, e outras não. Os nomes de Flora e Fauna não significavam nada para Encrenca, além de combinarem, mas elas eram muito diferentes em termos de personalidade. Tia Schadenfreude não gostava de ver a infelicidade de sua família. E embora Atroz fosse atroz e Fenômeno amasse ciência, ali estava Candor: mentiroso, assassino, ladrão e uma pessoa terrível no geral. Era alguém que, se a predestinação existisse, deveria se chamar Canalha ou Escória.

Mas as palavras tinham muitos significados, e alguns deles se contradiziam. Ela leu o resto da lápide. Candor significava inocência, como candura. Ele era charmoso, e sorria, e fazia piadinhas inocentes, e se fazia de inocente, confundia as pessoas, que não viam que por trás da máscara ele era cínico e imoral.

Um nome pode ter muito significados e uma palavra, muitas definições, e todas as palavras e significados se ligam uns aos outros como os fios de uma teia. Se pudéssemos escolher qual vertente seguir, qual versão de nós mesmos nos tornar, Candor tinha escolhido a pior.

Risos borbulhavam e repicavam nas tábuas do assoalho, logo acima. Aqui e ali, uma gargalhada ou uma bufada efervescia e se dissolvia. Encrenca avançou pelo porão sem sequer olhar para onde ia. Pensou na noite em que ela e suas irmãs quebraram sua lápide ao meio e, embora tenha sido um acidente, ela ficou repentina e cruelmente feliz por ter acontecido. Se Encrenca era do jeito que era por natureza, como tia Schadenfreude havia dito, ou por criação, como supunha Fenômeno, ou por uma combinação dos dois, não importava. Encrenca era quem era. Era bom saber disso, mesmo que — ela pensou na arma em suas costas — não duraria por muito mais tempo.

Quando olhou para cima, viu que estava diante dos Cs outra vez.

— Aqui — disse ela e deu um passo para trás.

Candor elevou a lanterna e franziu a testa.

— Aqui? Não estou vendo nada "Aqui".

— Não é aqui.

Encrenca apontou para uma das lápides, mais velha que as outras, na prateleira mais baixa.

Casa

Substantivo
1. Lugar de morada, habitação
2. Família real ou de linhagem nobre

— "OLHEM EMBAIXO CASA" — repetiu ela.

— Temos um parente chamado Casa?

— Não, mas a Casa é um membro da família. E as casas morrem. — Esfregou o polegar na parede do porão em ruínas. — Você não entenderia.

Candor parecia querer discutir, mas tinha preocupações mais urgentes.

— Não há como um tesouro do tamanho do de Vil caber ali atrás. Você está mentindo para mim.

Encrenca deu de ombros.

— Foi o que o fantasma disse — respondeu ela. — Talvez haja instruções ali, algo para ajudar a encontrá-lo.

Ela só precisava que ele se distraísse, só um segundo. Candor segurou a lápide. Sim, ele era mais forte do que parecia, mas a pedra era muito, muito mais pesada que o busto que ele tinha usado em Farejador. Milímetro por milímetro, ele foi deslizando-a para fora da prateleira. Encrenca observava, tensa, enquanto o equilíbrio mudava e Candor começava a ter que suportar o peso da lápide. Começou a cair em seus braços, e ele recuou...

Encrenca lhe deu um forte chute no tornozelo. Ele largou a lápide e gritou quando ela caiu sobre seu pé.

Naquela breve fração de segundo, Encrenca fugiu. Algo passou zunindo por sua orelha. Ela ouviu um palavrão e depois outro clique, quando Candor ergueu a arma de novo. Mas todo mundo sabe que balas não fazem curva. E se Encrenca conseguisse fazer uma curva, estaria segura.

Assim que chegou a uma encruzilhada, onde H se ramificava em L de um lado e W do outro, duas formas se materializaram no ramo W, com uma lanterna entre elas. Era tarde demais para parar, e Encrenca deu de cara com o peito da mais alta, que sibilou:

— Ai! Encrenca, sua desastrada!

Encrenca reconheceria a voz irritada de sua irmã em qualquer lugar.

— Felicidade! — gritou e voltando-se para a segunda figura: — Fenômeno!

Ela ouviu passos arrastados se aproximando. Tentou empurrar as irmãs para trás, na esquina, mas elas não se mexeram.

— Apaguem a lanterna! O que estão fazendo aqui?

Fenômeno se aprumou. Encrenca pôde senti-la corar.

— Felicidade disse que você estava encrencada, e eu... Ah, tudo bem, tive um palpite — disse ela, contrariada. — Não me sinto muito à vontade com isso, portanto, não me provoque, senão...

Uma mão se enterrou no cabelo de Encrenca, arrastando-a de volta pelo corredor.

— Corram! — gritou ela, apesar da dor.

Era dez vezes pior que pentear os cachos. Até sentiu alguns fios de cabelo se soltando de seu couro cabeludo. Não chorou — recusou-se a gritar —, mas Felicidade gritou, de modo alto e penetrante, e o som interrompeu por um momento as risadas do andar de cima.

Então, Candor pressionou a mão com a arma na lateral da cabeça de Encrenca.

— Quietas — cuspiu ele.

Felicidade parou de gritar, confusa.

— Senão você vai o quê? Cutucar o olho dela?

— Arma — disse Encrenca entre os dentes, e percebeu que Fenômeno, que estivera trabalhando nessa equação desde a noite da queda de tia Schadenfreude, finalmente chegou à resposta certa.

— O revólver de bolso do Pamplemousse — sussurrou ela. — Foi você.

— Parem de tagarelar e me deixem pensar — sibilou Candor de novo. — Suas menininhas estúpidas, bobas e intrometidas.

Encrenca o sentiu tremer e, por um momento de presunção crescente, pensou que ele estava com medo. Mas logo viu o punho apertado e branco de tensão ao redor dos arranhões lívidos que John, o Gato, havia deixado e soube que não era medo, e sim raiva.

— Tive uma ideia. Me leve como refém — disse Felicidade, dando um passo à frente. — Encrenca é a praga mais irritante da Terra. Acredite, você vai enlouquecer com ela.

— CALE A BOCA, FELICIDADE! — gritou Candor.

A lanterna de Felicidade iluminou em cheio o rosto de Candor e, por fim, o homem que as garotas pensavam que conheciam desapareceu. Encrenca fechou os olhos bem apertados.

— Por favor, não atire na minha irmã — sussurrou Felicidade.

Tum. Tum. Tum.

Uma luz apareceu à esquerda de Felicidade. Alguém se aproximava.

— Quem está aí? — gritou Candor.

Sua expressão de fúria não mudou, mas sua voz logo se tornou mais simpática e alegre. Foi terrível.

Tum. Tum. Tum.

Os pelos dos braços de Encrenca se arrepiaram. Ela reconheceu aquele barulho e viu, pelo branco dos olhos de suas irmãs, que elas também. Felicidade segurou forte a mão de Fenômeno.

Tum. Tum. Tum.

A luz atravessava os espaços vazios das prateleiras. Passaram a ouvir outro som com as batidas, como de alguém arrastando os pés.

— Quem está aí, diga! — gritou Candor.

Uma respiração pesada, difícil. Em uma esquina apareceu uma lanterna, sustentada no alto por um braço branco, de uma forma branca, curvada e familiar, coberta da cabeça aos pés por um véu branco esfarrapado. A cada passo, sua bengala batia no chão de pedra. Encrenca sentiu Candor começar a tremer.

— Apareça! — gritou ele.

A figura parou, quase luminosa no escuro. Aos poucos foi puxando o véu do rosto.

Candor gritou quando o fantasma da Matriarca Schadenfreude levantou um braço murcho e apontou para ele, acusador. Suas mãos, de repente frouxas de medo, soltaram Encrenca. Ele recuou, sacudindo a cabeça.

— Não — disse. — Não, não...

O fantasma de tia Schadenfreude deu um passo à frente.

— Candor — chiou ela.

As costas de Candor bateram na prateleira de trás. Encrenca nunca saberia com certeza se a lápide tirada havia desequilibrado as outras, nem Fenômeno poderia lhe explicar. Mas tenha sido destino, coincidência, carma ou pura física, a prateleira tombou.

Não houve tempo para estabilizá-la. Encrenca mal teve tempo de pular para longe quando as prateleiras ao redor de Candor caíram como dominós, derramando lápides e poeira, e o esmagando.

A ÚLTIMA RISADA

A poeira rodopiava pelo porão em busca de um lugar para descansar. Pousou no cabelo de Encrenca, em sua pele e em seus cílios. Ela tossiu.

— Estou muito brava — disse o fantasma de tia Schadenfreude — por vocês três terem permitido que cantassem no meu funeral.

Fora do raio de destruição, o fantasma continuava altivo, segurando sua lanterna brilhante. Atravessou os escombros em direção a elas, deixando pegadas.

— A decoração deixou muito a desejar — prosseguiu. — E de quem foi a ideia de deixar aquele tolo falar? Foi tudo uma farsa do começo ao fim. Não sei por que nos demos o trabalho de ensaiar.

Um tipo de pó saía de suas roupas. Aos poucos um sorriso começou a se formar no rosto de Fenômeno.

— Teremos que ser mais minuciosos no futuro. Vou preparar uma lista de convidados aceitáveis e... Encrenca, pare com isso!

Encrenca cutucou sua tia mais uma vez, para ter certeza. Era sólida. A ponta de seus dedos ficou branca.

— Isso é... farinha? — perguntou.

Tia Schadenfreude, bem viva e enfarinhada, tirou um lenço do bolso do vestido e começou a limpar o rosto.

— Foi o melhor que pude fazer em tão pouco tempo — disse ela, rígida. Por baixo da farinha, rugas familiares começaram a aparecer. — E vocês não podem negar que foi eficaz.

Felicidade se jogou sobre tia Schadenfreude e enterrou o rosto em seu ombro, errando por pouco a gargantilha de aço. Tia Schadenfreude deu um tapinha na cabeça de Felicidade, deixando mechas brancas em seu cabelo.

— Pronto, pronto — disse ela, sem ser rude.

Encrenca e Fenômeno geralmente não gostavam de abraços, mas também se curvaram sobre tia Schadenfreude. A poeira e a farinha as fizeram espirrar, mas por baixo de tudo, ela ainda cheirava como a tia delas: a lírios e graxa de botas.

Tia Schadenfreude as abraçou sem jeito.

— Desculpem, meninas — disse ela, calma.

— Mmmf mma ffm imf mmffoo mih? — murmurou Felicidade.

— Como é?

Felicidade recuou, enxugando as lágrimas, furiosa.

— Por que fez isso? — perguntou.

Uma gargalhada quebrou o momento. Na cacofonia do colapso, todas haviam esquecido o que estava acontecendo no andar de cima. Gás hilariante enchia a Casa como hélio enchendo um balão, e logo os Swifts flutuariam para um lugar onde os vivos não os poderiam seguir.

— Que diabos deu em todo mundo lá em cima? — perguntou tia Schadenfreude.

— Óxido nitroso — disse Encrenca. — Temos que ir depressa!

— Encrenca, espere...

— Candor! Gás hilariante! Assassinato! — gritou ela, comunicando muito bem a situação.

O mapa de Encrenca estava no chão, ao lado da pilha de entulho, que antes havia sido Candor. Um braço se projetava dos escombros como uma bandeira. Encrenca pegou seu mapa e recuou quando, para sua consternação, um dedo se contraiu. Um gemido abafado saiu de baixo das lápides.

— Ele está vivo! — exclamou Felicidade.

— Que infelicidade. — Tia Schadenfreude suspirou. — Vou me assegurar de que ele fique parado até que alguém possa recolhê-lo.

Felicidade hesitou.

— Você vai ficar bem?

— Claro! Ele não vai me matar duas vezes.

Tia Schadenfreude agitou a bengala com surpreendente destreza, e as três meninas juraram não a tirar do sério no futuro.

De volta ao labirinto subterrâneo, elas saíram correndo, Felicidade liderava o caminho com a habilidade de um rato treinado. Irromperam pela porta sob a grande escadaria e chegaram ao saguão, imundas, de olhos vermelhos e cabelos em pé. Quando os outros Swifts viram o estado delas, gargalharam alto. Se bem que, justiça seja feita, não podiam evitar.

A sala inteira tremia. Pessoas jaziam esparramadas nas escadas, cadeiras e chão, tremendo. Algumas haviam enfiado os membros no corrimão para tentar se manter em pé. Havia pratos quebrados, bebidas derramadas, enfeites virados ao contrário. Todo mundo ria, gargalhava e esperneava, impotentes. Era difícil distinguir a alegria da dor. Alguém tentou se levantar, segurando-se nas cortinas, mas as arrancou com varão e tudo, o que só os fez rir ainda mais.

— O que há de errado com todo mundo? — perguntou Felicidade, então levou a mão à boca, começando a rir também.

Fenômeno rasgou a bainha de seu jaleco, mergulhou as tiras de pano em um vaso de flores próximo e as entregou, pingando água, para suas irmãs. Amarrou a sua bem apertada em volta da boca e do nariz.

— Isso não vai filtrar completamente o gás, mas vai ajudar — disse ela. — Precisamos ventilar um pouco este lugar, e rápido.

— O quê?

— Abram as portas e as janelas!

— Candor me disse que trancou todas as portas — disse Encrenca.

— E as janelas do andar de baixo são pesadas demais para abrir. A Mestre-cuca é quem costuma fazer isso — disse Felicidade.

Encrenca havia esperado por esse momento a vida toda. Pegou um castiçal de ferro pesado da mesa e o arremessou na janela mais próxima. A vidraça quebrou e o ar fresco entrou na sala.

— Quebrem tudo — disse ela.

Encrenca correu para as escadas, mas Felicidade segurou seu braço.

— Espere! Para onde você está indo?

Encrenca pegou a mão de sua irmã e gentilmente tirou os dedos dela de sua blusa.

— Estou cansada de ver as pessoas fazendo isso — disse. — O gás deve estar vindo de algum lugar, então vou procurar de onde.

— Não, você não…

— Felicidade. — Encrenca encarou firmemente a irmã, torcendo para que ela entendesse. — O próprio tio Turbilhão disse: ninguém conhece a Casa melhor que eu. Você pode, por favor, pelo menos uma vez, confiar em mim?

Felicidade olhou para ela com firmeza e, então, soltou-a.

— Tem razão — disse ela. — Você é a única que é pequena o bastante, e inteligente o bastante, e corajosa o bastante.

Parecia que ela ia chorar de novo, mas Encrenca desejou que não chorasse. Sua irmã chorava mais do que qualquer pessoa que ela conhecia, isso não podia ser bom. Mas Felicidade apenas concordou com a cabeça, pegou o varão da cortina caída e o apontou como uma lança para a janela mais próxima.

Encrenca saiu correndo, deixando para trás o som de vidro se quebrando.

✳ ✳ ✳

Você já sentiu cócegas além do ponto de tolerância? É muito desagradável. Não são as cócegas em si que são tão desagradáveis, claro, mas sim as risadas e contorções, as dores nas costas, a tontura, as estrelas que dançam diante de nossa visão. Vira uma espécie de tortura se durar tempo demais.

Encrenca começou a rir antes mesmo de sair do saguão. Respirou fundo para se acalmar, mas isso só piorou as coisas. A máscara improvisada de Fenômeno estava longe de ser ideal. Encrenca não conseguia sentir o cheiro de nada suspeito, mas sentia o gás hilariante começando a fazer cócegas por dentro dela. Harry Houdini podia prender a respiração por três minutos; Encrenca mal conseguia segurar por um. O gás acabaria a pegando. Ela tinha que ser rápida.

Olhou embaixo da grande escadaria. Olhou sob as viseiras das armaduras e na boca do leopardo empalhado. Olhou no espaço na biblioteca onde a besta costumava ficar. Abriu o mapa, lotado de minúsculas marcas e símbolos que ela havia desenhado, marcando todos os esconderijos possíveis.

Não teve tempo.

Parou na escada, tremendo com acessos de riso. O corte em sua canela se abriu de novo, e ela sentiu o sangue escorrer por sua perna.

Encrenca havia crescido muito nos últimos dias, ainda mais nas últimas horas, mas nos últimos minutos as coisas deram mesmo um salto à frente. Ela teve um surto de crescimento emocional. No meio da escada, suando e rindo, ouvindo os uivos e gritos de sua família lá embaixo, Encrenca teve uma ideia. Era a primeira desse tipo e chegou à sua mente totalmente formada, tão adulta quanto o terno cinza de um banqueiro.

Mas ela não podia fazer isso.

Era um pensamento tão novo e indesejável, tão chocante de receber pela primeira vez, que os braços e pernas de Encrenca começaram a ceder primeiro. Ela se sentou no topo da grande escadaria, bem onde Candor havia dado o primeiro empurrão em tia Schadenfreude.

Certa vez, Encrenca tinha pulado do telhado da casa. Espremido o colchão, fazendo-o passar pela claraboia, jogando-o por sobre o parapeito e então pulado. E aterrissou bem no meio dele. Havia sido um teste, para ver se seria um bom meio de fuga, caso fosse presa. Mestre-cuca nunca tinha gritado tanto com ela em toda sua vida.

— Não passou pela sua cabeça que você poderia morrer? — gritou.

Não. Nunca tinha passado pela cabeça de Encrenca que ela poderia se machucar além da possibilidade de cura e, até aquele exato segundo, também nunca havia entendido que algo que fizesse poderia falhar. Daquele momento em diante, Encrenca teria que aprender a ter medo. E o mais importante de tudo, a ter medo e continuar mesmo assim.

Vamos lá, pense, pensou Encrenca. Se fosse eu, onde esconderia uma lata de gás hilariante letal?

Na verdade, ela não sabia. Havia uma diferença entre ser desonesta e dissimulada e ser um assassino de sangue-frio, e essa percepção poderia ter sido reconfortante para Encrenca se não significasse que seu lado bom ia matar sua família.

Se eu fosse Candor, então... pensou, desesperada. *Se eu fosse Candor e tivesse este mapa, onde a esconderia?*

Ela virou o mapa e o analisou freneticamente em busca de quadros suspeitos, lista de buracos ocultos e aberturas cobertas por arte ruim. Não havia tempo para checar todos eles. Teria que reduzir a lista.

Se eu fosse Candor...

— Olhe para mim. Eu sou Candor — disse para si mesma, com a voz abafada pela máscara. — Adoro dinheiro, e mentiras, e piadas de mau gosto. Sou o tipo de pessoa que desenha bigodes nos quadros, e acha que trocadilhos são o máximo da comédia, e está sempre tentando fazer as pessoas rirem... Ah!

Encrenca saiu correndo. E se permitiu rir. Estava rindo quando chegou ao segundo andar, rindo ao passar pelo contorno carbonizado da sala secreta, rindo enquanto seguia o silvo do gás até a pintura *Duquesa de cara azeda*, que ostentava um bigode preto novo.

— Você parece meio azeda — Encrenca tentou brincar, mas não conseguiu fazer as palavras ultrapassarem seus próprios dentes.

Puxou a pintura.

A lata era quase tão grande quanto ela, mas leve, e cuspia como uma cobra furiosa quando ela a pegou e se jogou no poço da lavanderia atrás da *Freira cutucando o nariz*. Sua risada ecoou pelas entranhas da Casa. Ela irrompeu pela boca do poço, na parte inferior da grande escadaria, saiu correndo e pulou para o jardim por uma janela quebrada. Largou a lata na grama molhada e a chutou para longe, respirando fundo o ar fresco e real. E então, desmaiou.

As estrelas nadavam acima dela. O tremor em seus músculos foi aos poucos parando. Um estrondo anunciou que alguém havia conseguido abrir a porta da frente e, então, ela ouviu seus parentes, ainda rindo, se arrastando para o gramado, ofegantes. O orvalho havia encharcado seu vestido e cabelo, e ela estava com frio. Ficou muito feliz por estar sentindo frio. Ficou muito feliz por estar sentindo alguma coisa.

Enquanto todos ofegavam no gramado como peixes fora d'água, tia Schadenfreude apareceu. Pediu que alguém libertasse Mestre-cuca, pois precisava da ajuda dela para arrastar o verdadeiro assassino para fora do porão. Todos ainda estavam fracos demais para demonstrar muita surpresa ao vê-la voltar dos mortos. Tintinábulo até gritou, sem entusiasmo, mas seu grito logo se transformou em tosse. Tio Ferreiro, ainda com muita ânsia de vômito, deu um pulo para desamarrar Mestre-cuca, mas ela rasgou a corda que prendia seus pulsos com uma breve flexão de seus braços poderosos, deu uma grande mordida na maçã e seguiu Schadenfreude de volta ao porão.

Fenômeno e Felicidade se sentaram ao lado de Encrenca. Não disseram nada, mas Felicidade puxou a cabeça de Encrenca em seu colo e Fenômeno deu um tapinha em seu ombro. Encrenca acenou com a mão flácida para Lote, a quem tia Herança, ainda chamuscada, abraçava com tanta força que Lote mal conseguia liberar a própria mão para levantar o polegar. Mas, pela primeira vez, estava abraçando sua avó com a mesma força.

Todos ficaram ali, esperando. Até que Mestre-cuca apareceu em uma das janelas quebradas.

— Ei, vocês! Podem voltar agora. É bem seguro.

A família se levantou, gemendo e mancando, e voltou para dentro. O salão estava o caos. Vidro estalava como cascalho sob tantos pés.

Mestre-cuca reclamou da bagunça.

— Mas acho que não deu para evitar. — Olhou para as janelas. — Como está ventando um pouco aqui, tia Schadenfreude decidiu receber todos vocês no escritório dela. Andem, depressa.

✳ ✳ ✳

No andar de cima, a passagem secreta havia sido fechada, o fogo aceso e a cadeira encharcada de sangue haviam sumido. Mestre-cuca até tinha arranjado tempo para fazer uma enorme panela de chocolate quente e servi-lo em copos de papel. Havia expressões envergonhadas de alguns Swifts. Afinal, apenas uma hora antes estavam planejando cozinhar Mestre-cuca viva. Ela fez questão de olhar cada pessoa nos olhos enquanto entregava o chocolate. Encrenca sabia que ela estava se divertindo.

Com opções limitadas de assentos, a maioria dos Swifts se sentou de pernas cruzadas no chão, olhando para tia Schadenfreude, que havia se acomodado em outra poltrona de couro com altos apoios para os braços. Sua gargantilha brilhava à luz do fogo. Tia Herança, desgastada e amassada, estava empoleirada ao lado dela, em um banquinho. Em frente a elas estava Flora, com um xale sobre o ombro enfaixado, e Fauna ao seu lado. As gêmeas lançavam um olhar cortante a outra pessoa próxima: Candor, machucado e furioso, amarrado à escrivaninha. Um de seus braços estava em uma tipoia. Uma perna dele havia sido grosseiramente imobilizada. Encrenca acenou para ele, alegre.

— Muito bem... com algumas exceções notáveis — os olhos de tia Schadenfreude pousaram rápido nas três meninas —, todos vocês fizeram papel de idiotas. — Houve fracos rumores de protesto. Tia Schadenfreude os interrompeu com um olhar. — Estamos esperando outros, mas acho melhor começarmos. Quero ver isto resolvido depressa, já que tenho sido muito incomodada nos últimos dias e gostaria de ir para a cama.

32 · O DESFECHO

— Em primeiro lugar, foi Candor quem me empurrou escada abaixo. Vejo que isso é um choque para muitos de vocês, pelo que só posso expressar a minha decepção diante de seu péssimo julgamento de caráter. Depois que anunciei a minha aposentadoria, Candor veio a este escritório com uma história maravilhosa sobre como o seu casamento poderia salvar a família se eu o nomeasse patriarca e abençoasse o seu casamento com Margarida DeMille. Falou muitas coisas perturbadoras sobre encontrar o tesouro e "restaurar a glória da nossa família". — O desprezo escorria de sua voz. — Quando ele terminou, eu o informei sobre o que havia descoberto ao longo dos anos: que ele tinha dívidas muito grandes, que havia deixado várias herdeiras bem-intencionadas em apuros depois de roubá-las e que, atualmente, estava no processo de fazer o mesmo com a srta. DeMille. Está correto, Candor?

Candor sacudiu a cabeça com força.

— Não é verdade! — gritou. — Por favor, todos vocês têm que acreditar em mim...

— Ora, ora. Parece que foi muito caridoso da minha parte pensar que você poderia fazer jus a seu nome neste desfecho. — Tia Schadenfreude suspirou. — Eu, porém, tenho honestidade e veracidade suficientes por nós dois. Eu disse onde ele poderia enfiar seus ideais retrógrados e saí do escritório. Não sabia que ele havia me seguido, até que segurou a minha bengala. — Tia Schadenfreude parou para tomar um gole de chocolate quente. — Eu fiquei inconsciente, de modo que não posso ser uma testemunha confiável da próxima parte dessa história — prosseguiu. — Contá-la será como brincar de passar o embrulho: cada um vai tirando uma camada de papel até chegarmos à verdade, que está por baixo de tudo. Agora, passo a história para você, Herança.

Herança ajeitou os óculos.

— Pois bem... a história de nossa grande família tem sido a minha paixão durante toda minha vida...

Herança contou a todos sobre sua busca por pedaços da história dos Swifts, sobre os mapas e plantas, papéis e cartas que havia acumulado. Como quando se deparou com o diário perdido de tia Memento e convocou a Reunião com a esperança de que o CE ajudasse a finalmente recuperar o tesouro de Vil e salvar a Casa.

— Eu queria contar a todos no mesmo instante — disse Herança —, mas Schadenfreude me alertou e pediu para eu manter minha descoberta em segredo. Incorretamente — ela levantou um pouco a voz — presumiu que o CE não era confiável, mas corretamente presumiu que alguém tentaria usar qualquer informação que a máquina revelasse sobre o tesouro para seus próprios fins. Não acreditei que algum de nós agiria contra os interesses da família. — Ela arrancou o dedo mindinho de uma luva de tanta agitação. — Fui uma tola. E ainda mais tolo foi pedir a Farejador que investigasse o que havia acontecido com tia Schadenfreude. Pensei que, com aquele nome...

— Acredito que Encrenca, Lote e eu seríamos os próximos — interrompeu Fenômeno, contraindo os dedos de desejo de ter por perto uma lousa, um pedaço de giz ou algo com o que gesticular. — Apesar da terrível destruição da cena do crime que Farejador provocou...

— Seja simpática, Fenômeno, ele está morto — murmurou Mestre-cuca.

— Não vou fingir que ele era um bom detetive só porque está morto. — Fenômeno bufou. — Enfim, apesar dele, começamos a nossa investigação seguindo a lógica. Nossa lista de suspeitos era composta por todos aqueles que perderam o jantar naquela primeira noite e foi sendo reduzida conforme checávamos os álibis de todos. A princípio, eliminamos Candor, porque tia Hesitar disse que ele lhe havia dado um sedativo para ajudá-la a lidar com sua deipnofobia e que tinha ficado tomando conta dela depois.

— Ficou mesmo — insistiu Hesitar, chacoalhando seu chapéu de papagaio com convicção. — Jogamos xadrez e depois, quando os outros apareceram, mudamos de jogo para que todos pudessem participar.

— Outros? — perguntou Fenômeno.

— Isso mesmo! O faraó Ramsés III, meu irmão Inovador e Mary Shelley.

Houve um breve silêncio.

— Estão todos mortos, tia Hesitar.

— Jura? Bem, morto ou não, Ramsés me deve cinquenta libras.

— Imagino que deve ter sido um sedativo bem forte — disse Fenômeno, debilmente. — Acho que é seguro supor que a declaração de tia Hesitar não foi confiável. — Ela se recompôs. — Bem, nossa primeira pista de verdade foi um grão parcial de *kopi luwak*, ou café civeta, encontrado na cena do crime...

A parte da história contada por Fenômeno levou os Swifts através de sua conversa com Flora e Fauna, seu encontro casual com Farejador e seu interrogatório de Atroz e Despeito, que lhes deram a ideia de que o tesouro e a tentativa de assassinato poderiam estar relacionados.

— Depois da conversa, eu tinha várias perguntas — disse Fenômeno, andando de um lado para o outro com as mãos atrás das costas. — Qual seria o motivo do nosso pretenso assassino? Quem ganharia mais com a morte da tia Schadenfreude? Não me importo em dizer que, na época, minha principal suspeita era você, tia Herança. Mas isso foi antes de ouvirmos uma conversa suspeita entre...

Nesse momento, a porta do escritório se abriu e tio Turbilhão entrou, amparando o último desaparecido do grupo.

— ... Flora e Margarida — concluiu Fenômeno.

Quando Margarida viu Flora, deu um grito e correu para ela, segurando sua mão boa.

— Estou bem, estou bem — disse Flora, olhando bem para Margarida, como se estivesse checando cada milímetro visível em busca de algum ferimento.

Margarida estava péssima. Seu cabelo estava desarrumado e segurava uma bolsa de gelo na lateral da cabeça. Encrenca recordou o som repugnante que fez a besta quando acertou a cabeça dela.

Ao vê-la, um pouco de charme voltou ao rosto de Candor.

— Margarida — suspirou ele —, você tem que me ajudar. Diga a eles que eu não...

— Não se atreva! — disse Flora, lançando sobre Candor um olhar que poderia ter derretido uma barra de aço.

Ela tentou se levantar, mas Fauna e Margarida a seguraram firme na cadeira.

— Nada disso — disse Margarida a Flora, exasperada. — Pode ficar sentada aí até provar que é capaz de manter todo o seu sangue dentro do seu corpo. Não é, Fauna?

Flora se deixou cair, carrancuda, entre suas guardiãs, mas continuou segurando a mão de Margarida.

— Srta. DeMille — disse tia Schadenfreude, seca, olhando para Margarida com os lábios um pouco franzidos. — Se estiver se sentindo bem, gostaríamos de ouvir o seu lado da história agora.

Margarida se voltou para os espectadores e aprumou a coluna. Encrenca se lembrou de novo daquela arma a ferindo.

— Parece que essa é uma canção antiga — disse ela. — Cante junto quem souber a letra. Conheci Candor há alguns meses. Fiquei encantada. Ele era doce, engraçado, charmoso, gentil, aventureiro, queria conhecer o mundo, como eu, e ajudar os outros. Saímos de férias juntos. Ele conheceu a minha família e me pediu em casamento.

— Um romance turbulento — comentou Ator.

— Um casal perfeito — acrescentou Renée.

— Vocês eram o casal perfeito das colunas sociais — disse Cobiçosa. — Mas então…

— Mas então descobri que o meu dinheiro estava sumindo. — Margarida girou o anel em seu dedo. — Candor disse que havia pegado "emprestado" para comprar o meu anel de noivado.

— Por acaso ele disse que estava passando por um pequeno problema financeiro? — sugeriu Despeito.

— Mas que queria comprar algo digno de sua beleza mesmo assim? — acrescentou Atroz.

— Sim, e eu acreditei nele, e deixei pra lá. — Os olhos de Margarida cintilaram. — Mas o dinheiro continuava sumindo. Minha assinatura apareceu em cheques que eu nunca havia assinado. Eu sabia que ele estava sacando dinheiro da minha conta bancária. Não que fosse me fazer falta e, de qualquer maneira, eu o amava.

— Tem razão — disse tia Herança —, é mesmo uma velha canção.

Margarida ergueu os olhos. Quando falou de novo, sua voz foi dura.

— Quero contar uma coisa sobre a minha família. Nosso nome não é tão tradicional quanto o de vocês. Meus pais vieram do nada, e algumas pessoas nunca se esquecem disso. Uma velha viúva, terrível, me disse uma vez que "dinheiro novo é papel, dinheiro antigo é ouro". Demorei um pouco para entender o que ela queria dizer. Queria dizer que a minha família poderia ter mais dinheiro que o Banco Central, mas como não existe um brasão com DeMille, ou com Mills, que era nosso nome antes de o mudarmos, gravado nele, não adiantava nada.

Flora apertou a mão de Margarida.

— Como eu disse — continuou, respirando fundo —, é uma velha canção, mas eu só a aprendi quando já era tarde demais. Quando a tia Schadenfreude chamou Candor de sanguessuga naquela primeira noite, foi como um balde de água fria. Eu sabia que tinha que confrontá-lo sobre o dinheiro desaparecido.

Margarida não olhou para Candor. Fixou os olhos na parede oposta.

— Ele apenas riu. Disse que teve acesso às minhas contas um mês depois de me conhecer e que desde então vinha desviando dinheiro. Eu disse que queria romper o noivado, mas ele disse que se eu o denunciasse, minha família jamais se recuperaria do escândalo. Seríamos motivo de chacota. Isso confirmaria tudo que as pessoas pensavam sobre nós. Ele disse que a única maneira de salvar a reputação era um casamento falso e um divórcio em um ou dois anos, assim que ele tivesse todo o dinheiro de que precisava.

Os Swifts assentiram. Era a história que a própria Encrenca contava sobre Margarida e Candor o tempo todo: que um deles estava se casando com o outro por dinheiro. Só que ela havia entendido ao contrário.

Margarida sacudiu a cabeça com repugnância.

— Vocês devem pensar que sou uma idiota.

Tia Schadenfreude sacudiu a cabeça.

— Não — disseram ela e Flora juntas.

Candor parecia querer dizer alguma coisa, mas a bengala de tia Schadenfreude escorregou e atingiu a perna quebrada dele.

— Candor inventou que eu estava com enxaqueca para explicar por que eu não ia descer para jantar — prosseguiu Margarida —, mas depois que Mestre--cuca me levou uma bandeja com comida, eu escapei. Eu ainda estava em choque, fiquei vagando. Encontrei Flora por acaso. Ela viu a minha cara, eu estava chorando, péssima, e me disse para contar tudo. Ela prometeu me ajudar.

— Você não pensou em me contar? — disse tia Schadenfreude, lançando um olhar de desaprovação para Flora.

— Claro que não — disparou Flora. — Você não nos deu motivos para confiar em você.

— Eu a fiz jurar segredo — interveio Margarida. — Eu não podia correr o risco de que a notícia se espalhasse. Queríamos entrar em contato com o meu advogado; Atroz estava monopolizando o telefone, não conseguimos falar com ele logo de cara. Queríamos encontrar uma maneira de dissolver discretamente o noivado sem que o nome da minha família fosse arrastado para a lama. Depois, corri de volta para o quarto, com medo de que Candor notasse que eu havia saído.

— E você nunca suspeitou que ele havia empurrado tia Schadenfreude? — perguntou Fenômeno.

Margarida sacudiu a cabeça.

— Não pensei que ele fosse capaz disso. Eu nem sabia que ele havia ido conversar com ela naquela noite.

— Eu desconfiei — disse Flora, dando de ombros, mas com um só. — Mas também desconfiei da maioria de vocês, porque são todos abomináveis. Mas não importa. Depois que os carros e o telefone foram sabotados, não tínhamos como enviar uma mensagem. Me lembrei da passagem escondida no seu escritório, tia Schade, de quando Fauna e eu ficamos aqui. Margarida e eu íamos pegar emprestado um mapa rodoviário, roubar a moto de Mestre-cuca... desculpa, Mestre-cuca, roubamos as suas chaves e uma das bússolas de Turbilhão... para fugir pela passagem e procurar o telefone mais próximo.

— Naquela noite, eu estava fazendo as malas para a nossa fuga e derrubei a bolsa de Candor — acrescentou Margarida. — A besta estava lá dentro.

— E, de alguma maneira, ele descobriu que nós duas estávamos agindo juntas. Ele me encontrou no escritório. Estava com uma arma pequena...

Tia Schadenfreude tirou o pequeno revólver do bolso e o colocou em cima da mesa, ao lado de seu cotovelo.

— Sim — disse Flora —, esse mesmo.

Encrenca olhou para o revólver de bolso. Tinha sido ela quem contou a Candor sobre Flora e Margarida. O mapa dela o levou ao escritório. As duas poderiam ter escapado ilesas, mas, em vez disso, Margarida encontrou Flora tombada sobre uma cadeira, sangrando e aparentemente morta. Não era de admirar que ela houvesse apontado a besta para Candor.

Tia Schadenfreude tamborilava com a bengala, pensativa.

— Acho que é melhor fazer um intervalo agora — disse. — Precisamos comer mais alguma coisa. Quem quiser usar o banheiro, que vá agora.

33 JUSTIÇA RÁPIDA

Foi como o intervalo no meio de uma peça de teatro. As pessoas conversavam enquanto Mestre-cuca voltava com mais chocolate para os merecedores. Candor não ganhou. O que ele ganhou foi, sobretudo, olhares de nojo. Ele suportava tudo com uma calma irritante, sorrindo distraído para a parede, como se tivesse mais uma arma escondida na manga, invisível e carregada. Isso deixava Encrenca apreensiva.

Retomaram a história com a morte de Farejador. Lote teve que fazer seu relato em meio a gemidos altos e desesperados de tia Herança, que havia presumido que o neto tinha passado todo o fim de semana com calma em um canto, fora de perigo.

— Não foi a armadilha da estátua que matou o Farejador. Vovó, por favor! Foi a armadilha da besta — disse Lote. — Farejador chegou atrasado à Reunião, por isso não ouviu o discurso da tia Schadenfreude explicando como a biblioteca… Estou bem, garanto! Como a biblioteca é perigosa. Ele encontrou as chaves da tia Schadenfreude e achou que não haveria problema em entrar e fuçar nos livros.

— Foi *Tradições e leis da família Swift* que acionou a armadilha — acrescentou Encrenca. — Candor estava seguindo o Farejador e viu a besta disparar. Ele simplesmente aproveitou a arma, tão conveniente, e disfarçou a causa da morte.

Fenômeno esfregou as têmporas.

— Não é de admirar que eu tenha achado esse caso tão difícil de solucionar — murmurou, olhando para Candor. — Você quase não planejou nada. Tudo que faz é reativo. Você é como nitrogênio: sozinho, bastante inofensivo, mas quando está diante de uma situação instável… Bum! Piora tudo.

O relato da história passou para Fenômeno, que falou sobre o dardo de besta que havia tirado do corpo de Pamplemousse e do bilhete com a caligrafia do assassino. Quando mencionou que os cartões do funeral de Schadenfreude haviam sido feitos com a mesma letra, Flora gemeu.

— Eu não vi... nem olhei para o meu cartão; senão, teria reconhecido a letra igual à dos bilhetinhos do Scrabble. Espera aí! Você ia incriminar a Margarida? — disse Flora, e se esforçou para se levantar de novo, com um olhar feroz para Candor.

Mas Margarida e Fauna apoiaram a mão no ombro bom dela e a fizeram se sentar.

— Todo mundo sabe que médicos têm uma caligrafia terrível — observou Fenômeno. — E ele já falsificava os cheques da Margarida há meses.

— Teria sido muito fácil convencer a família de que Margarida era suspeita — acrescentou Mestre-cuca, fazendo Encrenca lembrar, envergonhada, a velocidade de sua própria suspeita. — Que bom que a maioria de vocês decidiu que era eu.

Enquanto Abandonar e seus companheiros arrastavam os pés e tossiam, constrangidos, Turbilhão, claramente se sentindo excluído, contou sobre a sessão espírita que haviam conduzido com o CE. Quando mencionou a mensagem do fantasma: OLHEM EMBAIXO CASA, várias pessoas fizeram anotações discretas. Uma ou duas olharam para a porta.

— Não era um fantasma — insistiu Fenômeno, e Mestre-cuca a olhou com presunção. — Foi uma flutuação aleatória de energia eletromagnética ou... ou uma influência do nosso inconsciente, ou qualquer coisa!

— Por falar em gente morta — disse Felicidade, olhando para tia Schadenfreude —, o que foi que enterramos?

Essa pausa foi mais desconfortável que a primeira.

— Ah, sim. — Tia Schadenfreude bebericou o chocolate quente. — Vocês enterraram uma armadura, na verdade. Recuperei a consciência depois da infeliz morte de Pamplemousse. Mestre-cuca estava ao meu lado. Nós duas arquitetamos um plano: ela me tiraria clandestinamente do escritório pela passagem secreta, simularíamos a minha morte e eu esperaria no porão até o momento certo de revelar a verdade. Peguei emprestado um truque de Shakespeare e ia surpreender Candor aparecendo como fantasma no jantar de hoje.

— E você achou que esse plano exigia apenas vocês duas? — perguntou Turbilhão, com voz suave e magoada.

— Eu queria desfrutar um pouco do sofrimento de Candor. Como seria bom se houvesse uma palavra para isso...

— Ah, entendi. Mas as meninas e eu estávamos sofrendo, Schadenfreude! — disse Turbilhão.

Tia Schadenfreude se remexeu na poltrona.

— Eu... eu subestimei o impacto que a minha morte causaria. Havíamos ensaiado tantas vezes...

Turbilhão lançou a ela um olhar que prometia discussões futuras.

— Encrenca — solicitou ele —, é a sua vez.

Poucas horas antes, Encrenca teria gostado de ser o centro das atenções, o grand finale de um longo e complicado mistério. Mas, naquele momento, só o que ela queria era dormir. Mesmo assim, ela se espreguiçou e se recompôs.

— Vamos lá — disse. — Então, enquanto vocês estavam ocupados acusando Mestre-cuca injustamente, e a tia Schadenfreude estava escondida no porão, e a Flora estava se esvaindo em sangue, eu vi a Margarida conduzindo Candor para o labirinto de sebes...

Quando Encrenca terminou sua parte da história, houve um suspiro de alívio.

— EXCELENTE, ENCRENCA! — disse Fortissimo.

— Sim, você foi muito corajosa! — disse Hesitar.

— Mas poderia ter sido um pouco mais rápida — disse Despeito.

— Pois bem, quem vai chamar a polícia? — perguntou Felicidade.

Houve um silêncio mortal. Tia Schadenfreude piscou.

— Polícia? Ninguém vai chamar a polícia.

Era bem característico de Felicidade o fato de que, apesar de toda a indignação que havia expressado nos últimos dias, ainda tinha mais sobrando.

— Mas... mas Candor é um assassino!

Candor, que quase havia se esvaído no carpete, finalmente falou:

— Tecnicamente — disse ele, com um riso na voz —, não matei ninguém. Só peguei uma besta e um livro emprestados e... reorganizei um pouco a cabeça de Farejador. Titia, como vemos, está bem, assim como a nossa querida Flora. Não sou culpado nem sequer de danos materiais. Não faço ideia de quem roubou todos os volantes dos carros ou sabotou o telefone.

— Ah — disse Margarida —, tenho certeza de que foi o Farejador. Eu o vi jogando coisas no lago na primeira noite.

Fenômeno suspirou e Encrenca revirou os olhos. Prender todos na casa para impedir que o assassino escapasse e ganhar tempo para resolver o caso tinha mesmo a cara de Farejador.

— Candor também tentou me envenenar! — disse Fenômeno.

— E chutou John, o Gato! — acrescentou Lote.

— E assassinou Pamplemousse! — exclamou Felicidade. — Na frente de todos nós!

Candor abriu um sorriso preguiçoso.

— Tia Herança?

A arquivista suspirou.

— Não existe lei em nossa família contra tentativa de homicídio — disse ela, a contragosto. — No passado, isso era considerado um treinamento útil, para aprender a ser mais esperto que os assassinos. Quanto a Pamplemousse — prosseguiu ela, por sobre o grito indignado de Felicidade —, ele desafiou Candor para um duelo até a morte. Candor venceu. Segundo o código de duelos estabelecido por Litígio Swift, em 1737, Candor não cometeu nenhum crime ao matar Pamplemousse. Tudo isso está bem claro em *Tradições e leis da família Swift*.

— Então... ele não vai ser punido? — perguntou Encrenca.

Ela olhou para Felicidade, cuja expressão era a mesma de quando tinha libertado as mariposas de seu guarda-roupa, uns setecentos anos atrás. Depois, olhou para tia Schadenfreude, impassível.

— Sim, vai ser punido — disse a matriarca. — Ele será excomungado. Será destituído de seu nome. Ninguém da família jamais o contatará de novo, nem lhe fornecerá ajuda ou assistência. Flora, Margarida, se alguma de vocês quiser contratar um caçador de recompensas para fazer justiça pelo dano que sofreram, têm esse direito.

— Vou pensar nisso — disse Flora, séria.

— Resumindo — prosseguiu tia Schadenfreude com um tom de voz gelado, e Candor cedeu sob o olhar que ela voltou para ele —, Candor Swift não existirá mais. Herança eliminará seu nome de nossos registros. Toda a documentação que comprove a sua existência será triturada. Todos os seus bens, seu dinheiro, sua casa, seu diploma de médico, serão confiscados, redistribuídos ou destruídos. Você não terá nada. Você não será ninguém. Nem mesmo um fantasma.

— Mas eu não fiz nada de errado — disse Candor, com voz trêmula. — Você não pode... você não pode fazer isso!

— Posso — disse tia Schadenfreude —, e já comecei.

Ela estendeu a mão e rasgou o crachá dourado do paletó dele.

Candor começou a gritar. Não eram nem palavras. Eram uivos, gritos incoerentes de raiva. Debatia-se nas cordas, balançando a mesa, até que um peso de papel caiu e atingiu sua perna quebrada. Ele gritou de dor e depois se recostou, ofegante.

— Isso é uma injustiça — sibilou. — Eu sei que alguns de vocês concordam comigo. E outros também. Não serei obrigado a desaparecer. Eu...

— Cubram-no com um cobertor e joguem-no no freezer com sua obra. Amanhã, no café da manhã, escolherei o meu sucessor — disse tia Schadenfreude, ignorando-o totalmente. — Reunião encerrada.

34. "E AS RIQUEZAS DE CADA REUNIÃO ENCONTRAREIS"

Encrenca acordou antes do amanhecer com o cotovelo de Fenômeno em seu rosto e o joelho de Felicidade no meio de suas costas. Sentou-se. Andou pensando enquanto dormia, e de tanto se virar, a trança que Felicidade havia feito em seu cabelo acabou afrouxando. A lua iluminava o quarto de sua irmã como um filme em preto e branco, cheio de sombras profundas e tons de cinza.

Em um instante, ela conseguiu furtar o jaleco de Fenômeno e o livro do caso. Agachou-se em um canto onde havia um pedacinho de luar e passou as anotações e diagramas para chegar a uma página no final, onde Fenômeno havia desenhado a tabela intitulada Determinismo Nominativo no Caso de Encrenca Swift. Somou as notas nas colunas Conforme o caráter e Incongruente com o caráter. Havia um número igual de marcas em cada uma.

Encrenca, como já foi mencionado antes, era uma pessoa que fazia coisas. Olhando para aquela página, para o resumo de si mesma, tomou uma decisão. Não sabia se o que estava prestes a fazer era Conforme o caráter ou Incongruente com o caráter, certo ou errado, mas sentia que era algo de que precisava fazer.

A porta do Quarto Coral, quando ela chegou, estava aberta, e o quarto vazio. Encontrou Margarida sentada no último degrau da grande escadaria, de roupão e com um lenço de cabelo de seda amarela, segurando uma xícara de café.

Encrenca se empoleirou ao lado dela. Não tinha muita certeza de que seria bem recebida.

— Estou bebendo uma de suas pistas — disse Margarida, em tom de saudação. — *Kopi luwak*. Já que paguei por ele, é melhor eu beber. — Deu uma piscadinha conspiratória para Encrenca e sussurrou: — Não conte para a Flora, mas não entendo. Para mim, tem gosto de café comum.

Depois de tudo que havia acontecido, Margarida estava sendo legal com ela. Era insuportável.

— Desculpa por ter pensado que a culpada era você — desabafou Encrenca.

Ela queria dizer mais coisas. Havia pensado em se colocar em dívida vitalícia para com Margarida, ou oferecer seus serviços de escudeira ou algo assim, mas ficou imobilizada pelo olhar suavemente assustado de Margarida.

— Você é uma criança — disse Margarida, como se isso explicasse tudo.

Ambas ficaram olhando para o saguão. Grande parte do vidro quebrado já havia sido varrido e tudo parecia perfeitamente normal, até que Encrenca viu uma tábua de madeira pregada onde deveria haver uma janela. A família havia sido ferida, e a Casa com ela. E Encrenca estava prestes a feri-las ainda mais.

— O que você quer fazer, Margarida? — perguntou Encrenca. — Ninguém te perguntou.

Margarida tomou um gole de café.

— Quer vingança?

Margarida sacudiu a cabeça e disse:

— Existe um ditado que diz: "Quem busca vingança deve cavar duas sepulturas".

Encrenca pensou um pouco.

— Ora, isso não faz o menor sentido — disse. — A menos que você precise se vingar de duas pessoas, suponho.

Margarida, quando ria de verdade, roncava um pouco.

— Justiça, então? — insistiu Encrenca. — Sei lá, acho que, mesmo não tendo levado um tiro, sido envenenada ou empurrada da escada, você se machucou. — Ela mastigou distraidamente o polegar. — Vim dizer que posso transmitir uma mensagem para fora da Casa, se ainda quiser ajuda.

— Como? — perguntou Margarida.

Encrenca conduziu Margarida pela casa ainda adormecida, até a claraboia de seu quarto e até o telhado. O céu estava ficando cinza nas bordas, envelhecendo e se transformando em manhã. Ela pegou sua lanterna.

— Você não vai se meter em encrenca? — perguntou Margarida.

Encrenca sorriu.

— Ah, sim. Mas estou acostumada.

Ela ficou sentada ali um instante, tentando imaginar como poderia resumir tudo que havia acontecido. Então, lembrou-se da primeira parte do código Morse que tio Turbilhão lhe havia ensinado. Era o que os navios usavam quando estavam com problemas e não tinham tempo para explicar a situação.

Era o que as pessoas usavam quando precisavam de ajuda, e todas as palavras do mundo não funcionariam tão bem quanto essas três letras simples.

Encrenca piscou a lanterna.

... — — ...

SOS

✳ ✳ ✳

O som de risadas arrancou Encrenca do sono pela segunda vez naquela manhã e, por uma fração de segundo, ela achou que estava de novo no porão, ouvindo sua família rir até a morte. Mas quando seus olhos encontraram o foco, viu Felicidade e Fauna diante da penteadeira, mexendo na maquiagem de sua irmã.

— Que tal este? — disse Felicidade, segurando um tubinho na mão.

— Nunca gostei muito de batom — admitiu Fauna. — Flora, quer experimentar?

Fauna estava com uma toalha enrolada na cabeça e vestia um longo roupão estampado. Flora estava sentada na ponta da cama, jogando grãos de café para cima com o braço bom e pegando-os com a boca.

— Humm. Pode ser — disse, pegou o batom e leu rótulo. — Pensando bem, não. Não vou usar nada que se chame Rosa Paixão.

Encrenca se sobressaltou. O cabelo de Flora havia sumido. Não tudo, mas a maior parte; estava curto e reto. Ela parecia estar em um cabaré. E toda vestida de preto.

— Acho que sou uma pessoa que gosta mais de sombras — disse Fauna, decididamente.

Pegou um frasco verde esmeralda e o girou entre os dedos. Havia pintado as unhas.

— Ah! — exclamou Felicidade. — Fiz um vestido exatamente dessa cor!

— O que estão fazendo? — resmungou Encrenca.

Fauna sorriu para ela.

— Estamos passando por uma transformação!

— Agora?

— Nada melhor que o tempo presente. Eca, Prosa Roxo? Quem põe nome nessas coisas? — murmurou Flora, vasculhando a caixa de maquiagem de Felicidade.

O olhar de Encrenca passou de uma gêmea para a outra.

— Achei que vocês gostassem de ser iguais.

Fauna sorriu.

— As coisas estão mudando. Para melhor, eu acho.

— Ontem foi... — Flora fez um gesto com a mão boa, que Encrenca interpretou como catastrófico e muito ruim.

— Flora quase morreu — disse Fauna. — Eu a vi, e foi como olhar para o meu próprio rosto. — Ela estremeceu e aplicou um pouco de sombra na pálpebra. — Percebi que se ela morresse, eu passaria o resto da vida me olhando no espelho e vendo a minha irmã morta.

— E eu percebi que isso nos amarrava — disse Flora. — Quanto mais parecidas ficávamos, mais nos uníamos, e mais difícil era deixar o resto do mundo entrar.

— Além disso, Flora e Fauna não são palavras que significam a mesma coisa. Elas se complementam — acrescentou Fauna.

— Então decidimos: chega de combinar. Chega de ceder e tentar evitar coisas que a outra não gosta. A vida é curta demais.

— E agora, seu cabelo também — disse Fauna. — O que leva à minha grande revelação. Preparadas? — Ela se levantou, com sombra verde em só uma pálpebra. — Muito bem... tcharam!

Ela tirou a toalha da cabeça, revelando seu novo cabelo vermelho, ainda úmido do banho. Sorriu.

Felicidade bateu palmas. Flora tentou bater também, mas estremeceu e decidiu fazer um "joinha".

— Olha só, ficou excelente — disse ela. — Sem dúvida, eu não seria capaz de fazer isso. Ahá! — Pegou um tubinho preto da caixa de maquiagem de Felicidade. — Marca Escarlate. Feli, que tal este aqui?

— Vai fundo — disse Felicidade, meio engolida por seu enorme guarda-roupa.

Uma mariposa atordoada voou e pousou no espelho.

Flora passou um vermelho intenso nos lábios e se olhou no espelho.

— Humm. Nada mal.

— Concordo — disse Fauna.

As gêmeas se olharam no espelho. A ruga na testa de Flora ainda estava lá, e as linhas de riso no canto da boca de Fauna também. Mas Encrenca não podia acreditar que um dia as havia confundido. Talvez elas fossem idênticas, mas isso era só para esconder o fato de que eram pessoas muito diferentes. Agora Flora era penetrante e morena, de batom vermelho; e Fauna, suave e brilhante, com cabelos como um farol. A única coisa idêntica eram seus sorrisos.

Encrenca as deixou experimentando roupas e desceu para o café da manhã. No caminho, passou pela porta da sala antes secreta, agora só um buraco carbonizado na parede. Lá dentro, Fenômeno estava com uma prancheta na mão, olhando para o CE e fazendo anotações. Seu jaleco branco estava manchado de fuligem, mas a máquina estava limpa e brilhante como sempre.

— Eu vou descobrir como você funciona, sua lata-velha. — Encrenca a ouviu murmurar.

Encrenca escorregou pelo corrimão e seguiu pelo corredor, passando pela escada para a cozinha assim que Mestre-cuca e Margarida emergiam de lá com uma travessa de bacon e outra de ovos mexidos. Margarida parecia estar muito melhor e tinha acabado de dizer algo que estava fazendo Mestre-cuca rir alto. Encrenca aproveitou e roubou uma fatia de bacon enquanto ela estava distraída.

Ao passar pela primeira janela aberta, ela olhou para fora. Tio Turbilhão estava à beira do lago, ao lado de Despeito, Renée e Ferreiro, cada um segurando uma vara de pescar. Despeito começou a enrolar sua linha, tirando da água uma forma redonda — um volante. Colocou-o em uma pilha formada atrás deles. Turbilhão deu um tapinha nas costas dele com tanta força que ele quase caiu no lago.

Na biblioteca, tia Herança olhava para Lote, que tremia. Encrenca parou na porta, caso Lote precisasse de reforços.

— Não combina comigo, vovó — disse Lote. — Tudo nele me parece errado.

— Mas, meu amor — disse Tia Herança —, o Dicionário deu esse nome para você. Ele sabe tudo. Ele... — Mas então hesitou. Herança olhou para Lote, observou suas mãos se retorcendo sob os punhos da blusa de lã, embora seu olhar fosse firme. — ... Ele não sabe tudo. Nem eu. Mas eu gostaria de aprender.

Ela começou a vasculhar os bolsos e retirou uma etiqueta.

— Lote, meu amor, está com seu crachá aí?

Lote arregalou os olhos ao ouvi-la usar o nome escolhido por si mesmo.

Lote tirou o pequeno crachá dourado do bolso da calça. Tia Herança colou a etiqueta sobre o nome, depois procurou uma caneta, finalmente localizando uma entre seus cabelos.

— Pronto — disse Herança, escrevendo LOTE no crachá. — Até que seja feito um crachá adequado para você.

O sorriso de Lote poderia ter derrubado alguém a cinquenta passos de distância. Herança tirou as luvas brancas e abraçou o neto.

Encrenca deixou Lote ali, chorando e abraçando, decidida a falar com Lote mais tarde. Poderiam fazer uma excursão até o porão e se livrar da velha lápide de Lote. Fenômeno ainda devia ter algo explosivo escondido em algum lugar. Precisariam de fósforos, uma corda e um skate.

Depois desse dia, a Casa estaria vazia de novo. Ela exalaria as pessoas e todos os Swifts voariam de volta ao mundo, para o bem ou para o mal. Encrenca estava aliviada. Família era coisa cansativa e complicada, e cada um era cada um, o que significava que ela tinha tantas chances de se dar bem com seus parentes quanto com qualquer estranho na rua. Só ter o mesmo sangue não era o suficiente para fazer de alguém uma família apropriada. Para ela, Mestre-cuca estava acima de qualquer um daqueles seus familiares.

Enquanto tomava o café da manhã, ela pensou nos convidados. Tio Ferreiro podia ir, decidiu. E tia Abandonar. E Atroz e Despeito. Encrenca já havia feito um arranhão longo e grosseiro na lateral do carro de Atroz e escondido um ovo embaixo do banco de trás do de Despeito, e tinha certeza de que poderia manter seu rancor bem alimentado até a próxima Reunião.

Mas Lote, seu novo melhor primo... e Fauna, e Flora... e Hesitar, e Fortíssimo não eram tão ruins assim, e ela provavelmente teria gostado de Pamplemousse se ele tivesse vivido mais. Talvez fosse isso que Feitiço estava tentando dizer: Sejais ricos em bondade e ricos como espécie [...] E as riquezas de cada Reunião encontrareis. Ela não estava falando sobre dinheiro. O objetivo da Reunião não era de fato encontrar o tesouro; era só uma desculpa para reunir todos como uma família e encontrar o valor uns nos outros.

No final da refeição, quando os pratos foram retirados, tia Schadenfreude puxou a cadeira para trás, fazendo-a ranger.

— Muito bem — disse. — Estamos todos aqui. Tenho certeza de que estão esperando para saber quem vai me substituir como chefe da família. Bem, não vou fazer rodeios. Para mim, só há uma escolha. Nos últimos dias, ouvi falar da coragem, dignidade e sensibilidade dessa pessoa. A gentileza dela também foi um fator importante. Muitos de vocês pensam que me falta isso, mas ninguém poderia dizer isso sobre ela. — Schadenfreude levou a mão à sua gargantilha. — Se ela aceitar o título, embora só Deus saiba por que aceitaria, Fauna Swift será a nossa nova matriarca.

Fauna levou a mão à boca. Os aplausos foram altos demais para ela conseguir fazer qualquer coisa além de acenar com a cabeça. Ela foi até tia Schadenfreude com o vestido verde que Felicidade havia feito e o cabelo ardente. Sua irmã batia na mesa com tanta força que Encrenca temia que os ossos de Flora se quebrassem. Ao lado de Flora, Margarida tentava ensinar a Lote como assobiar com os dedos na boca.

Herança gentilmente colocou o Dicionário da Família, liberado de sua vitrine de vidro para a ocasião, em um púlpito. Fauna pousou a mão sobre a capa.

— Arquitia Schadenfreude, matriarca da família Swift, renuncia a seu título e a seus poderes e deveres, conferidos a você por esta família? — perguntou tia Herança solenemente.

Tia Schadenfreude concordou.

— Sim. Finalmente.

Ela se sentou; parecia mais leve. Foi como se, depois de carregar algo pesado durante anos e anos, finalmente houvesse encontrado um lugar para colocá-lo.

Ela estendeu a mão e, com uma pequena chave que Encrenca nunca havia visto, abriu a gargantilha de ferro.

Tia Herança se voltou para Fauna.

— Fauna Swift, você aceita o cargo de chefe da família sob o título de matriarca?

— Aceito.

— Jura defender a honra e a posição da família e cumprir os deveres inerentes a esse título? Jura resolver disputas da melhor maneira possível, proteger e abrigar os membros da família que precisarem, aconselhar e ajudar seus parentes? Jura nos reunir a cada década para reafirmar os laços entre nós?

— Juro.

— Fauna Swift, você é a nova matriarca da família Swift, e confiamos em seu julgamento.

Fauna fez uma mesura, radiante. Mestre-cuca lhe entregou um imenso buquê de flores da estufa e lhe deu um beijo no rosto que a deixou vermelha. Alguém gritou:

— Discurso!

Fauna apertou as flores contra o peito.

— Discurso?

— Terá que fazer muitos daqui em diante — disse tia Schadenfreude. — É melhor começar agora.

— Tudo bem.

Fauna fez uma pausa para se recompor. Encrenca a viu passar o dedo sobre a capa dourada do Dicionário e sorrir.

— Tia Schadenfreude é terrível — disse Fauna.
Encrenca engasgou com o suco de laranja. Com um sorriso malicioso, Fauna esperou que todos parassem de gritar. Mas a própria tia Schadenfreude estava imperturbável, até meio divertida. Acenou com a cabeça para que Fauna continuasse.

— Está bem aqui, na parte mais antiga do Dicionário. — Fauna apontou para uma página, uma das primeiras de pergaminho, com longos Ss que pareciam Fs. — Ouçam o que diz esta entrada:

Terrível (adjetivo):
Contra o qual não se pode lutar; invencível

— Quando isto foi escrito, a palavra "terrível" também tinha uma conotação positiva. Tia Schadenfreude é terrível. Ela é invencível. Mas, com o tempo, as pessoas começaram a usar a palavra de maneira diferente, aplicada a coisas ruins. Olhando na parte mais recente do Dicionário, há uma nova entrada. — Ela virou várias centenas de páginas. — Aqui.

Terrível (adjetivo)
Assustador, temível

Ela fechou o Dicionário com um baque.

— E então, algumas centenas de anos de evolução da linguagem depois, eu insultei a minha tia. Oh, céus!

— Alguns diriam que a definição moderna ainda se aplica no meu caso — disse tia Schadenfreude com malícia.

Houve algumas risadas leves. Fauna colocou seu novo cabelo vermelho atrás da orelha.

— O que estou tentando dizer é que os significados evoluem com o tempo. A linguagem muda, porque as pessoas mudam. Precisamos de novas palavras, novos nomes para as coisas. Como… como "telefone", palavra que não existia antes de o telefone ser inventado. Entendem o que quero dizer? A função de um dicionário não é nos dizer o que as palavras significam; é nos registrar, como somos, e mudar com a gente — prosseguiu Fauna. — Acho que está na hora de nós, como família, registrarmos uma nova entrada. Fazermos as coisas, porque achamos que é a melhor maneira, não porque é como sempre fizemos. Pararmos de definir as coisas e começarmos a tentar descrevê-las. E, se possível, permitir a nós mesmos, e uns aos outros, mudar e crescer. — Sorriu. — Com isso em mente…

Todos ouviram o barulho, um estrondo, ainda distante. Encrenca olhou para Margarida por sobre o pote de mingau. Atroz tirou um binóculo do bolso e foi até a janela.

Soltou uma praga e anunciou:

— É a polícia!

Algumas pessoas começaram a se levantar, mas Atroz acenou para que voltassem a seus lugares, ainda com os olhos grudados nos binóculos.

— Estão mexendo na fechadura do portão. Ah, um deles tem um alicate! Logo estarão aqui.

A matriarca Schadenfreude se ergueu, furiosa.

— Acaso não fui clara? — perguntou. — Quem fez isso?

Seus olhos varreram a sala.

Encrenca respirou fundo. Na noite passada, tinha decidido aceitar as consequências. Ficou imaginando o que Suleiman havia dito à polícia para convencê-la de que uma mensagem em código Morse de uma criança era motivo para uma investigação. E, mais uma vez, perguntou-se se havia feito a coisa certa. Quando abriu a boca para confessar, Felicidade se levantou.

— Fui eu — mentiu Felicidade. — Fui até o telhado e usei a lanterna da Encrenca para pedir ajuda.

Uma onda de "Ohs" percorreu a sala. Encrenca ainda estava meio em pé e Margarida tinha uma expressão confusa no rosto, mas Felicidade sacudiu a cabeça discretamente para as duas: não.

— Depois de eu dizer especificamente para que não fizessem isso? — gritou tia Schadenfreude.

— Sim — respondeu Felicidade, erguendo o queixo em desafio. Ela olhou para sua família. Ninguém a mandou calar a boca. As pessoas finalmente estavam ouvindo o que ela tinha a dizer. — Não somos melhores que ninguém — disse Felicidade. — Vocês ficam dizendo que os Swifts são especiais, que as regras não se aplicam a nós. Candor acreditava nisso e fez coisas horríveis, e nós nos preocupamos apenas em puni-lo pelo que ele fez à família, não à Margarida ou a qualquer outra pessoa que ele já tenha enganado. Se o deixarmos sair para o mundo, quanto tempo ele levará para encontrar outra pessoa para enganar, manipular e ferir? Ele pode não ser mais um Swift, mas ainda é alguém. Tia Schadenfreude, você sabe que tenho razão.

Tia Schadenfreude parecia arrasada.

— Eu proibi isso — disse. — Não como sua tia, mas como sua matriarca. Minha palavra é... era... lei.

Ela levou os dedos à gargantilha de ferro, descartada sobre seu prato.

— Tudo bem, então — disse Felicidade, sem chorar. — Faça o que tem que fazer. Me expulse, pegue o meu crachá, tanto faz...

Margarida e Flora começaram a gritar, Herança começou a gritar, e Encrenca subiu na mesa para ter a vantagem tática de gritar, e Fauna teve que bater no púlpito para ser ouvida em meio ao tumulto.

— Por favor. Podem ficar quietos? E sentem-se. — Ela sorriu para Felicidade. — Eu não terminei o meu discurso.

Felicidade se sentou. Encrenca pegou a mão dela por baixo da mesa e apertou com força.

— Eu ia dizer que deveríamos fazer as coisas de maneira diferente. Bem, vamos começar agora. Felicidade, ninguém vai expulsar você por causa de um erro. Na verdade, eu nem acho que você cometeu um erro. Você fez o que achou certo, apesar das consequências.

Fauna piscou para Encrenca, e a garota soube que havia sido desmascarada.

— Eu revogo o decreto da matriarca anterior. Eu posso fazer isso — prosseguiu, erguendo as sobrancelhas para Herança como se a desafiasse a contradizê-la. — Felicidade, você não será punida. Além disso... — Fauna estremeceu — vamos cooperar com a polícia. Até certo ponto, pelo menos. Assim como Felicidade, não quero ver Candor solto no mundo. É melhor alguém ir tirá-lo do freezer. O resto de vocês... pensem no que vão dizer quando a polícia chegar.

Fauna se sentou. Tia Schadenfreude lhe lançou um olhar que seria inescrutável para a maioria das pessoas, mas que Encrenca sabia ser uma aprovação relutante. Foi um alívio. Como matriarca, Fauna moraria com eles na Casa, afinal. Ela se perguntava que papel desempenharia nos ensaios fúnebres de tia Schadenfreude.

Em duplas e trios, as pessoas foram deixando a sala de jantar, algumas murmurando furiosamente sobre padrões e tradição, outras comentando que talvez, talvez, possivelmente, em situações extremas e circunstâncias difíceis, uma mudança poderia ser uma coisa muito boa.

— Bem — disse Atroz, aproximando-se de Encrenca —, aí vêm os tiras. E você achava que o Farejador era ruim. — Ela estremeceu. — Pelo menos eles não podem bagunçar a Casa mais do que já está bagunçada.

— A Casa vai ficar bem. Vamos consertar tudo quando todos forem embora — disse Encrenca, na defensiva.

— Não vão nada. Uma equipe de empreiteiros e conservacionistas altamente qualificados fará isso — corrigiu Atroz. — É para isso que estou pagando.

Diante do olhar surpreso de Encrenca, ela riu.

— Ora, não fique tão surpresa. A DeMillions ali ofereceu, mas Schadenfreude não aceitou o dinheiro dela. É uma questão de princípios. A Casa é a nossa responsabilidade, por isso, um Swift deve pagar. Concordei em pagar a conta dos reparos e manutenção, mas com uma condição. — Ela apontou, com um dedo elegante, através da janela e do terreno, para o Monumento de Vil. — Aquela coisa vai para o chão.

Encrenca encarou Atroz. Essa era a última coisa que ela esperava.

— Mas por quê?

Atroz deu de ombros.

— Por que alguém faz alguma coisa?

— Eu não entendo você — disse Encrenca.

— Espero que não mesmo. — Atroz disse para ela. — Estarei observando a sua carreira com interesse, Encrenca Swift.

* * *

Encrenca esperou até que sua irmã acabasse de conversar com Margarida — uma conversa intensa e animada que deixou Felicidade radiante — antes de se aproximar.

— Eu prometo — disse Encrenca solenemente. — De agora em diante, não colocarei mais ratos na sua cama. Não farei mais pegadinhas. Não vou mais tirar sarro das coisas de que você gosta. Desculpa por eu ter dito que você era chata. E traidora.

Felicidade revirou os olhos.

— Se você parar de fazer todas essas coisas, como vou te reconhecer? Mas aceito o fim dos ratos, obrigada. — Felicidade cuspiu na mão e apertou a de Encrenca. — Nossa, que coisa nojenta! — E limpou a mão na blusa de Encrenca.

— Perdi alguma coisa? — perguntou Fenômeno, cautelosa, olhando para as duas como se estivesse esperando uma briga começar.

Por fim, havia largado o CE para pegar o que parecia uma fatia de torrada untada com mingau.

— Muita — disse Felicidade com firmeza. — Mas, Fenômeno, tenho algo aqui que estou esperando para mostrar para vocês. — Ela tirou um caderno do bolso. — *Voilà*!

A última página continha as palavras finais e sem sentido do CE, organizadas por alguém com talento para anagramas.

GATO DESONRA REPRESENTANTE
SÉCULOS TESOURO ASSASSINATO
CERTAS HORAS ASSASSINADO

E circulado estava:

CANDOR É O ASSASSINO

Fenômeno enfiou a ponta do rabo de cavalo na boca.

— Não — disse ela, categórica. — De jeito nenhum. Isso é idio... Não. Existem milhares de combinações de letras possíveis. Não há razão para acreditar que...

Felicidade cantarolava, divertida.

— Sim, tem razão. Poderia ser. — Ela olhou de soslaio para a página — TONTURA TOUPEIRA ÓCULOS... Ou HORRENDO CENTAURO PRURIDO... Talvez COCEIRA CENOURA SUPORTADO. Mas é uma coincidência meio estranha.

— Sim, coincidência — disse Fenômeno, mas meio insegura.

— E — acrescentou Encrenca, encantada — ele disse que seria melhor perguntar ao gato quem era o assassino, e John, o Gato, foi uma testemunha importante. Ele até arranhou o Candor.

Para Fenômeno, era como se seu mundo inteiro houvesse sido recolhido, virado de cabeça para baixo e sacudido.

Felicidade sorriu.

— Bem, foi tudo muito divertido, mas Margarida me disse que está pensando em se mudar para Paris, e que vou poder visitá-la. E como ela pode levar pouco tempo para encontrar um apartamento, é melhor eu começar a fazer as malas agora.

Encrenca observou enquanto sua irmã ia saltitando para o quarto. Felicidade desabrocharia em Paris. Seu francês era impecável; pelo menos era o que Encrenca supunha, visto que ela mesma nunca tinha se preocupado em aprender uma palavra sequer.

Ouviram um barulho. Foi Mestre-cuca derrubando a cafeteira e Herança gritando, agarrando o Dicionário para tirá-lo do alcance daquele líquido escuro que poderia manchá-lo. E então, Herança gritou de novo, quase derrubando o Dicionário na cadeira de Schadenfreude, com uma exclamação de horror.

— Minhas luvas! Não estou com as minhas luvas! Ah, a oleosidade natural da minha pele com certeza vai estragar o papel e...

Ela saiu correndo da sala.

Encrenca foi até o Dicionário. O CE estava certo sobre John, o Gato; ele havia revelado a identidade do assassino — de uma forma indireta, pelo menos. Mas e quanto à terceira mensagem, aquela sobre o tesouro?

Apesar de toda a antipatia de Fenômeno em relação a palpites, Encrenca queria seguir esse. Andou pensando no prólogo de Feitiço. Abrindo o Dicionário — sem luvas, porque, apesar de tudo, ela ainda era Encrenca —, foi virando as páginas. As palavras foram passando, escritas com caligrafia garranchosa, ou letras tortas, ou bem-feitas; escritas em velino, pergaminho, papel. Ela passou por avoado, cársico, melífluo, rebelde, suíno e suspensão, e foi voltando até encontrar o que procurava. Era antiga, uma das entradas originais. Do tempo, digamos, do tio-avô Vil.

Casa (substantivo)
1. Lugar de morada, habitação
2. Família real ou de linhagem nobre

O CE havia dito para OLHAR EMBAIXO CASA. Isso poderia significar procurar EMBAIXO DA CASA, nas fundações; ou EMBAIXO da lápide da "CASA", no porão. Ou poderia significar uma terceira coisa.

Encrenca arrancou a página e a ergueu contra a janela.

A luz atravessou o fino papel. Enterradas entre as letras, abrindo caminho por entre as definições, havia linhas tênues: os fantasmas dos aposentos.

Era um mapa de toda a propriedade Swift e, no meio da página, logo abaixo de (substantivo), havia um X.

Marcai bem o significado bem-marcado de nossos dias, havia dito Feitiço.

OLHEM EMBAIXO CASA, havia dito o fantasma.

Feitiço Randrup-Swift, dizia a assinatura rabiscada debilmente na página.

Era de fato uma bobagem pensar que, com tantos Swifts caçando o tesouro durante tantos anos, ninguém jamais o havia encontrado. Afinal, tio-avô Vil não parecia muito esperto. Mas sua irmã era. E o mais importante era que ela amava sua família.

Encrenca pegou seu próprio mapa e saiu andando. Não havia torre na época de Vil, nem estufa. Havia estábulos, um arboreto e um edifício ornamental, todos demolidos ou apodrecidos há muito tempo e substituídos por novos adereços. Um labirinto de sebes. Uma quadra de Scrabble. As coisas mudaram, porque as coisas sempre mudam. O grande carvalho que tinha florescido quando três irmãos eram pequenos foi cortado, reduzido a um toco.

Encrenca atravessou o fantasma da Casa-que-era e saiu da Casa-que-é. Lá fora, o som das sirenes era mais alto. Encrenca seguiu o mapa até que seus pés bateram em tábuas de madeira, e então parou.

Também não havia um lago na época de Vil. Feitiço o havia mandado fazer; tinha cortado o carvalho para abrir espaço para ele, cortando a árvore genealógica como um irmão havia cortado o outro.

Mas enquanto buscais, enchei vossos bolsos de coroas,
Lembrai que o pobre flutua e o rico se afoga.

Feitiço havia visto o mal que a riqueza podia fazer à família. Era óbvio que ela não iria querer que o tesouro fosse encontrado, pois a ganância poderia separá-los, como já havia feito antes. Mas enquanto o tesouro permanecesse perdido, a atração por ele atrairia os Swifts, década após década, para procurá-lo.

Feitiço havia escondido o tesouro em um lugar apropriado: onde, quanto mais ouro você tentasse carregar, mais ele pesaria e você afundaria.

Encrenca tirou os sapatos e as meias, arregaçou as pernas da calça e ficou balançando os pés à beira do deque de madeira. A polícia estava abrindo caminho pela entrada, passando devagar pelos outros carros. O mundo exterior logo estaria ali, e Encrenca não sabia o que isso acarretaria. Olhou para o lago. Poderia contar a tia Schadenfreude o que havia encontrado, ou a tia Herança, que ficaria maravilhada com a história recuperada. Poderia contar a Fauna, que era tão gentil e altruísta que provavelmente doaria o dinheiro para boas causas.

Ou...

Harry Houdini havia conseguido prender a respiração por mais de três minutos. Com prática, Encrenca tinha certeza de que poderia igualar-se a ele. Ninguém acharia estranho se ela fosse nadar; não teria que contar a ninguém o que estava fazendo, nem mesmo a tio Turbilhão. Poderia mergulhar e pegar o tesouro para si, peça por peça, e guardá-lo até ter idade suficiente para roubá-lo. E finalmente ser uma verdadeira pirata.

A Encrenca de alguns dias atrás teria feito exatamente isso; mas as coisas mudam. Essa Encrenca, essa Encrenca moralmente desengonçada e vários dias mais velha, não tinha tanta certeza. E se ela podia ficar tão diferente em apenas alguns dias, o que decidiria a Encrenca do mês seguinte? Ou do próximo ano?

Tio Turbilhão e os outros estavam guardando suas varas de pescar. A polícia estava à porta da frente. Encrenca rasgou a página em pedacinhos e os espalhou no lago. Pegou seus sapatos e meias e voltou para a Casa. Não precisava tomar uma decisão naquele momento.

Ela esperaria e veria quem se tornaria.

AGRADECIMENTOS

Este é o meu primeiro livro, e deixo meus agradecimentos a todas as pessoas que ficaram tão contentes e aliviadas quanto eu por ele estar no mundo:

À equipe WriteNow da Penguin Random House UK, por executar o esquema que mudou a minha vida.

A todos da Puffin, por seu entusiasmo e trabalho duro.

Ao meu editor Ben Horslen sofredor, por ser meu mentor durante todo esse processo. Entreguei a Ben cinco capítulos e um esboço desprezível, e ele foi me guiando com paciência a cada rascunho e a cada momento de dúvida, até que eu fiz um livro onde nunca houve um. Obrigada, Ben.

À minha agente, Zoë Plant, por ser incrível no geral e particularmente perspicaz; por trabalhar mais e com mais inteligência do que qualquer pessoa que conheço e por estar ao meu lado em todos os duelos (profissionais, relacionados a livros).

À minha editora nos Estados Unidos, Julie Strauss-Gabel, por seu interesse, percepção e experiência, e por me incentivar a fazer deste livro a melhor versão dele mesmo.

A Claire Powell, por desenhar os Swifts e torná-los reais.

À minha família — imediata, estendida e escolhida —, por me apoiar quando tinha que cumprir prazos e garantir que eu fizesse todas as coisas triviais como "dormir" e "sair um pouco".

Aos meus amigos, que tiveram que me ouvir falar só sobre o livro nos últimos anos.

Ao meu parceiro, Stuart, por tudo.

E, por último, aos meus muitos, muitos professores, dentro e fora da escola, com quem muito aprendi e continuarei aprendendo até que as luzes se apaguem.

ASSINE NOSSA NEWSLETTER E RECEBA INFORMAÇÕES DE TODOS OS LANÇAMENTOS

www.faroeditorial.com.br

ESTA OBRA FOI IMPRESSA
EM AGOSTO DE 2023